Kim Jiyun

Das Tagebuch
im Waschsalon
der lächelnden
Träume

Kim Jiyun

Das Tagebuch im Waschsalon der lächelnden Träume

Roman

Deutsch von
Tamina Hauser

LIMES

Die Originalausgabe erschien 2023 unter dem Titel
»연남동 빙굴빙굴 빨래방 (Bubbling Yeonam-Dong Laundry)«
bei Sam & Parkers, Seoul.

This book is published with the support of the
Literature Translation Institute of Korea (LTI Korea).

Der Verlag behält sich die Verwertung des urheberrechtlich
geschützten Inhalts dieses Werkes für Zwecke des Text- und
Data-Minings nach § 44 b UrhG ausdrücklich vor.
Jegliche unbefugte Nutzung ist hiermit ausgeschlossen.

Penguin Random House Verlagsgruppe FSC® N001967

1. Auflage 2024
Copyright der Originalausgabe © 2023 by Kim Jiyun
All rights reserved including the rights of reproduction
in whole or in part in any form.
Published by arrangement via Eric Yang Agency
c/o Randle Editorial & Literary Consultancy.
Copyright der deutschsprachigen Ausgabe © 2024
by Limes in der Penguin Random House Verlagsgruppe GmbH,
Neumarkter Straße 28, 81673 München
Redaktion: Hanka Leo
Umschlaggestaltung: Anke Koopmann | Designomicon
Umschlagmotive: Shutterstock.com
(Yousuk Yang; Val_Iva; Painterstock; VVadyab Pico;
Vector Tradition; Illustration_Desing; SHIROKUMA DESIGN;
JAEHWAN GOH; ProStockStudio)
BV · Herstellung: KH
Satz: satz-bau Leingärtner, Nabburg
Druck und Bindung: Friedrich Pustet, Regensburg
Printed in Germany
ISBN 978-3-8090-2787-4
www.limes-verlag.de

Klopf auf den Tomatentopf

Jindol jaulte leise. Seit dem Tod seiner Frau kümmerte Herr Jang sich allein um den weißen Hund, der zur koreanischen Jindo-Rasse gehörte. Mit seinen neun Jahren konnte dieser sein Geschäft nicht mehr allzu lange aufschieben. Normalerweise verrichtete er es beim Spazierengehen oder im Garten, deshalb ließ Herr Jang die Tür zur Terrasse immer einen Spalt offen, aber heute war sie wegen des starken Frühlingswindes geschlossen. Nachdem Jindol also stundenlang vor der Tür gestanden hatte, wie ein Welpe winselnd, hatte er auf Herrn Jangs Decke gepinkelt.

Herr Jang selbst lag auf dem Sofa im Wohnzimmer, nachdem er vor dem Fernseher eingedöst war. Als die Decke durch den Urin immer feuchter wurde, wachte er auf.

»Oh, ist das nass!«

Jindol blickte ihn mit mitleidserregender Miene an, seine schwarzen Augen glänzten. Herr Jang fühlte sich schuldig und richtete sich auf.

»Jindol, hast du hier draufgepinkelt? Ach, die Tür ist geschlossen … Du hast es auch nicht leicht, was? Schon gut, das kann man waschen. Dafür sind Waschmaschinen ja da, also mach dir keine Sorgen.«

Der beschämte Jindol vergrub den Kopf in Herrn Jangs Schoß und wedelte kräftig mit dem Schwanz. Herr Jang steckte die besudelte Bettdecke in seine alte Waschmaschine. Da die Knöpfe abgenutzt waren, ließ sie sich nicht sofort einschalten, also drückte er noch einmal kräftig mit dem Daumen darauf. Er stellte den Deckenwaschgang ein und ließ die Maschine laufen. Eine Stunde und fünfundvierzig Minuten würde es dauern.

Herr Jang wohnte in einem freistehenden Haus, sodass er sich auch mitten in der Nacht keine Sorgen um den Lärm der Waschmaschine machen musste. Das weiße, zweistöckige Gebäude lag im Stadtteil Yeonnam-dong. Ein weitläufiger Garten mit gepflegtem Rasen und großem blauem Eisentor säumte es. Seit vierzig Jahren lebte er nun schon hier. Anfangs hatte die Gegend einer ruhigen Siedlung mit Einfamilienhäusern geähnelt, aber da sich das Viertel Hongdae mehr und mehr zu einem Ort für die Jugend entwickelte, wurde auch Yeonnam-dong immer beliebter. Die meisten von Herrn Jangs Nachbarn waren inzwischen weggezogen, nachdem sie ihre Häuser in Geschäfte umgewandelt und das Erdgeschoss an Cafés und Restaurants vermietet hatten. So wurde Herrn Jangs Haus mit dem blauen Tor zu einem der wenigen noch unvermieteten Häuser in Yeonnam-dong.

Es gab drei Zimmer im Erdgeschoss und drei im ersten Stock, ein großes Haus für eine einzelne Person. Herr Jang hatte überlegt, mit seinem Hund woanders hinzuziehen, aber wegen der Erinnerungen an seine Frau wollte er das Haus nicht aufgeben. Die Magnolien, Jujuben, Kakibäume und Pappeln im Garten sowie die Narzissen, Rosen und

Kirschtomaten, die gerade in den Töpfen blühten, waren alle von seiner Frau gepflanzt worden. Mit seinen mittlerweile achtzig Jahren fiel es Herrn Jang zunehmend schwerer, das zweistöckige Haus zu putzen sowie die Bäume im Garten zu pflegen, aber er wollte seiner Frau im Himmel eine Freude machen, indem er sich in ihrer Abwesenheit gut um die Pflanzen kümmerte.

Herr Jang trank ein Glas lauwarmes Wasser und nahm die Fernbedienung zur Hand. Während er die Nachrichten auf dem Bildschirm verfolgte, ratterte die Waschmaschine, beendete den letzten Schleudergang und piepste dann laut. Herr Jang stellte sich vor die Maschine und zog mit einem Stöhnen die feuchte Bettdecke heraus, trug sie in den Garten und hängte sie auf die Wäscheleine. Beim Gehen achtete er darauf, Jindol, der ihm vom Waschraum gefolgt war, nicht auf die Pfoten zu treten. Es war noch dunkel draußen, aber die Sonne würde bald aufgehen. Und während Herr Jang die Decke aufhängte, konnte Jindol sich schließlich unter dem Jujube erleichtern.

»Fühlst du dich jetzt besser?«

Jindol kam bellend und mit wedelndem Schwanz auf Herrn Jang zugelaufen.

»Pst! Sei ruhig, alle anderen schlafen noch.«

Als Herr Jang den Zeigefinger auf den Mund legte, verstummte Jindol.

»Brav so. Es ist kalt, lass uns reingehen!«

Am Nachmittag kamen einige Leute über siebzig im Seniorenzentrum zusammen – ein seltener Anblick im Jugendviertel Hongdae.

»Doktor Jang, meine Knie machen mir in letzter Zeit so sehr zu schaffen. Früher war es nur beim Gehen, aber jetzt tun sie mir auch im Sitzen oder Liegen weh. Was soll ich tun?«

Frau Hong trank einen Schluck Instantkaffee aus einer Plastikwasserflasche, während Herr Wu, der sich als Herr Jangs Rivale betrachtete, sie tadelte: »Herr Jang ist kein Arzt und auch kein Apotheker mehr, was weiß er schon? Wenn Sie krank sind, sollten Sie ins Krankenhaus gehen!«

Herr Jang kommentierte dies mit einem Hüsteln, dann antwortete er Frau Hong: »Es könnte einfach am Alter liegen oder vielleicht sind die Gelenkknorpel am Ende ...«

»Sagt derjenige, der letztes Jahr nach all den Problemen die Apotheke geschlossen ...« Mitten im Satz brach Herr Wu ab. Nach fast fünfzig Jahren war Herr Jang letztes Jahr gezwungen gewesen, seine Apotheke nahe der Station Sinchon zu schließen und seinen Apothekerkittel abzulegen, nachdem er Rezepte falsch gelesen und zu viele Medikamente herausgegeben hatte.

Nachdem er sich ein paarmal geräuspert hatte, sagte Herr Jang: »Ich schicke Ihnen einen Tipp per SMS.«

Herr Wu blickte Frau Hong mit zusammengekniffenen Augen an und sagte dann: »Bis zum Schluss spielt er den Apotheker.«

»Herr Wu! Reißen Sie nicht Doktor Jangs Wunde auf. Schließlich werden wir alle alt ...«

»Wo wir schon dabei sind, Frau Hong, warum sprechen Sie ihn als *Doktor* Jang an und mich als *Herrn* Wu? Nehmen Sie mich etwa nicht für voll?«

»Lassen Sie uns aufbrechen, Doktor Jang. Jindol ist schon zu lange allein da draußen.«

Frau Hong fasste Herrn Jang am Ärmel und die beiden gingen zur Tür hinaus. Jindol, der angeleint vor dem Seniorenzentrum wartete, wedelte mit dem Schwanz, als sie auf ihn zukamen.

»Jindol, du armer Kerl, darfst nicht einmal reinkommen wegen dem mürrischen alten Mann da drinnen. Ich habe dir ein Leckerli mitgebracht.« Frau Hong holte einen Hundekauknochen mit Rindfleischgeschmack aus ihrer selbst gehäkelten roten Tasche und reichte ihn Jindol.

»So was Feines. Sie verwöhnen meinen Jindol ja richtig.«

»Nehmen Sie sich Herrn Wus Worte nicht zu Herzen. In anderen Seniorenzentren wurde er gemobbt, seitdem kommt er hierher und spielt sich auf.«

»Aha«, sagte Herr Jang belustigt. »Nun, ich schicke Ihnen den Namen eines wirkungsvollen Nahrungsergänzungsmittels für Ihre Knie.«

»Vielen Dank, Doktor Jang.«

»Nicht der Rede wert. Es ist gut zu wissen, dass ich noch nützlich sein kann. Holen Sie Ihren Enkel von der Schule ab?«

»Ja, ist es etwa schon so spät?«, erwiderte Frau Hong, und Herr Jang bot ihr an, gemeinsam aufzubrechen.

»Vielleicht kann ich auf dem Heimweg mit Jindol eine Runde um die Grundschule drehen.«

»Nein, ich kann nicht direkt zur Schule gehen.«

»Ich dachte, Sie wollten Ihren Enkel abholen?«

Frau Hong rieb sich den Ringfinger ihrer linken Hand, an dem ein Glied fehlte, und sagte mit leiser Stimme:

»Mein Enkel will, dass ich etwas weiter entfernt warte. Ich fürchte, er schämt sich vor seinen Freunden für seine Großmutter mit den verstümmelten Fingern … Das ist passiert, als ich in einer Fabrik an einer Nähmaschine gearbeitet habe. Alles, um seinen Vater großzuziehen. Aber ich will nicht, dass mein Enkel wegen mir Probleme bekommt, also bleibt mir nichts anderes übrig.«

Mit einem bitteren Lächeln strich Frau Hong wieder über ihren Ringfinger. Sie trug schon lange keinen Ehering mehr – nun wurde ihr wohl bewusst, wie viele Jahre vergangen waren, seit sie ihn abgenommen hatte.

Herr Jang schloss den Mund und nickte grimmig.

Er beschloss, mit Jindol zum Yeontral-Park in Yeonnam-dong zu gehen. Die Straßen dorthin waren nachmittags weniger überlaufen als nachts, aber immer noch voller Menschen, von denen einige schon kurze Ärmel trugen, obwohl es ein kühler Frühlingstag war. Als die beiden den kleinen Fußgängerübergang zum Park passieren wollten, bemerkte Herr Jang eine junge Frau, die mit einer Ladung Wäsche aus einem Waschsalon kam. Während alle anderen Spaziergänger rundherum mit Kopfhörern in den Ohren ausdruckslos auf ihre Handys starrten, hatte sie ein Lächeln im Gesicht. Als ob sie gerade eine Erleuchtung gehabt hätte. Herr Jang ging zu dem Waschsalon, aus dem die junge Frau getreten war.

Yeonnam-dong-Binggul-Binggul-Waschsalon stand auf dem Schild, in einem sauberen, aber gefühlvollen Schriftzug, die einzelnen koreanischen Schriftzeichen von gelben Halogenlichtern beleuchtet. »Der lächelnde Waschsalon« also. Die Vorderseite des Ladens war von oben bis etwa auf

Taillenhöhe verglast, wodurch man einen guten Blick ins Innere hatte, während der untere Teil aus Ziegeln in einer hellen Mischung aus Elfenbein und Grau bestand, was dem Laden ein entspanntes, aber strenges Aussehen verlieh. Die Frühlingssonne schien tief in den Raum hinein, in dem eine große Waschmaschinentrommel im Kreis lief. Auf einem Holztisch am Fenster stand eine Kaffeemaschine, die niedrigen Regale an der Wand waren mit Büchern gefüllt.

»Ein Waschsalon und eine Bibliothek und ein Café. Die Welt hat sich wahrlich zum Besseren verändert, nicht wahr, Jindol?«

Als Antwort wedelte der Hund mit dem Schwanz.

Später, nachdem Herr Jang durch das Tor in den Garten seines Hauses getreten war, befühlte er als Erstes die Steppdecke auf der Wäscheleine. Sie war zwar immer noch etwas feucht, das eigentliche Problem war aber der Geruch. Ob es an Jindols Urin lag oder daran, dass die alte Waschmaschine nicht mehr richtig funktionierte – der Geruch war geblieben.

Herr Jang runzelte die Stirn. »Ich habe heute keine Decke zum Schlafen …«

Jindol, im Gegensatz zu Herrn Jang unbekümmert, legte sich vor das Beet mit den roten Kirschtomaten und genoss die warme Sonne. Da klingelte es an der Haustür.

»Vater, wir sind's.«

Als Herr Jang die Tür öffnete, standen sein Sohn und seine Schwiegertochter vor ihm. Sie hielt eine Papiertüte in der Hand, aus der der Schwanz eines Kugelfisches herausragte.

»Danke, dass ihr gekommen seid.«

»Nichts zu danken, das Auto fährt sich praktisch von selbst«, sagte sein Sohn und steckte den Schlüssel seines Wagens, auf dem das Logo eines springenden schwarzen Pferdes prangte, in die Hosentasche.

Herr Jang, sein Sohn und seine Schwiegertochter hielten gemeinsam die Zeremonie zum Todestag seiner Frau ab. Da sie bei einem Unfall ums Leben gekommen war, gab es kein richtiges Trauerfoto, sondern nur ein vergrößertes Passfoto, das sie mit Anfang fünfzig zeigte – zwanzig Jahre jünger als zum Zeitpunkt ihres Todes. Sie vollzogen das Ritual vor acht Uhr abends, damit der Sohn und die Schwiegertochter Herrn Jangs Enkel noch von seinem Englischkurs abholen konnten. Noch bevor der Geruch des Weihrauchs verflogen war, räumten die beiden den Zeremonientisch ab.

»Suchan habe ich auch schon lange nicht mehr gesehen«, merkte Herr Jang enttäuscht an.

»Was redest du da? Zu Neujahr sind wir alle bei dir gewesen«, erwiderte sein Sohn.

Die Schwiegertochter, die gerade mit dem Abwasch fertig war, kam mit einem Obsttablett aus der Küche und setzte sich neben Herrn Jang. »Mit Jindol bist du nicht einsam, oder? Und tagsüber auf dem Weg zum Seniorenzentrum könnt ihr die Sonne genießen«, sagte sie, während sie den Hund am Bauch kraulte.

»Ja, es ist schön, Jindol zu haben. Wir gehen im Park spazieren und sehen uns die Gegend an. Hier gibt es viele ungewöhnliche Geschäfte.«

»Ungewöhnliche Geschäfte?«

»Ja, heute habe ich beim Spaziergang einen Waschsalon entdeckt, der wie ein Café eingerichtet ist. Man kann dort Kaffee trinken und Bücher lesen. Die jungen Leute lieben ja Kaffee. Aber Koffein macht süchtig, deshalb trinke ich lieber grünen Tee. Du solltest im Krankenhaus auch lieber Tee trinken, keinen Kaffee, mein Junge.«

»Keine Sorge, ich achte auf seine Gesundheit«, warf Herrn Jangs Schwiegertochter ein.

»Wo wir gerade bei Ratschlägen sind, Vater …« Sein Sohn schluckte nervös. »Dein Haus …«

»Das reicht. Sprich nicht weiter.«

»Hör mir doch erst mal zu!«

»Ich weiß schon, was du sagen willst. Dass ich das Haus umbauen, als Geschäft vermieten und stattdessen in einer winzigen Wohnung leben soll!«

»Werd nicht gleich wütend, sondern hör bitte zu. Meine Schwägerin, die Theaterautorin, hat in dieser Gegend ein Haus gekauft und vermietet es. Es ist praktisch, eine feste Einnahmequelle zu haben. Außerdem wird die Gegend wegen des Yeontral-Parks immer beliebter und du hast selbst gesagt, dass du beim Spazierengehen einige neuartige Geschäfte bemerkt hast. Andere verdienen sich mit einem Waschsalon Geld dazu – warum willst du unbedingt dieses große Haus für dich alleine haben?«

Die Schwiegertochter, die gerade eine Birne schälte und aufschnitt, stieß ihrem Mann in die Seite, pflichtete ihm aber bei. »Er hat recht. Wenn du hier wohnst, macht allein das Putzen viel Arbeit … Du würdest sicher eine gute Miete bekommen und das wäre weitaus besser, als den ersten Stock ungenutzt zu lassen.«

»Ich wiederhole: Die Antwort ist Nein«, sagte Herr Jang bestimmt.

Aber sein Sohn verlieh seiner Stimme mehr Nachdruck, als hätte er nicht vor, klein beizugeben. »Suchan hat einen Platz an der Fairmont Preparatory Academy in Orange County bekommen. Hast du eine Ahnung, wie hoch die Schulgebühren dort sind? Allein der Grundbetrag sind hunderttausend Dollar pro Jahr. Kannst du dir vorstellen, wie viel wir für ein Haus, Auto, Essen und Lebenshaltungskosten aufbringen müssen, wenn wir meine Frau und Suchan nach Kalifornien schicken?«

»Orange County? Kalifornien? Soll das heißen, du schickst Suchan in die USA?«

»Mit einem Abschluss von einer regulären Schule kann man heutzutage nicht mithalten.«

»Ich habe dich auf eine reguläre Schule geschickt und du hast es zu einem guten Arzt in einer Universitätsklinik gebracht. Ich habe sogar mit einem Bleistift in der Hand schreiben gelernt und es weit gebracht!«

»Wieder die alte Leier«, murmelte der Sohn beschämt vor sich hin.

»Es mangelt euch doch an nichts. Ihr habt eine gute Wohnung in Gangnam und trotzdem bist du gierig. Was hast du gesagt, als ich euch Geld für die Wohnung geliehen habe? Dass ihr dort einziehen würdet, um ein *durchschnittliches* Leben wie alle anderen zu führen.«

»Wer lebt heutzutage noch gern wie alle anderen? Man muss härter arbeiten, um *besser* leben zu können. Deshalb versuche ich, Suchan mehr Möglichkeiten zu bieten …«

»Genau das meine ich. Warum vergleichst du dich ständig

mit anderen? Du machst dir selbst und letztendlich auch Suchan das Leben schwer. Versuch nicht, jemand zu sein, der du nicht bist.«

Der Sohn schüttelte resigniert den Kopf, dann stand er auf und zog seine Jacke an. »Dann bleib hier und klammer dich für den Rest deines Lebens an deine Erinnerungen. Komm, Schatz, gehen wir, sonst kommen wir noch zu spät zu Suchan.«

Die Schwiegertochter legte die geschälte Birne nieder und stand auf. Sie verbeugte sich zum Abschied und die beiden verließen das Haus.

Jindol setzte sich neben Herrn Jang auf das Sofa im Wohnzimmer. Die Haustür schloss sich mit einem dumpfen Geräusch.

»Soll man etwa all seine Erinnerungen und Sehnsüchte wegwerfen, nur weil man kein Geld damit verdient? Hm, Jindol?«

Jindol sah die Trauer in Herrn Jangs Augen und leckte dessen faltige Hand.

Herr Jang schluckte all seine Nährstoffpillen auf einmal. Omega 3, Biotin, Kalzium, Magnesium und Multivitamine. Dann versicherte er sich, dass die Haustür einen Spalt offen stand, damit Jindol hinausgehen konnte. Er holte die mittlerweile trockene Decke aus dem Garten und breitete sie auf dem Sofa aus. Er schlüpfte darunter, aber jedes Mal, wenn er sich umdrehte, stieg ihm der Geruch von Jindols Urin in die Nase.

»Sie müffelt immer noch, obwohl ich den superkonzentrierten Weichspüler benutzt habe, den der Verkäufer im Supermarkt mir empfohlen hat ...«

Herr Jang versuchte, es sich gemütlich zu machen. Mit dem Finger tippte er auf die YouTube-App auf seinem Handy und scrollte langsam durch die Kanäle, die er abonniert hatte. Bei den meisten ging es um Politik oder Pflanzenpflege.

»Ah! Ich wollte doch eine Nachricht an Frau Hong schicken.«

Er schrieb die Namen von sechs verschiedenen Empfehlungen für Nahrungsergänzungsmittel wegen ihrer Knie auf und schickte eine Nachricht an sie.

Im Laufe seiner fünfzig Arbeitsjahre hatte Herr Jang die Apotheke nur in Notfällen geschlossen. Seine Frau hatte ihm das zwar manchmal übel genommen, aber auch gemeint, dass zumindest die Apotheke offen sein sollte, wenn die Krankenhäuser an Feiertagen nur einen Notdienst betrieben, und vielleicht hatte sie sich gerade wegen seines Verantwortungsgefühls in ihn verliebt. Sie hatte allein den Haushalt geführt, so wie er jetzt. Einmal in der Woche, wenn die Apotheke einen Ruhetag hatte, waren sie nach Goyang gefahren, um Stauden und Saatgut zu kaufen und im Garten zu pflanzen. Die Jujuben, die dort Wurzeln geschlagen hatten, und die Blumen, die den gesamten Zaun bedeckten, waren der Grund, warum Herr Jang das Haus nie zu einem Geschäft umbauen lassen würde.

Wegen des Uringeruchs, der ihm bei jeder kleinsten Bewegung in die Nase stieg, konnte Herr Jang nicht schlafen. Da kam ihm der Binggul-Binggul-Waschsalon in den Sinn, der rund um die Uhr geöffnet war. Er stand auf und schnappte sich die einfache Steppdecke, die perfekt in eine mittelgroße Plastiktüte passte. Gemeinsam mit Jindol machte er sich auf zum Waschsalon.

Gegen elf Uhr nachts war Yeonnam-dong überlaufener als tagsüber. Jetzt, wo er nicht einmal mehr ein Glas Reiswein vertrug, beneidete Herr Jang die jungen Leute, die im Gras saßen und Bier tranken, um ihre Energie. Jindol lief neben ihm her, im Gleichschritt mit seinem Herrchen.

Schon bald kamen sie beim Waschsalon an. Gerade als er Jindol an einem gut sichtbaren Platz vor dem Geschäft anbinden wollte, sah Herr Jang ein Schild mit der Aufschrift HAUSTIERE WILLKOMMEN und so gingen sie gemeinsam hinein. Herr Jang las sich die Anweisungen durch. Sie waren detailliert und in großen Buchstaben geschrieben, sodass selbst ältere Menschen sie problemlos lesen konnten.

Herr Jang steckte die nach Urin riechende Decke in einen der Waschtrockner. Dazu gab er Tücher mit dem charakteristischen Duft des Waschsalons. Nachdem er Jindol neben der Tür angeleint hatte, ging Herr Jang zum Bücherregal, um ein wenig zu lesen, aber keines der Bücher stach ihm ins Auge und so setzte er sich mit leeren Händen an den Bartisch vor dem Fenster. Die Aussicht auf den Park um elf Uhr nachts faszinierte ihn.

»Auch das wird eine Erinnerung werden. Stimmt's, Jindol?« Er schaute auf den Hund, der ruhig dasaß. »Man kann die Zeit nicht zurückdrehen und auch für eine Milliarde Dollar kann man seine Jugend nicht zurückkaufen.«

Jindol wedelte sanft mit dem Schwanz.

»Ich wünschte, du könntest sprechen …«

Während er den Kopf wieder zum Fenster hob, fiel Herrn Jangs Blick auf das lindgrüne Tagebuch, das auf dem Tisch lag. In der Annahme, jemand habe es vergessen, wollte er es beiseiteschieben, doch da fiel ihm auf, wie abgegriffen es war. Neugierig schlug er das Tagebuch auf.

Eine Welt, in der jeder seine Beine ausstrecken und bequem schlafen kann, stand in einer Ecke auf der ersten Seite. Da die Buchstaben selbst auf der Rückseite sichtbar waren, waren sie wohl mit kraftvoller Hand geschrieben worden.

Mit seinem lindgrünen Einband unterschied sich das Buch von herkömmlichen Tagebüchern, die meist vom langweiligen Alltagsleben erzählten. In dem Kalender, der das gesamte Jahr auf einen Blick zeigte, prangte ein roter Stern.

»25. November«, murmelte Herr Jang. »Was ist das für ein Tag? Weihnachten ist am 25. Dezember, ist das dann vielleicht jemandes Geburtstag?«

Auf der nächsten Seite standen in großen Buchstaben die Worte *Entnahme, Abholung und Zustellung*, darunter in einer Art Organigramm – *Zonen 1–1, 1–2, 1–3* – und andere unverständliche Notizen. Auf der nächsten Seite war eine Zeichnung, das Gesicht eines Mannes, offensichtlich von derselben Person hastig mit einem Stift gezeichnet. Schmale, längliche Augen, blasse, kurze Augenbrauen, eine hohe, aber leicht gekrümmte Nase, schmale Lippen.

Das Gesicht kam ihm bekannt vor. Er konnte es nicht genau zuordnen, aber er hatte diesen Mann definitiv schon einmal getroffen. Herr Jang schaute eine Weile auf die

Zeichnung. Er blätterte durch die Seiten und überflog die Einträge, fand aber keinen Hinweis darauf, wer der Mann sein könnte. War es ein Selbstporträt? Er durchsuchte seine Erinnerungen, aber fand auch dort nichts.

Sein Kopf schmerzte von der Grübelei. Herr Jang beschloss, sich keine Gedanken mehr über die Zeichnung zu machen. Während er darauf wartete, dass der Waschtrockner seinen Dienst tat, sah er sich die anderen Einträge an, angefangen bei einem gekritzelten *Mir ist langweilig*, gefolgt von Fragen nach Empfehlungen für ein gutes Restaurant in Yeonnam-dong oder danach, was man zu einem Blind Date anziehen sollte. Vielleicht hatte der Besitzer oder die Besitzerin des Waschsalons es dort abgelegt oder jemand hatte es vergessen, aber wie auch immer, das Tagebuch war mit den großen und kleinen Sorgen verschiedenster Leute gefüllt.

Ich bin des Lebens überdrüssig. Warum ist es so schwer?

Andere Beiträge hatten viele Antworten erhalten, aber Herr Jang verweilte bei diesem. Niemand hatte etwas daruntergeschrieben. Vielleicht weil niemand Einfluss auf Leben und Tod eines Menschen nehmen wollte. Nach reiflicher Überlegung nahm Herr Jang den Stift zur Hand und schrieb sorgfältig eine Antwort:

Bodenbakterien in der Erde können wie ein Antidepressivum wirken. »Zu meiner Zeit« hören junge Leute nicht gerne, aber ältere Leute benutzen oft diesen Ausdruck. »Früher haben wir im Dreck gespielt.« Erinnern Sie sich?

An die Zeit, als wir unbeschwert und glücklich waren und eine schlechte Stimmung wegwuschen, indem wir unsere Hände in den Dreck steckten. Ohne es zu merken, machte uns das unbewusst glücklicher. Ich empfehle Ihnen, sich eine Pflanze zuzulegen. Machen Sie sich die Hände schmutzig, stellen Sie sie in die Sonne, gießen Sie sie und lüften Sie gut. Sie werden sich so viel besser fühlen, dass Sie gar nicht mehr wissen, ob Sie sich um die Pflanze kümmern oder umgekehrt.

Als er fertig war, legte er den Stift beiseite. Ehe er sich's versah, war der Trockengang bereits abgeschlossen.

»Es wäre schön, wenn dieser Person damit geholfen wird …«

Herr Jang stand auf, öffnete die Tür des Waschtrockners und zog die Bettdecke heraus. Als er die Nase darin vergrub, hatte er das Gefühl, dass selbst der abgestandene Geruch nach altem Mann, den er zuvor nicht wahrgenommen hatte, verschwunden war. Er dachte bei sich, dass er wieder hierherkommen würde. Er verstaute die Bettdecke in der Plastiktüte und griff nach Jindols Leine.

Nachdem er den Waschsalon verlassen hatte, ging er in den Mini-Markt nebenan. Er stellte sich vor das Kühlregal und wählte in aller Ruhe ein Getränk aus. Aus irgendeinem Grund wollte er der Person, die den Eintrag geschrieben hatte, nicht nur antworten, sondern ihr auch Energie geben. Er nahm eine Flasche Vitamingetränk in die Hand, größer als die, die er ursprünglich hatte kaufen wollen, bezahlte sie, ging zurück in den Waschsalon und stellte das Getränk neben das Tagebuch.

In dem Moment öffnete eine Frau Mitte dreißig die Tür und trat ein. Es war spät, nach Mitternacht, und sie hatte dunkle Ringe unter den Augen. Aus dem Wäschekorb, den sie trug, lugte eine rosa Unterhose mit Erdbeermuster hervor. Als er die Kinderunterwäsche und das Erstaunen der Frau sah, kam Herr Jang der Gedanke, dass sie die Person sein könnte, der er geantwortet hatte.

Als Herr Jang in der Apotheke gearbeitet hatte, waren oft Frauen mit einer Depression zu ihm gekommen. Sie erzählten ihm, dass ihr Herz raste, weil sie den ganzen Tag für ihre Kinder auf Abruf bereitstanden. Sie waren nervös, ängstlich und lethargisch und baten ihn um rezeptfreie Antidepressiva. Herr Jang hätte ihnen Johanniskraut geben können, doch stattdessen schlug er vor, es mit Mandarinen zu versuchen, da diese gut für die Schilddrüse waren, und mit Honig, der Depressionen vorbeugte. Wenn sie sich dann immer noch nicht besser fühlten, würde er ihnen Tabletten geben, versprach er, während er ihnen mit einem freundlichen Lächeln ein nahrhaftes Stärkungsmittel reichte.

Er eilte mit Jindol aus dem Waschsalon, weil er befürchtete, die Frau würde nicht mehr in das Tagebuch schreiben, wenn er sich ihr zu erkennen gab. Doch draußen ging er langsam weiter, in der Hoffnung, dass sie, wenn sie tatsächlich diejenige war, die den Eintrag geschrieben hatte, seine Antwort darunter lesen würde. Aber die Frau schien ihn gar nicht wahrzunehmen. Sie schaute nur ab und an aus dem Fenster, während sie die Wäsche in die Maschine steckte.

...

»Mama, ich habe ins Bett gemacht …«

Nahi tapste ins Schlafzimmer ihrer Eltern, um Mira zu wecken. Auf Miras Stirn zeichneten sich scharfe, tiefe Linien ab, als hätte jemand mit einem Dreizack hineingeritzt. Als Nahi sie schüttelte, wachte sie nicht auf. Da ihre Mutter sich nicht regte, versuchte Nahi, ihren Vater Woocheol wach zu rütteln.

Mit einem Hauch Irritation in der Stimme sagte er: »Mira, Schatz, Nahi hat ins Bett gemacht.«

»Oje …«

Woocheol rüttelte an Mira, woraufhin diese sich mit einem leisen Stöhnen aufrichtete. Sie sah Nahi an, die mit besorgtem Gesichtsausdruck am Bettrand stand. »Nahi, hast du Pipi gemacht?«

»Ja, auf die Decke. Ich wollte es nicht, aber ich war sicher, ich würde auf dem Klo sitzen. Das war wohl ein Traum. Die Decke ist ganz nass.«

»Schon gut, keine Sorge. Komm, wir gehen gemeinsam ins Bad.«

Mira hob Nahi hoch und trug sie ins Badezimmer. Nahi weckte ihre Mutter oft auf, nachdem sie ins Bett gemacht hatte. Nächstes Jahr würde sie in die Grundschule kommen und Mira war besorgt, dass sie beim Toilettentraining hinterher war.

Da es im Badezimmer keine Badewanne gab, legte Mira die Decke auf den Boden. Sie schaltete die Dusche an und richtete den Wasserstrahl auf die Decke.

»Puh …« Mira seufzte unwillkürlich.

Nahi, die neben ihr stand, blickte zu ihr hoch. »Es tut mir leid, Mama …«

»Nein, Nahi, ich bin nur müde, das ist alles.«

Diese Morgenroutine, die sich täglich wiederholte, war anstrengend. Sie überlegte, Nahi wieder in Windeln zu stecken, aber das würde das Problem nur verschlimmern, und so zog sie ihrer Tochter die Unterwäsche mit Erdbeermuster und eine neue Schlafanzughose an.

Nachdem Mira ihr eine Geschichte vorgelesen hatte, schlief Nahi wieder ein. Mira strich sanft über die kleine Brust, die sich hob und senkte. Und bevor sie sich's versah, war sie neben Nahi eingeschlafen.

»Mira, du solltest in deinem eigenen Bett schlafen. Du beschwerst dich doch immer, dass du so müde bist«, sagte Woocheol, während er seine Arbeitskleidung anzog.

Mira erwachte vom Klang seiner Stimme.

»Ich bin nicht müde, weil ich hier schlafe. Wenn Nahi ins Bett pinkelt, könntest du dich genauso gut darum kümmern, aber immer weckst du mich auf.«

»Weil sie nach ihrer Mutter verlangt. Und ich muss früh aufstehen und zur Arbeit gehen.«

»Und was war, als ich gearbeitet habe? Als du nicht früh losmusstest? Bist du da etwa in der Nacht aufgestanden, um dich um Nahi zu kümmern?« Nachdem sie sich so lange zurückgehalten hatte, machte Mira nun ihrem Ärger Luft. »Die Ausrede zieht nicht mehr. Sag einfach ehrlich, dass es dir lästig ist.«

Nach Nahis Geburt hatten sie beide arbeiten müssen, um die Lebenshaltungskosten zu decken, deshalb hatten sie Nahi tagsüber in eine Kindertagesstätte gegeben. Vor ihrer Hochzeit hatte Mira in einem Duty-Free-Geschäft in

Hongdae Kosmetika an chinesische Pauschaltouristinnen verkauft, aber als sie nach ihrem Mutterschaftsurlaub wieder anfing, reichte das Geld, das sie dort verdiente, nicht mehr. Eine Babysitterin anzustellen, die sich nach dem Kindergarten um Nahi kümmerte, wäre viel zu teuer gewesen. Eine Hilfskraft für einen Monat zu beschäftigen hätte mehr gekostet, als ihr Monatsgehalt hergab, sodass es sich nicht mehr gerechnet hatte, überhaupt zu arbeiten. Daher blieb Mira seit zwei Jahren zu Hause, um sich um Nahi zu kümmern. Mit Woocheols magerem Lohn als Heizungsmonteur hielten sie sich leidlich über Wasser.

Nahi, die noch schlief, regte sich.

»Wir wecken sie noch auf«, wisperte Woocheol. »Tut mir leid, Schatz. Ich werde mich mehr bemühen, aber jetzt muss ich los. Ich werde hart arbeiten!«

Als sie sah, wie Woocheol mit hängenden Schultern zur Arbeit ging, dachte Mira bei sich, dass sie einfach darüber hinwegsehen sollte. Sie stand auf, um das Frühstück vorzubereiten.

Der Geruch von Eiersuppe und Zucchini-Eintopf, der bald darauf durch die Wohnung wehte, weckte Nahi auf.

»Mama, die Suppe riecht so gut!«, rief sie.

»Deine Lieblingssuppe. Geh dich waschen. Die Zähne kannst du dir selber putzen, oder?«

»Klar! Ich bin schon sechs!«

Dank Nahis guter Laune war es an diesem Morgen ein Leichtes, sie für den Tag fertig zu machen.

Der gelbe Bus, der Nahi in den Kindergarten brachte, entfernte sich langsam. Mira winkte, bis er außer Sichtweite war. Dann stapfte sie die Gasse entlang zurück nach

Hause. Ihre Dreizimmerwohnung befand sich in einem kleinen Haus am Rand von Yeonnam-dong, nicht weit vom Yeontral-Park entfernt. Es war ein altes Gebäude und sie benutzten die Veranda hauptsächlich als Abstellfläche, daher gelangte nicht viel Sonnenlicht in die Wohnung.

Mira steckte die durchnässte Bettdecke und ein paar Kleidungsstücke in die Waschmaschine. Sie fügte reichlich Waschmittel hinzu, schloss den Deckel und drückte auf den Startknopf. Während sie aufräumte, hörte sie plötzlich ein ratterndes Geräusch, gefolgt von lautem Stöhnen. Miras Gesicht lief rot an. Das Ächzen und Knarren, das wie ein frühmorgendliches Liebesspiel klang, brachte Mira zum Kichern, aber die Geräusche hielten auch dann noch an, als sie mit dem Abwasch fertig war. Sie ging in die Abstellkammer, um der Sache auf den Grund zu gehen. Die Quelle des Stöhnens war die Waschmaschine.

Vor vier Jahren waren sie hier eingezogen. Ursprünglich hatten sie geplant, auch in Miras Namen einen Kredit aufzunehmen – sprichwörtlich ihr Herzblut zu investieren –, um in ein eigenes Apartment zu ziehen, aber da Mira gerade nicht arbeitete, gab die Bank ihr keinen Kredit, und so war ihnen nichts anderes übrig geblieben, als sich fürs Erste mit dieser Wohnung zufriedenzugeben. Der Vermieter hatte ihnen erklärt, dass die Waschmaschine und die Klimaanlage inbegriffen seien, was Mira gefiel, weil sie keine Haushaltsgeräte und Möbel kaufen wollte, bis sie ihre eigene Wohnung hatten, denn wenn sie jetzt Möbel kauften, würden diese vielleicht nicht in ihre neuen vier Wände passen. Außerdem hatten sie sich einfach nichts Besseres leisten können.

Nach ihrem Einzug wurde Mira misstrauisch, was die Behauptung des Vermieters betraf, dass die Geräte erst kürzlich installiert worden seien. Sie gingen so oft kaputt, dass sie sich fragte, ob sie gebraucht gekauft worden waren. Erst letztens hatte Woocheol versucht, die Waschmaschine auf eigene Faust zu reparieren, aber das hatte offenbar das Problem nur verschlimmert, denn jetzt klapperte sie nicht nur, sondern gab auch noch ein furchtbares Stöhnen von sich!

Ding-dong.

Es läutete an der Tür. Mira nahm den Hörer der Gegensprechanlage ab. Der Nachbar, der unter ihnen wohnte, sagte, er arbeite von zu Hause aus, und das Stöhnen mache es ihm unmöglich, Videochats zu führen.

»Das tut mir wirklich leid. Bitte verstehen Sie es nicht falsch. Das ist die Waschmaschine.«

Mira legte den Hörer auf und schaltete schnell die Waschmaschine aus. *Verfluchtes Ding!* Mira trat frustriert gegen die Maschine, zog die Wäsche heraus und wrang sie mit beiden Händen aus. Das Wasser tropfte auf die zerbrochenen blauen Kacheln des Haushaltsraumes. Mit jedem Mal wrang sie die Wäsche fester. Und wurde zunehmend wütender. Dann rief sie den Immobilienmakler an, dessen Aufgabe es war, das Problem an den Vermieter oder die Hausverwaltung weiterzuleiten.

»Guten Tag, hier spricht die Bewohnerin des zweiten Stocks der Weonjin-Villa. Meine Waschmaschine ist kaputt. Laut Internet ist der Vermieter für die Reparatur verantwortlich, wenn die Maschine im Mietpreis inbegriffen ist …«

Als Mira abbrach, um sich zu beruhigen, ergriff der Mann das Wort: »Guten Tag, ich wollte Sie auch gerade anrufen.« Mira hatte eine Vorahnung, als die Stimme des sonst so ungestümen Maklers zu einem vorsichtigen Flüstern sank. »Wenn der Mietvertrag ausläuft, will der Besitzer die Kaution erhöhen. Sie wissen ja, wie die Marktlage momentan ist. Sie haben damals einen guten Preis bekommen.«

»Sind es schon zwei Jahre? Die Zeit vergeht so schnell. Um wie viel geht es?«

»Fünfzig Millionen Won.«

»Fünfzig Millionen?«, fragte Mira ungläubig, die mit höchstens dreißig Millionen gerechnet hatte.

»Ja, ursprünglich sollten es siebzig Millionen sein, aber ich habe den Preis heruntergehandelt.«

»Das ist viel zu viel. Die U-Bahn-Station ist weit weg, es gibt nur zwei Zimmer … Bitte sprechen Sie noch einmal mit dem Vermieter.«

»In Ordnung, dann kann ich ihm auch wegen der Waschmaschine Bescheid geben.«

»Nein, wir übernehmen die Waschmaschine. Kümmern Sie sich nur um die Vertragsverlängerung. Wenn wir alle paar Jahre umziehen, kommen noch Immobilienprovision und Umzugskosten dazu. Unsere Tochter hat sich gerade im Kindergarten eingelebt und ich bin auf der Suche nach einem Grundschulplatz für sie. Bitte tun Sie Ihr Bestes und melden Sie sich bis heute Abend bei mir.«

Mira verabschiedete sich und legte auf. Mit dem Telefon in der Hand seufzte sie. Ihr Herz pochte laut. Sie rief Woocheol an, aber er hob nicht ab. Vielleicht war er gerade dabei, einen Heizkessel zu reparieren. Mira wrang die restliche Wäsche aus, schlug sie aus und hängte sie auf das Trockengestell.

Als sie Woocheol beim Abendessen von der Kautionserhöhung erzählte, wurde die Stimmung so kalt wie der unangetastete Kimchi-Eintopf.

Nahi, die merkte, dass etwas nicht stimmte, fragte: »Mama, was ist eine Kaution?«

Mira überlegte, wie sie ihrer Tochter das System der befristeten Miete und der neu berechneten Kaution, die üblicherweise mehr als eine Jahresmiete betrug, erklären könnte, entschied sich dann aber dagegen. »Das musst du noch nicht verstehen.«

»Mama, können wir in ein Haus mit Schaukel umziehen? Oder in die Daehyeon-Apartments? Alle wohnen dort und spielen nach dem Kindergarten auf dem Spielplatz, aber nur Bewohner dürfen rein. Es gibt viele tolle Sachen. Lasst uns dort hinziehen!«

Ohne zu wissen, wie schwer die fünfzig Millionen auf den Schultern ihrer Eltern lasteten, verlangte Nahi nach einem teurerem Apartment. Wie aufs Stichwort klingelte Miras Handy. Der Immobilienmakler. Mira schaltete auf Lautsprecher.

»Hallo, hören Sie mich? Ist das Gespräch mit dem Vermieter gut gelaufen?«

»Es sieht leider nicht gut aus. Er ist sehr hartnäckig. Anscheinend hat er vor, das gesamte Gebäude zu verkaufen. Es wird nicht einfach für ihn sein, einen guten Kaufpreis dafür zu bekommen, wenn die Mietkaution nur zehn Millionen Won beträgt.«

»Gibt es eine andere Wohnung, die wir zu dem jetzigen Preis mieten könnten?«, fragte Mira nach langem Schweigen.

»Ich weiß, Sie haben es nicht leicht. Aber wie Sie wissen, haben sich die Preise in den letzten fünf Jahren mehr als verdoppelt. Das gilt auch für die Kaution. Ich werde sehen, was ich finden kann, und Ihnen Bescheid sagen, aber machen Sie sich keine allzu großen Hoffnungen. Und für den Fall, dass Sie etwas weiter draußen suchen wollen, könnten Sie sich in der Provinz Gyeonggi umsehen.«

Nachdem das Telefonat beendet war, legte Woocheol die Hände aufs Gesicht. »Fünfzig Millionen ...«

»Keine Chance. Das können wir uns nicht leisten.«

Dann fragte Nahi, die mit einem Reisball im Mund um den Tisch herumgelaufen war: »Mama, was heißt fünfzig Millionen? Ist das gut?«

»Nahi! Wie oft habe ich dir gesagt, du sollst beim Essen nicht herumlaufen. Der Boden ist voller Reiskörner! Wirst du dich in der Schule auch so benehmen? Herumlaufen und Algenblätter verstreuen, während die anderen Kinder in Ruhe essen?«

Bei Miras plötzlichem Wutausbruch riss Nahi den Mund weit auf und begann zu weinen. Die unzerkauten Reiskörner fielen heraus und vermischten sich mit dem Rotz und den Tränen, die ihre Wangen und ihr Kinn hinabliefen.

»Lass deinen Ärger nicht an ihr aus. Nahi, komm zu Papa. Schon gut, alles in Ordnung.« Woocheol nahm seine Tochter in die Arme, um sie zu beruhigen.

Miras Gesicht lief rot an. Sie hasste sich selbst dafür, dass sie wütend geworden war, obwohl sie sich vorgenommen hatte, sich zu bessern.

Nahi schmollte und bat ihren Vater, sie ins Bett zu bringen. Mira fühlte sich schlecht, war aber auch froh, etwas Zeit zum Nachdenken zu haben.

Nachdem sie bis nach Mitternacht auf ihren Vater eingeredet hatte, schlief Nahi endlich ein und der erschöpfte Woocheol ging ebenfalls zu Bett.

Mira prüfte die Wäsche. Sie hing schon einen halben Tag auf dem Trockengestell, aber es tropfte immer noch Wasser heraus, weil sie wegen der ächzenden Waschmaschine gezwungen gewesen war, die Wäsche vor dem Schleudergang herauszunehmen. Die Kleidung, die Nahi morgen zum Kindergarten anziehen sollte, war ebenfalls völlig durchnässt. Mira versuchte, die Wäsche erneut auszuwringen, gab es aber schließlich auf. Sie überlegte, Nahi in derselben Kleidung wie heute in den Kindergarten zu schicken, aber sie machte sich Sorgen, dass die anderen Kinder, die sich jetzt schon darüber lustig machten, dass sie in einer kleinen Dreizimmerwohnung lebten, Nahi mobben würden, wenn sie dieselbe Kleidung wieder trug, und so packte Mira die Wäsche zusammen und ging nach draußen.

Am Ende der dunklen Gasse trat sie auf die hell erleuchtete Einkaufsstraße neben dem Yeonnam-dong-Gemeindezentrum. An den Ästen der Bäume, die den Weg durch den Yeontral-Park säumten, sprossen grüne Knospen. »Als würden sie aufplatzen, wenn man sie nur berührt«, hieß es in einem bekannten Lied. Genau so ein Frühlingstag war es. Eine junge Frau in einem kobaltblauen, kurzen Rock und hochhackigen Schuhen ging vorbei, einen intensiven Parfümgeruch hinter sich herziehend. Mira blieb unbewusst stehen und sah der Frau nach. Bei dem Gedanken, dass sie selbst früher einen ähnlich selbstbewussten Gang gehabt hatte, empfand sie Reue.

Sie umklammerte den Wäschekorb fester und ging weiter. Nach etwa fünf Minuten Fußweg entdeckte sie einen Waschsalon. Sie überprüfte die Preisliste, aber Trocknen allein war nicht gerade günstig. Gab es da nicht noch einen neuen Waschsalon? Binggul-Binggul oder so ähnlich? Mira verließ den Laden und ging ein Stück weiter entlang des Parks.

Wie oft ging sie zu so später Stunde allein spazieren? Die Frühlingsbrise erfrischte sie ein wenig. Mit einem fröhlicheren Gesichtsausdruck als noch zu Hause betrat Mira den Binggul-Binggul-Waschsalon. Die Preise waren etwas günstiger als in dem anderen Laden. Der Weg hatte sich gelohnt. Mira steckte die Wäsche zusammen mit einem Dufttuch in einen Trockner und drückte den Einschaltknopf. Der Schnelltrockenmodus würde nur etwa dreißig Minuten dauern. Langsam sah sie sich im Waschsalon um. Das warme Licht erzeugte eine gemütliche Atmosphäre. Und es war schön, allein hier zu sein.

In dem Moment ertönte aus den Lautsprechern des Waschsalons eines ihrer Lieblingslieder. *Nobody* von den Wonder Girls, ein Lied, das Mira als Vierundzwanzigjährige ohne Handy oder YouTube bei Auftritten im Fernsehen immer mitgesungen hatte. Sie bewegte sich im Rhythmus, als ob ihr ganzer Körper sich an diese Zeit erinnerte. Mit dem rechten Zeigefinger nach rechts, dann mit dem linken nach links. Es war lange her, aber sie konnte sich noch gut an die Choreografie erinnern. Bald begann das nächste Lied. »Es wäre doch schade, wenn ihr nicht mitsingen würdet.« Sie erinnerte sich an die Worte einer Sängerin, die beim Fest an der Uni aufgetreten war, und hüpfte herum, wenn auch zaghafter als damals, aber dennoch entspannt und fröhlich.

Sie hatte schon so lange nicht mehr gesungen, bis sie außer Atem war, und als ihr das bewusst wurde, stiegen ihr Tränen in die Augen. Sie weinte bitterlich, wie Nahi, die die Reiskörner nicht herunterschlucken hatte können. Zum Glück betrat niemand den Waschsalon, während Mira ihren aufgestauten Emotionen freien Lauf ließ.

Die Wäsche, die sie gemeinsam mit dem Trocknertuch in die Maschine gesteckt hatte, verströmte den charakteristischen Geruch des Waschsalons nach sauberer Baumwolle. Nahi rieb ihr Gesicht an der Bettdecke und den Kleidungsstücken. Sie zog ihre Socken selbst an und drängte ihre Mutter, sie zum Kindergartenbus zu bringen. Mira nahm Nahis Hand und verließ das Haus mit einem glücklicheren Gesichtsausdruck als gestern. Der gelbe Kindergartenbus stand an der Mündung der Gasse.

Der Busfahrer hatte sie höflich darum gebeten, dort anhalten zu dürfen, weil ihr Haus sich in einer engen Gasse befand, in der er nicht wenden konnte. Damals hatte sich Mira vor den Kopf gestoßen gefühlt, aber dennoch zugestimmt.

Mira winkte und lächelte Nahi zu, als sie in den Bus stieg, dann ging sie zurück ins Haus. Beim Anblick der

Unordnung im Wohnzimmer seufzte sie. Sie räumte die Wortkarten und das Spielzeug weg, mit dem Nahi am Morgen gespielt hatte, und ging in die Küche. Als sie Wasser über das Geschirr in der Spüle laufen ließ, stiegen die Gräten der Makrele, die Woocheol gegessen hatte, an die Oberfläche. Sie erinnerten Mira an die spitzen Knöchel, die sich auf der Rückseite ihrer Hand abzeichneten, wenn sie den Scheuerschwamm umklammerte.

Nachdem sie aufgeräumt hatte, holte sie tief Luft und nahm ihr Handy zur Hand. Nach langem Klingeln meldete sich eine Stimme: »Hallo, Mira.«

»Papa, wie geht es dir?«

»Wie soll's mir schon gehen? Alles beim Alten. Was gibt's?«

Sie hatte sich vorgenommen, mit ihrem Vater, der in Busan als Taxifahrer arbeitete, über Geld zu sprechen, doch nun brachte sie den Mut nicht auf. Sie fühlte sich schlecht dabei, ihn um Geld zu bitten, weil sie in den Nachrichten gehört hatte, dass ein großes Unternehmen ein Monopol auf Ruftaxis habe, und wusste, wie schwer er es selbst hatte.

»Was es gibt? Bei mir ist auch alles beim Alten. Bist du unterwegs?«

»Ich dachte, du hättest dich schon angepasst in Seoul, aber du sprichst doch noch Dialekt.«

Wenn ihr Vater Busandialekt sprach, kam auch Miras Dialekt zum Vorschein.

»Natürlich, ich bin immer noch aus Busan. Hast du gerade einen Fahrgast?«

»Nein, ich bin im Krankenhaus.«

»Was? Wieso im Krankenhaus?«

»In letzter Zeit habe ich Verdauungsprobleme, deshalb will ich alles mal durchleuchten lassen. Deine Mutter ist hier, soll ich ihr das Telefon geben?«

»Schon gut, ihr seid beschäftigt, lass dich erst mal gut durchchecken. Seit wann hast du Verdauungsprobleme?«, fragte Mira mit besorgter Stimme.

»Ist nichts Ernstes, keine Sorge. Euch geht es gut, oder? Deinem Mann auch?«

»Ja, alles in Ordnung. Mach dir keine Sorgen, achte lieber auf deine Gesundheit.«

»Na gut, dann leg ich jetzt auf. Tschüss.«

Mira hörte das geschäftige Treiben in der Universitätsklinik im Hintergrund und legte eilig auf. Sie war besorgt, weil es ihrem Vater nicht gut ging, und erleichtert, dass sie das Thema Geld nicht angesprochen hatte. Aber wo sollten sie nun fünfzig Millionen Won herbekommen? Mira wählte eine andere Nummer.

»Guten Tag, Jinhua Duty Free.«

»Guten Tag, Teamleiterin. Hier spricht Jeong Mira, vom China-Team 3.«

Einen Moment lang herrschte Stille. »Ah, Mira. Wie geht es dir?«

»Gut, Ihnen auch, hoffe ich. Ich rufe an, weil …«

»Wegen Teilzeitarbeit, richtig?«

»Genau, ich kann es mir nicht leisten, nicht zu arbeiten. Als Arbeitslose bekomme ich keinen Kredit. Ach, was rede ich da. Tut mir leid, dass ich Sie wegen so etwas nach so langer Zeit anrufe.«

»Das ist kein Problem und ich verstehe deine Situation, aber wir können es uns nicht leisten, jemanden in Teilzeit anzustellen«, erwiderte die Teamleiterin, eine Frau Ende vierzig, in aufrichtigem Ton.

»Ja, das verstehe ich. Es ist nur so: Wenn meine Tochter den ganzen Tag im Kindergarten betreut wird, wird sie schrecklich weinerlich, und deshalb möchte ich sie nicht den ganzen Tag dort lassen. Es wäre toll, wenn ich von halb zehn bis halb vier, oder auch bis vier, arbeiten könnte …«

»Als Frau kann ich das sehr gut verstehen, denn ich habe es selbst schon erlebt. Aber mir sind da leider die Hände gebunden.«

»Ja, ich verstehe. Tut mir leid, dass ich Sie nur vollgejammert habe.«

»Kein Problem. Es war schön, von dir zu hören.« Die Teamleiterin, die immer nett zu Mira gewesen war, merkte noch an, dass Kinder ihre Mutter noch mehr brauchten, wenn sie in die Grundschule kamen, und legte dann auf.

In Miras Kopf drehte sich alles. Sie hätte nicht gedacht, dass es so schwer sein würde, an Geld zu kommen. Sie überlegte, ihre Schwiegereltern anzurufen, verwarf die Idee jedoch schnell wieder. Stattdessen öffnete sie die Immobilien-App auf ihrem Handy. Sie legte den Mietbetrag fest, wählte den Bezirk Mapo-gu und drückte die Suchtaste. Keine Ergebnisse. Ihre jetzige Wohnung war tatsächlich die beste Option. Die Lage war für sie beide gut, da Woocheols Heizungsfirma im Stadtteil Seogyo-dong lag und sie, wenn sie wieder arbeiten ginge, nach Hongdae gehen müsste. Sie hatte die Hoffnung auf eine Teilzeitstelle noch nicht aufgegeben.

Nachdem sie ihr zweijähriges Studium in Wirtschaftschinesisch mit Auszeichnung abgeschlossen hatte, war

Mira die beste Mitarbeiterin des China-Teams im Duty-Free-Laden gewesen. Sie beriet Kunden, verkaufte Kosmetika, erhielt großzügiges Trinkgeld von reichen Ehefrauen wichtiger Kunden und gelegentlich Prämien für ihre ausgezeichnete Arbeit. Der Job lag ihr, deshalb wollte sie nicht einfach in eine andere Branche wechseln. Darüber hinaus war es fast unmöglich, ein Unternehmen zu finden, das ihre berufliche Auszeit akzeptieren und ihren zeitlichen Anforderungen gerecht werden würde. Ihr kam der Gedanke, dass das Jonglieren mit Arbeit und Kindererziehung nur für berufstätige Mütter in Fernsehserien möglich war.

»Ich wünschte, Kindererziehende würden wie Regen vom Himmel fallen. Dann könnte ich auch morgens Parfüm aufsprühen und erfrischt zur Arbeit gehen«, murmelte Mira.

Je mehr sie die Karte in der Immobilien-App verschob, desto mehr Angebote erschienen, bis sie schließlich in Ilsan landete, aber ihr Geld reichte auch dafür nicht aus. Immer haperte es am Geld. Nachdem sie stundenlang auf den Bildschirm ihres Handys gestarrt hatte, wurde Mira richtig wütend. In solchen Momenten war es am besten, eine kalte Dusche zu nehmen, um ihr überhitztes Gemüt abzukühlen.

Unter dem kalten Wasserstrahl wusch sie sich von Kopf bis Fuß. Als sie sich grob abtrocknete und das Handtuch um ihren Körper wickelte, ging die Haustür auf. Es war Woocheol, an seiner Hand die weinende Nahi.

»Was machst du hier? Warum bist du so früh zu Hause?« Mira war so überrascht, dass sie ihr Handtuch fallen ließ.

Was war passiert? Als sie sah, dass Nahi unaufhörlich weinte, rannte sie nackt zu ihr und umarmte sie.

»Mama, Mama.«

Immer weiter rief Nahi nach ihrer Mutter, sodass Mira klar wurde, dass etwas passiert sein musste.

Nachdem Mira sich angezogen hatte, gab sie Nahi, die sich mittlerweile ein wenig beruhigt hatte, eine Bananenmilch. Nahi nahm den gelben Strohhalm aus der Plastikverpackung und steckte ihn in das Milchpäckchen.

Bald darauf kam ein Anruf vom Kindergarten. Mira räusperte sich und hob ab. »Guten Tag, Frau Erzieherin. Ich habe schon gehört, was passiert ist …«

Die Frau Ende fünfzig versuchte, Mira zu beruhigen. »Sie waren bestimmt überrascht. Da wir Sie nicht erreichen konnten, haben wir Nahis Vater kontaktiert.«

»Ja, er hat mir alles erzählt, aber ist Jihu denn schwer verletzt?«

»Nun ja, sie hat Kratzer im Gesicht, etwa einen Zentimeter lang neben dem Auge. Ich denke, es ist nicht so schlimm, aber ihre Mutter sieht das anders, schließlich ist es ihr Gesicht. Sie verlangt eine Entschuldigung.«

»Haben Sie die Videoaufzeichnung überprüft?«

»Ja, ich habe das Video gesehen und Jihu hat Nahi nicht geschlagen. Ich weiß nicht, warum Nahi darauf beharrt. Natürlich lügen Kinder manchmal, wenn sie Angst davor haben, bestraft zu werden.«

Mira seufzte.

»Haben Sie die Nummer von Jihus Mutter?«, fragte die Erzieherin.

»Sie ist im Gruppenchat. Ich schicke ihr eine Privatnachricht. Tut mir leid, was passiert ist.«

»Machen Sie es mit ihr aus. Wenn Sie das Überwachungsvideo sehen wollen, können Sie jederzeit vorbeikommen. Uns tut es auch leid, dass wir nicht besser aufgepasst haben.«

Als sie über die Abholung mit dem Kindergartenbus diskutiert hatten, hatte die Kindergartenleiterin ebenfalls in einem sanften Ton gesprochen. Sie bemühte sich sehr und dafür war Mira dankbar. Auch heute hatte sie den Vorfall ruhig vorgetragen: Jihu und Nahi hätten sich um ein Spielzeug gestritten, und schließlich habe Nahi Jihu geschlagen. Mira war besorgt. Jihu war erst vor einer Woche in diesen Kindergarten gekommen, daher kannte Mira deren Mutter nicht. War sie sehr autoritär? Wie schlimm war Jihus Verletzung? Nachdem sie aufgelegt hatte, liefen Miras Gedanken im Kreis.

»Ich habe alles ausgetrunken. Und, Mama, ich will auch einen Hund«, sagte Nahi, die leere Packung Bananenmilch in der Hand.

»Nahi, warum hast du Jihu geschlagen?«

»Können wir nicht auch einen Hund haben?«

»Kim Nahi, ich habe dich etwas gefragt.«

»Sie hat mich zuerst gehauen«, entgegnete Nahi mit beleidigtem Blick, weil ihre Mutter ihr nicht zuhörte.

»Die Kindergartenleiterin sagt, Jihu hat dich nicht geschlagen. Lügst du mich etwa an?«

»Sie hat mich wirklich geschlagen! Es tat weh, genau hier.« Mit wehleidiger Stimme deutete Nahi auf ihren Ellbogen.

Mira inspizierte Nahis linken und auch den rechten Ellbogen, konnte jedoch weder Schrammen noch blaue Flecken entdecken.

Mit ernster Miene fragte sie: »Bist du dir sicher? Hat Jihu dich wirklich verletzt? Wenn du lügst, werde ich richtig sauer. So haben wir dich nicht erzogen.«

»Es ist nicht gelogen …«

Die Bananenmilch hatte ihre Wirkung verloren und Tränen liefen wieder über Nahis Gesicht. Woocheol, der sich umgezogen hatte, kam aus dem Schlafzimmer.

»Schatz, warum bist du nicht ans Telefon gegangen? Nahi hat geweint und nach ihrer Mutter gerufen, aber du hast nicht abgehoben. Was hast du gemacht?«

»Ich war unter der Dusche«, sagte Mira und unterdrückte die in ihr aufsteigende Wut.

»Duschen kannst du auch am Abend. Untertags kann der Kindergarten anrufen, deshalb solltest du warten, bis ich nach Hause komme.«

»Wann am Abend? Wenn du nach Hause kommst, muss ich Abendessen kochen, davor muss ich Nahis Brotbüchse waschen und neu füllen. Wenn ich damit fertig bin, räume ich das Spielzeug weg, und dann muss ich Nahi waschen, aber wir haben nicht mal eine Badewanne, wie sollen wir in dem winzigen Badezimmer gemeinsam duschen?«

Als Mira ihre Stimme erhob, weinte Nahi noch lauter.

»Okay, tut mir leid«, erwiderte Woocheol. »Kein Grund, wütend zu werden.«

»Kümmer dich um Nahi«, bat sie. »Ich werde Jihus Mutter anrufen.«

Woocheol nahm die laut schluchzende Nahi in die Arme. Mira warf sich eine graue Strickjacke über und ging nach draußen.

Der Boden war nass, es hatte wohl geregnet.

»Oh, ist das kalt!« Mira war in eine Wasserpfütze getreten. »Ach, heute läuft einfach alles schief.«

Sie versuchte, das Wasser von ihren Hausschuhen abzuschütteln. Dann holte sie einmal tief Luft und rief Jihus Mutter an. Sie entschuldigte sich im Namen ihrer Tochter und schlug vor, persönlich vorbeizukommen, aber Jihus Mutter unterbrach sie und sagte, dass es ausreichend sei, wenn sie das Geld für die Behandlung schicke. Sie seien bereits bei einem Dermatologen gewesen und höchstwahrscheinlich wäre eine Laserbehandlung erforderlich, um die Narben zu entfernen. Wenn Mira eine Million Won überwiese, würde das auch eventuelle zukünftige Behandlungen abdecken. Mira spürte einen Kloß im Hals. Aber da es Nahis Schuld gewesen war, willigte sie ein. Sie verbeugte sich und entschuldigte sich erneut bei Jihus Mutter am anderen Ende der Leitung.

Am Abend wurde eine Million Won von Woocheols Konto abgebucht. Ihr Sparbuch wurde leichter und der Traum von einer eigenen Wohnung unerreichbarer. Mira brachte Nahi ins Bett und ging dann ins Schlafzimmer.

»Ich habe das Geld überwiesen«, sagte Woocheol mit ruhiger Stimme.

»Okay.«

»Die Lebenshaltungskosten diesen Monat …«

»Ich weiß schon. Wir müssen den Gürtel enger schnallen.

Erst mal brauchst du Schlaf, damit du morgen arbeiten kannst.«

Nach diesem kurzen Austausch legten sie sich hin und drehten einander den Rücken zu. Mira konnte nicht recht einschlafen, nickte nur ab und zu ein. Und gerade, als sie dabei war, tiefer in den Schlaf zu sinken, rüttelte Nahi sie wach.

»Mama, ich hab ins Bett gemacht.«

Beim niedergeschlagenen Ton ihrer Tochter fühlte sich Mira schuldig, weil sie ihr nicht helfen konnte, über den Streit im Kindergarten hinwegzukommen. Sie stand auf, gab Nahi neue Kleider, zog das Bett ab, legte die Decke und das Leintuch ins Badezimmer und holte neue Sachen. Nahi schlief bald darauf ein und auch Mira legte sich wieder ins Bett.

Nach ein paar Stunden wurde sie wieder von Nahi geweckt.

»Mama, wach auf.«

»Was ist?«

»Ich habe wieder …«

Mira sprang auf. »Schon wieder? Du hast wieder ins Bett gemacht?«

»Tut mir leid, Mama …«

Mira packte Nahis kleine Schultern mit festem Griff. »Nahi, wenn es dir leidtut, dann hör bitte auf damit. Du machst mir das Leben schwer.«

Nahi brach in Tränen aus. Woocheol, der selbst im Schlaf gespürt hatte, dass etwas nicht stimmte, stand auf und versuchte, seine Tochter zu trösten.

»Ihr beide könnt hier schlafen«, sagte Mira. »Wir haben

keine andere Bettwäsche mehr, also werde ich schnell zum Waschsalon gehen.«

»Das geht doch auch morgen, es ist schon spät«, sagte Woocheol im Halbschlaf.

»Heute soll es regnen, dann wird sie nicht trocken.«

Mira zog ihre graue Strickjacke über, spülte die Decken kurz mit Wasser ab und verließ das Haus, die Bettwäsche an sich klammernd. Die Strickjacke wurde feucht von den durchnässten Decken. Auch der Geruch wurde mit jedem Schritt stärker.

Schnellen Schrittes ging Mira zum Binggul-Binggul-Waschsalon. Sie öffnete eine Waschmaschine und stopfte die zwei Decken hinein, dann setzte sie sich an den Tisch vor dem Fenster, wo sie das aufgeschlagene hellgrüne Tagebuch entdeckte.

Es lag wohl schon eine Weile unbeaufsichtigt hier herum und war voll mit verschiedensten Einträgen. Sie war nicht besonders neugierig, blätterte aber trotzdem darin. *Der Frühling geht zu Ende*, stand dort. Wie in der Pfütze, in die sie getreten war, sammelte sich auch in ihren Augen Wasser. Die Tränen kullerten über ihre Wangen und fielen auf den Tisch. Sie wischte sie weg und blätterte auf die nächste Seite. Ein weißes Blatt Papier, auf dem jemand seine Sorgen niedergeschrieben hatte, und die Antworten darunter von anderen Leuten. Mira nahm den Kugelschreiber vom Tisch und schrieb drauflos.

Ich bin des Lebens überdrüssig. Warum ist es so schwer?

Nachdem sie die Worte niedergeschrieben hatte, fühlte sie sich hilflos, als hätte sie sich selbst verloren. Sie fragte sich, ob es überhaupt noch Hoffnung für sie gab. Mira lebte tagein, tagaus wie die Waschmaschine, die sich hinter ihr unaufhörlich im Kreis drehte. Vor der Hochzeit war sie von ihrer Arbeit eingenommen gewesen, und als Mutter nahm die Kinderbetreuung all ihre Zeit in Anspruch. Aber jetzt, wo sie sich nirgendwo einen Namen machen konnte, fühlte sie sich bitter und bemitleidenswert, wie die Waschmaschine zu Hause, die wie ein klapperndes Stück Schrott behandelt wurde. Sie legte den Kopf in den Nacken und blickte an die Decke, aber die Tränen versiegten nicht. Mira holte tief Luft und schluckte den Kloß in ihrem Hals hinunter, doch es reichte nicht, um den Kummer zurückzuhalten.

Mira und Woocheol beschlossen, das Apartment in Yeonnam-dong mit einer Kaution von fünfzig Millionen Won aufzugeben, und sahen sich stattdessen in den Außenbezirken von Seoul um. Als sie gerade das Haus verlassen wollten, um eine Wohnung in der Provinz Gyeonggi zu besichtigen, klingelte Miras Telefon.

»Hallo, Mama«, meldete sie sich. »Ich bin gerade beschäftigt, ich rufe dich am Abend zurück.«

Keine Antwort.

»Mama, weinst du?«

»Mira, was sollen wir bloß mit deinem Vater machen?«

Mira zog ihre Schuhe wieder aus und ging zurück ins Wohnzimmer, wo sie ihre Tasche auf der Couch abstellte.

»Was ist los? Beruhige dich und erzähl es mir.« Sie hörte

Schluchzen am anderen Ende der Leitung. »Mama, willst du einfach nur weinen? Du machst mich ganz unruhig. Erzähl mir, was los ist.«

Beim Anblick von Miras Gesicht wusste Woocheol, dass es ernst war.

»Hatte Papa einen Unfall?«, fragte Mira.

»Nein, das ist es nicht, er ... hat Magenkrebs.«

Mira sackte auf der Couch zusammen. »Ich komme noch heute vorbei. Nein, jetzt gleich, ich mache mich sofort auf den Weg.«

»Nein, wir müssen so bald wie möglich ins Krankenhaus für die Operation, und die Vorschriften wurden geändert, deshalb darf nur eine Begleitperson dabei sein.«

»Das heißt, ich kann nicht mal sein Gesicht sehen? Ich sollte ihn doch zumindest noch einmal sehen, bevor er operiert wird!«

»Ich wollte dir erst nach der Operation Bescheid sagen, aber ich hatte zu viel Angst, deshalb habe ich dich angerufen.«

»Ich komme morgen vorbei. Nein, jetzt gleich.«

»Bitte, bleib, wo du bist. Ich hätte dich erst im Nachhinein anrufen sollen. Dein Mann muss zur Arbeit und du solltest Nahi in den Kindergarten bringen. Bleib zu Hause.«

»Ist die Arbeit jetzt wirklich das, was zählt?«

Mira wollte alles stehen und liegen lassen und zum Flughafen fahren oder den Zug nach Busan nehmen, um bei ihrem Vater zu sein. Sie erinnerte sich daran, was er zu ihr gesagt hatte, als sie an ihrem Hochzeitstag vor der Tür darauf gewartet hatten, gemeinsam zum Altar zu gehen:

»Ich habe nicht viel für dich tun können, dir keine schönen Sachen gekauft. Wir haben dir nicht so viel geben können wie andere Familien. Doch du bist wirklich wunderschön. Es tut mir leid, Mira.« So wie ihr Vater mit zitternden Händen ihre Hand gehalten hatte, wollte auch sie jetzt seine Hände halten.

Mira buchte ein Flugticket. Auch wenn sie ihren Vater erst morgen nach der Operation sehen konnte, würde sie zumindest bei ihm sein. Woocheol nahm sich einen Tag frei und sagte, er werde sich um Nahi kümmern, also solle sie sich keine Sorgen machen.

Am Abend erhielten sie einen Anruf, dass die Wohnung in Gyeonggi, die sie nicht besichtigt hatten, nicht mehr verfügbar sei. Miras Vater war krank und die Waschmaschine ächzte und stöhnte. Alles war ein einziges Durcheinander. Mira seufzte schwer und beschloss, sich zusammenzunehmen. Kurz darauf verließ sie das Haus mit Nahis Erdbeerunterwäsche, Woocheols Arbeitskleidung, ihrer grauen Strickjacke und einigen Handtüchern in einem Wäschekorb.

Mira gefiel es, allein zum Waschsalon zu gehen, nachdem alle anderen zu Bett gegangen waren. Die jungen Leute, die locker gekleidet und hip gestylt einfach herumsaßen, wo es ihnen gefiel, und ihre Jugend genossen, gaben ihr das Gefühl, dem Alltag entfliehen zu können.

Als sie die Tür zum Waschsalon öffnete, sah sie einen alten Mann vor dem Tisch stehen. Sie hielt einen Moment inne, bevor sie hineinging. Sie dachte, dass der Ausdruck *älterer Herr* passender sei als *alter Mann*. Er trug ein gebügeltes marineblaues Karohemd, eine graue Baumwollhose, einen entspannten Gesichtsausdruck und hatte noch recht volles Haar, was einen guten ersten Eindruck vermittelte. Mira ging vorsichtig an dem Jindo vorbei, der neben der Tür saß. Kurz darauf nahm der ältere Herr die Leine in die Hand und die beiden verließen den Waschsalon.

Einen Moment lang fragte sie sich, ob der Mann ihren Eintrag im Tagebuch gesehen hatte, aber da sie ihn anonym geschrieben hatte, war sie nicht allzu besorgt. Sie überlegte, ob wohl jemand darauf geantwortet habe, aber der ältere Herr war gerade erst gegangen, und so schaute sie nicht sofort nach, sondern warf die Wäsche in eine Maschine und einen Blick aus dem Fenster. Nachdem der Mann und sein Hund außer Sichtweite waren, setzte sie sich an den Tisch, auf dem ein Vitamingetränk stand.

Die Seite mit ihrem Eintrag war aufgeschlagen. Der Handschrift nach zu schließen, schien die Antwort ernsthaft und aufrichtig gemeint zu sein. War sie wirklich von dem älteren Herrn geschrieben worden, der gerade den Waschsalon verlassen hatte? Die würdevolle Handschrift passte zu seinem Aussehen. Sie war dankbar für die Antwort, denn sie gab ihr das Gefühl, dass ihr jemand zuhörte. Als hätte jemand ihre Stimme vernommen und es käme ein Echo zurück: »Ich höre dich.«

Mira dachte über den Ratschlag nach, sich um eine Pflanze zu kümmern und sich von ihr nähren zu lassen. Sie öffnete den Vitamindrink. Der leicht säuerliche Geruch des Tonikums stieg ihr in die Nase. Während sie darüber nachdachte, was für eine Pflanze sie besorgen sollte, schrieb sie eine kurze Notiz, um sich zu bedanken, und fügte hinzu, dass sie diese Gegend wohl bald verlassen werde.

...

Es war bereits zwei Wochen her, dass Mira nach Busan gereist war. Die Operation ihres Vaters war gut verlaufen. Zum Glück war sein Zustand nicht allzu ernst, und es war beschlossen worden, dass er im Krankenhaus bleiben und sich auf die Chemotherapie konzentrieren würde. Da der Auszug kurz bevorstand, war Mira zu sehr damit beschäftigt, eine Wohnung zu suchen, um in den Waschsalon zu gehen. Zum Glück machte Nahi nachts auch immer seltener ins Bett.

Herr Jang sorgte sich nach wie vor um Mira, die geschrieben hatte, sie sei des Lebens überdrüssig. Die deprimierende Vorstellung von ihren blutunterlaufenen Augen und den dunklen Ringen darunter ging ihm nicht mehr aus dem Kopf.

»Ob sie wohl den Vitamindrink getrunken hat? Einer war zu wenig, ich hätte mehr kaufen sollen, damit sie auch etwas mit nach Hause nehmen kann«, sagte Herr Jang zu Jindol, der mit dem Schwanz wedelte.

Er nahm sich vor, das nächste Mal eine ganze Kiste Saft zu besorgen, und legte die Bettdecke auf den Boden. Sie war noch warm vom Trockner. Jindol schien das zu gefallen, denn er machte es sich neben Herr Jang gemütlich. Jindols Körperwärme und der Duft des Waschsalons ließen diese Frühlingsnacht noch angenehmer werden.

...

Herr Jang klopfte an den Topf der Pflanze, die im Sonnenlicht badete. Mit Freude betrachtete er die Kirschtomaten, die ihre Stängel ausgestreckt hatten und schnell herangewachsen waren. Die Tomaten, die letzte Woche noch grün gewesen waren, hatten eine schöne rote Farbe angenommen und so pflückte er eine vom unteren Ende des Stiels und aß sie.

»Oh, ist das lecker. Sehr süß, wie Zucker.«

Jindol schnüffelte neugierig an Herrn Jangs Hand.

»Du willst sie auch probieren, nicht wahr? Aber das darfst du nicht. Stattdessen werde ich heute Hühnerbrust für dich vorbereiten. Was hältst du davon?«

Jindol bellte laut und wedelte mit dem Schwanz. Herr Jang nahm seinen Strohhut ab. Der Himmel war wolkenlos und klar.

Später legte er eine Hühnerbrust in den Topf mit kochendem Wasser auf dem Herd. Langsam verfärbte das Fleisch sich von rot zu weiß. Herr Jang schöpfte geschickt den Schaum ab.

»Ich mache dein Lieblingsgericht für dich, Jindol, hab nur noch etwas Geduld.«

Es war das einzige Gericht, das Jindol wirklich mochte, an den meisten anderen Lebensmitteln auf dem Markt ging er einfach vorbei. Der Gedanke, dass er Jindol etwas Gutes tun konnte, hob Herrn Jangs Stimmung. Da es Mittag war, holte er Knochenbrühe und gefrorene Knödel aus dem Kühlschrank, um sich selbst eine Suppe zuzubereiten.

Jaul!

Im Garten hörte er Jindol winseln. Es war ohrenbetäubend. Hastig drehte er das Gas ab und eilte hinaus. Jindol lag vor dem Tor, konnte nicht aufstehen und stieß nur ein langes, wolfsähnliches Heulen aus.

»Was ist hier los?«

Sein Sohn und dessen Frau waren gekommen. Beim Öffnen der Tür hatten sie offensichtlich Jindol getroffen. Sein linkes Hinterbein war schief, als wäre es verdreht. Herr Jang stockte der Atem, seine Hände wurden schweißnass. Alles, woran er denken konnte, war, Jindol so schnell wie möglich zum Tierarzt zu bringen.

»Schwiegervater, wir sind zu Besuch gekommen.«

»Warum lässt sich die Tür so schwer öffnen? Ein Einfamilienhaus ist zu viel Arbeit. Du solltest in eine Wohnung …«

»Schon wieder dieselbe Leier! Schluss damit!«, schrie er seinem Sohn entgegen, der eine große Aktentasche mit dem Namen eines Architekturbüros trug.

Besorgt betrachtete er Jindol, der versuchte, sich auf die Vorderpfoten zu stellen, jedoch gleich wieder hinfiel.

»Schon gut, Jindol. Bleib liegen. Wir fahren zum Tierarzt. Ihr seid mit dem Auto gekommen, oder?«

»Ja. Warum stand er auch gerade hier herum? Ist er schwer verletzt? Willst du ihn etwa in die Klinik fahren?«, fragte der Sohn beim Anblick des schnaufenden Jindol.

»Geh schon mal vor und starte den Wagen. Ich trage Jindol hinaus.«

»Aber es ist ein ganz neues Auto … Ich rufe ein Taxi. Wahrscheinlich hat er eine Fraktur im linken Hinterbein, das ist keine große Sache. Heutzutage gibt es sogar für Hunde Rollstühle und so.«

Herr Jang verpasste seinem Sohn eine saftige Ohrfeige. Er konnte nicht länger ertragen, was der von sich gab, während Jindol vor Schmerzen winselnd im Gras lag.

»Vater!«

»Du willst ein Arzt sein? Behandelst du deine Patienten auch so? Als sei es keine große Sache? Du verdienst es nicht, Arzt zu sein. Leg dein Skalpell besser nieder. Solches Benehmen von meinem Sohn! Und ich bin auch erbärmlich, weil ich damit prahle, dass du Arzt bist!«

»Du gehst etwas zu weit, Schwiegervater ...«

»Halt dich da raus«, bat der Sohn seine Frau. »Vater, was regst du dich so auf? Es ist doch nur ein Hund.«

»Wenn du keine weitere Ohrfeige willst, halt lieber den Mund!«

Die Adern auf Herrn Jangs Stirn stachen hervor. Er schnappte sich seine Brieftasche und sein Handy und hob Jindol hoch. Gelbes, verwelktes Unkraut fiel von Jindols Bauch. Als Herr Jang mit Jindol in den Armen loslief, standen ihm sofort Schweißperlen auf der Stirn.

Es war nicht leicht, im Wohngebiet ein Taxi zu finden, und die einzigen, die er sah, waren reserviert. Hätte er das geahnt, hätte er seinen Führerschein noch etwas behalten. Nach seinem Ausflug mit Jindol an das nahe gelegene Westmeer hatte Herr Jang seinen Führerschein, den er fast sechs Jahrzehnte lang in seiner Brieftasche aufbewahrt hatte, freiwillig abgegeben. Er wusste, dass die Gesellschaft älteren Fahrern gegenüber skeptisch war, und nachdem er gelegentlich deswegen Schweißausbrüche gehabt hatte, tat es ihm nicht wirklich leid um den Führerschein. Allerdings empfand er Gewissensbisse, weil es einige Zeit gedauert hatte, bis er sich eingestanden hatte, dass er nicht länger zum Fahren geeignet war.

Seit er seinen Führerschein abgegeben hatte, hatte er es ab und zu bereut. Es war schade, dass er nicht mehr mit Jindol auf dem Beifahrersitz herumfahren und Musik hören konnte oder dass er seinen Sohn um einen Gefallen bitten musste, wenn er aus der Stadt rauswollte, um frische Luft zu schnappen. Abgesehen davon war die einzige Möglichkeit, an frische Luft zu kommen, ein Picknick im Seniorenzentrum.

Fünf Minuten lang lief Herr Jang in der Gasse und den Seitenstraßen um das Haus auf und ab. Jindols Winseln wurde immer lauter. Er konnte nicht länger warten und beschloss, zu Fuß zu gehen. Gerade als er sich aufmachen wollte, hupte ein Wagen. Ein Taxi mit der Aufschrift *Pause* stand vor ihm. Das Nummernschild aus Busan machte ihn stutzig. Das Taxi war weder reserviert noch im Dienst. Wahrscheinlich wollte der Fahrer nach dem Weg fragen.

Da öffnete sich das Beifahrerfenster und eine Frau Mitte sechzig sprach ihn an: »Steigen Sie ein. Wir sind im Kreis gefahren, auf der Suche nach dem Haus unserer Tochter, und sind immer wieder an Ihnen vorbeigekommen. Kommen Sie, wir bringen Sie zum Tierarzt.«

Der Mann hinter dem Lenkrad fügte hinzu: »Los, steigen Sie ein, wir bringen Sie dorthin.«

Kurz kam Herr Jang der Gedanke, dass auch ältere Leute manchmal gekidnappt wurden, aber er konnte nicht länger untätig bleiben und Jindol leiden lassen und so stieg er ein. »Dann entschuldigen Sie bitte die Umstände. Wenn

Sie die zweite Gasse dort nehmen, kommen Sie zur Hauptstraße. Wenn Sie ihr folgen, kommen Sie nach Sinchon.«

»Verstanden. Wie heißt die Klinik?«

Der Mann, der einen netten Eindruck machte, drückte auf die Sprachsuchtaste seines Mobiltelefons und sagte den Namen der Klinik, die Herr Jang ihm nannte. Dem Navigationssystem folgend, fuhren sie durch die Gassen und kamen in weniger als zehn Minuten an. Als Herr Jang nach seiner Brieftasche griff, winkte der Mann ab.

»Gehen Sie hinein. Ist schon gut, ich bin heute nicht im Dienst.«

»Trotzdem …«

»Ich habe nicht einmal das Taxameter eingeschaltet. Gehen Sie schon.«

Herr Jang bedankte sich und stieg mit Jindol aus. Als das Taxi losfuhr, verbeugte er sich zum Abschied und betrat dann die Klinik.

Obwohl es Mittagszeit an einem Wochentag war, war die Klinik voll mit kranken Tieren und besorgten Besitzern. Eine Krankenschwester, die Jindol von früheren Besuchen kannte, stufte ihn als Notfallpatienten ein, damit er schneller behandelt wurde. Im Untersuchungsraum angekommen, zitterte Jindol heftig. Als der behandelnde Arzt den Raum betrat, wedelte er leicht mit dem Schwanz.

Der Tierarzt untersuchte Jindol zuerst durch Abtasten, dann sagte er, dass Röntgenaufnahmen erforderlich seien, um sich ein genaueres Bild von der Situation zu machen. Herr Jang setzte sich nervös ins Wartezimmer. In seiner Vorstellung sah er sich selbst, wie er mit Jindol, der einen Hunderollstuhl hatte, im Park spazieren ging.

»Mein armer Jindol, es tut mir leid …«

Der Tierarzt kam auf Herrn Jang zu, dessen Gesicht kreidebleich war, und nahm seine Hand. »Machen Sie sich keine Sorgen. Jindol benötigt eine Notoperation, aber ich werde mein Bestes geben. Vertrauen Sie mir. Ihr Hund ist bei mir gut aufgehoben.«

Herr Jang ergriff ebenfalls die Hand des Arztes. Sie fühlte sich rau an, wahrscheinlich wegen des vielen Desinfektionsmittels, aber dennoch warm. »Ich verlasse mich auf Sie.«

Der Tierarzt betrat den Operationssaal. Bevor sich die Tür hinter ihm schloss, erhaschte Herr Jang einen Blick auf Jindol, der auf dem kalten, silbernen Operationstisch lag.

Während der nächsten zwei Stunden bewegte Herr Jang sich nicht vom Fleck. Er betete, dass er mit seinem Hund auch in Zukunft in ihrem Lieblingspark spazieren gehen könnte.

Dann rief die Krankenschwester ihn auf. »Sie können jetzt in den Behandlungsraum gehen.«

Dort wartete der Tierarzt, der gerade die Operation beendet hatte, mit Jindols Röntgenbildern auf dem Bildschirm.

»Danke für Ihre Bemühungen. Geht es Jindol gut?«

»Ja, die Operation ist gut verlaufen.«

»Er wird keinen Rollstuhl oder so brauchen? Wird er gut laufen können?«

»Ja, es ist alles in Ordnung.«

Bei diesen Worten atmete Herr Jang erleichtert auf. »Danke, haben Sie vielen Dank.«

»Jindol war sehr tapfer. Er hat es geschafft, seinen Puls während der gesamten Operation gleichmäßig zu halten, daher war sie schnell vorbei.«

Anhand der Röntgenbilder am Bildschirm erklärte der Arzt Jindols Zustand im Detail. Er sagte, dass der Patient derzeit im Aufwachzimmer sei und Herr Jang ihn besuchen könne, sobald er verlegt worden war. Beim Hinausgehen verbeugte Herr Jang sich erneut und bedankte sich nochmals bei dem Tierarzt.

»Jindol, hat es sehr wehgetan?«

Als er kurze Zeit später ins Krankenzimmer ging, lag Jindol hilflos da. Die Narkose ließ langsam nach, und als er Herrn Jang erblickte, versuchte er aufzustehen, schaffte es aber nicht. Sein linkes Hinterbein war in Gips.

»Bleib liegen, Jindol. Ruh dich einfach aus.«

Beim Ton von Herrn Jangs Stimme senkte Jindol erleichtert den Kopf und legte das Kinn auf die Vorderpfoten. Da die Krankenschwester ihm mitgeteilt hatte, dass Jindol eine Woche in der Klinik bleiben müsse, sagte Herr Jang, er werde morgen wiederkommen, und verließ dann die Praxis.

Er nahm den Bus und stieg bei der Hongik-Universität aus. Mit dem Handrücken wischte er sich den Schweiß von der Stirn und stellte fest, dass sein Hemd völlig durchnässt war.

»Puh, das ist noch mal gut gegangen.«

Am Eingang zum Yeontral-Park standen reihenweise Elektroroller. Herr Jang lief den von Bäumen gesäumten Weg entlang. Es sah aus, als würden die Kirschbäume bald in voller Blüte stehen, und Herr Jang hoffte, dass es Jindol bis dahin besser ging. Er wollte mit ihm gemeinsam auf diesem Weg im Kirschblütenregen spazieren gehen.

Als er zu Hause ankam und den glänzenden Porsche vor der Tür stehen sah, zögerte er. Sein Sohn war noch da. Er wollte ihn nicht sehen, doch wohin hätte er gehen können? Das Seniorenzentrum schloss um vier Uhr, und es gab kein Teehaus in der Nähe, in das er allein hätte gehen können.

Da ihm nichts anderes übrig blieb, öffnete er die Tür und betrat das Haus.

Seine Schwiegertochter erhob sich von ihrem Platz. »Alles in Ordnung, Schwiegervater? Du bist ganz verschwitzt.«

Während sie noch sprach, räusperte sein Sohn sich mehrmals. »Ich habe nur heute Zeit, deshalb habe ich gewartet. Damit wir uns unterhalten können.«

Auf den im Wohnzimmer ausgebreiteten Bauplänen stand die Adresse des Grundstücks, auf dem Herrn Jangs Haus stand. Nummer 22, Yeonnam-dong, Mapo-gu. Daneben standen in Großbuchstaben die Grundstücksfläche, Anzahl der Geschosse und Bebauungsdichte.

»Du hast mir überhaupt nicht zugehört!«, sagte Herr Jang sofort.

»Werd nicht emotional, hör mir erst mal zu. Es hat mich einiges gekostet, diese Pläne anfertigen zu lassen, und ich habe sie nur günstiger bekommen, weil ein Freund von mir ein Architekturbüro hat. Ich habe viel Arbeit hineingesteckt, also setz dich bitte!«

»Ich habe dich nicht darum gebeten. Als Arzt an einer Universitätsklinik mangelt es dir ja wohl nicht an Geld. Dann mach doch gleich Pläne für alle Häuser in Hyochang-dong. Mit den Erträgen kannst du dir ein schönes Leben machen. Soll ich dir vielleicht auch noch meine Rente geben?« Wut ergriff Herrn Jang. Sein Gesicht lief rot an und Zornesadern waren auf seinem Hals zu sehen.

»Schwiegervater …«

»Vater, widersetz dich nicht einfach blind. Glaubst du, ich mache das nur des Geldes wegen? Wenn wir das Haus jetzt umbauen, vermieten und dann verkaufen, können wir gut daran verdienen. Ansonsten machen wir nur Verluste! Ich habe gehört, dass viele Leute nach Euljiro oder nahegelegene ziehen, weil die Lizenzgebühren für Gewerbeimmobilien hier so hoch sind. Wir müssen so schnell wie möglich handeln, bevor es zu spät ist.«

»Was ist mit dem Verlust meiner Erinnerungen? Wen interessieren die Anzahl der Geschosse und die Bebauungsdichte? Glaubst du, ich wäre glücklich, wenn ich Geld dafür bekomme, dass ich die Bäume, die Blumenbeete und alles, was deine Mutter und ich hier gepflanzt und gepflegt haben, aufgebe? Ich bin achtzig Jahre alt. Achtzig! Lass mich einfach so leben, wie ich will.«

Wegen Herr Jangs Sturheit beschloss sein Sohn, einen Rückzieher zu machen. Er schnappte sich die Pläne und verließ das Haus.

»Warte auf mich, Schatz.« Die Schwiegertochter folgte ihrem wütenden Ehemann.

Als dieser gerade das Tor öffnen wollte, sah er einen Topf mit roten Kirschtomaten im Blumenbeet und trat dagegen. Der Topf zerbrach und die Erde fiel heraus. Der Sohn strich mit der Hand über seine Anzughose und trat auf die Straße.

Herr Jang sah alles durch das Wohnzimmerfenster, hatte

jedoch nicht die Kraft, seinem Sohn zu folgen und mit ihm zu schimpfen. Ob es nun die Wut war oder die Erschöpfung, nachdem er Jindol ins Krankenhaus gebracht hatte, er hatte keine Energie mehr. Er setzte sich auf das Sofa, schloss die Augen und lehnte sich zurück.

»Puh, endlich Ruhe …«

In den nächsten Tagen hörte er nichts von seinem Sohn. Und Herr Jang wollte nicht nachgeben. Auch wenn es das Zeitalter der Hundertjährigen war, gab es keine Garantie, dass er so alt werden würde, und er wollte das Haus, in das er so viel Zeit investiert hatte, nicht verkaufen. Außerdem machte er sich Sorgen, wie er mit Jindol gemeinsam in einer Wohnung leben sollte. Es lag auf der Hand, dass die Nachbarn sich über dessen Bellen oder Winseln beschweren würden. Am Ende müsste sich Jindol vielleicht sogar einer Stimmbandoperation unterziehen und könnte nur noch seinen Schwanz benutzen, um seinen Gefühlen Luft zu machen. Das wollte Herr Jang auf keinen Fall.

Nachdem Jindol zwei Wochen in der Klinik geblieben war, erhielt Herr Jang einen Anruf.

»Sind Sie Jindols Besitzer?«, fragte die Krankenschwester freundlich.

»Ja, hier spricht sein Besitzer.«

»Wenn Sie heute vorbeikommen, können Sie Jindol mit nach Hause nehmen. Der Arzt hat gesagt, dass er entlassen wird. Bringen Sie bitte eine Leine, einen Kotbeutel und Wasser mit.«

Herr Jang war froh, dass er Jindol heute nicht nur besuchen, sondern mit ihm nach Hause gehen konnte. Obwohl die Kirschblüten aufgrund des Regens bereits gefallen waren, freute er sich darauf, mit Jindol durch die Straßen von Yeonnam-dong zu laufen.

»Ich werde alles mitbringen, keine Sorge. Kann ich nachher gleich vorbeikommen?«

»Ja, Jindol ist auch schon ganz aufgeregt, als wüsste er Bescheid.«

Die Stimme der Krankenschwester wurde von Jindols Bellen übertönt. Es ging ihm also wieder bestens.

Nachdem er aufgelegt hatte, bereitete Herr Jang sich schnell eine Mahlzeit zu, um Jindol nach dem Mittag abzuholen. Er nahm den gebratenen Reis heraus, den Frau Hong vom Seniorenzentrum ihm letzte Woche gegeben hatte. Er goss Wasser in einen Topf, fügte etwas Reis hinzu, nahm aus dem Kühlschrank Kimchi, Knoblauchsprossen, Sardellen und gedünstete Lotuswurzel und ließ das Ganze eine Weile kochen.

...

Der Frühling war fast vorbei, und sie hatten noch keine Gelegenheit gehabt, sich die Kirschblüten anzusehen. Mira war fest entschlossen gewesen, dieses Jahr mit Nahi und Woocheol zur Kirschblütenallee in Yunjung-ro zu fahren. Sie hatte sogar ein Kleid für neunundfünfzigtausend 59 000 Won gekauft, aus weißer Baumwolle, mit roter Blumenstickerei an den Ärmeln. Aber während sie in Ilsan herumgefahren waren, um sich Wohnungen anzusehen, waren die Blumen bereits verwelkt. Enttäuscht blickte Mira auf das Kleid, das noch mit Preisschild in ihrem Schrank hing.

Die Rückgabefrist ist auch vorbei, dachte sie, *vielleicht sollte ich es wenigstens gebraucht verkaufen.*

In Vorbereitung auf den bevorstehenden Umzug war sie dabei, ihre Kleidung auszusortieren. Sie nahm die Sachen aus den Schubladen und legte die beiseite, die sie nicht mehr trug: Kleidung, die sie hatte anziehen wollen, wenn sie abgenommen hatte, was ihr noch immer nicht gelungen war, und schöne Kleider, die sie für Hochzeiten und besondere Anlässe aufbewahrt hatte, die aufgrund der wirtschaftlichen Lage selten geworden waren. Als Hausfrau und Mutter einer sechsjährigen Tochter hatte sie nur wenige Gelegenheiten, sich fein anzuziehen. Sie packte die Kleider in eine Kiste, öffnete die Kommode und betrachtete die Ohrringe, Halsketten und Armbänder, die noch aus ihrer Zeit im Duty-Free-Shop stammten. Sie musste lachen bei dem Gedanken, dass sie einmal so ausgefallenen Schmuck getragen hatte.

Ihr Handy meldete sich. Eine Nachricht von jemanden, der eines ihrer Kleidungsstücke auf der Secondhand-App kaufen wollte. Es ging um das Kleid, an dem noch das Preisschild hing.

10 000 WON RABATT?

Mira runzelte die Stirn beim Anblick der unhöflichen Nachricht. Dennoch antwortete sie so freundlich wie möglich, aus Sorge, eine negative Bewertung zu erhalten.

Leider nicht, denn das Kleid ist neu und wurde noch nie getragen. Es ist in sehr gutem Zustand :)

Zurück kam: Gebraucht ist gebraucht. Es sollte günstiger sein.

Der herrische Ton machte Mira wütend, doch sie hielt sich zurück.

Tut mir leid. Denken Sie daran, dass Sie es auch bis zum Hochsommer tragen können.

Es folgte ein abschließendes: Dann nicht.

Sie war schon aufgebracht genug, weil sie das Kleid nicht zur Kirschblütenschau hatte anziehen können. Was sollte der unhöfliche Ton? Am liebsten würde sie es einfach in die Altkleidersammelbox geben, dann wäre die Sache erledigt!

Die Einstellung dieser Person gefiel Mira nicht, aber sie wollte keinen Streit anfangen, also antwortete sie nicht mehr. Als sie das Chatfenster schließen wollte, fiel ihr eine Anzeige auf, für einen einfachen, gut bezahlten Teilzeitjob, den auch eine Hausfrau ausüben könne. Der Slogan, dass es um leichte Arbeit bei gutem Lohn ginge, erregte ihre Aufmerksamkeit. Ihre Hände reagierten schneller als ihre Augen. Sie klickte auf die Stellenanzeige und las die Jobbeschreibung.

»Es reicht, ein- oder zweimal pro Woche Lieferungen an einen bestimmten Ort zu bringen?«, murmelte sie. »Warum suchen die eine Hausfrau für die Zustellung von Paketen in Mapo-gu? Werden normalerweise nicht starke Männer bevorzugt?« Sie war etwas misstrauisch gegenüber der Anzeige, in der es hieß, dass kein Auto, Taxi oder öffentliche Verkehrsmittel erforderlich seien.

Sie legte das Handy beiseite und fuhr mit dem Sortieren der Kleidung fort. Sie packte die Sachen, die sie mitnehmen würde, in Kartons aus dem Supermarkt. Die Winterdecke, die im Schrank lag, würde sie in ein Kompressionspaket packen, damit sie nicht so viel Platz wegnahm, aber da sie nach Mottenkugeln roch, beschloss Mira, sie vorher noch einmal zu waschen.

Schweißperlen standen ihr auf der Stirn. Sie überlegte, den Ventilator einzuschalten, da es selbst für den Sommeranfang ungewöhnlich heiß war, entschied sich aber dagegen, weil sie die Ventilatorblätter nicht extra abstauben wollte.

Sie war müde vom Packen, aber der Gedanke, nachts in den Waschsalon zu gehen, um die Winterdecke zu waschen, gab ihr Kraft. Im Waschsalon zu sitzen, mit den rotierenden Maschinen und dem angenehmen Textilduft, würde ihr helfen, den Kopf freizubekommen.

Klirr, klirr. Wenn Woocheol den Abwasch machte, war es bis ins Schlafzimmer zu hören. Am Abend las Mira Nahi aus einem Buch vor. Nahi öffnete mühsam die schweren Augenlider und betrachtete die Bilder. Es war ihr Lieblingsbuch, *Aschenputtel*.

»Mama, sieht die gute Fee wirklich so aus?«

»Nun, ich habe auch noch nie eine gute Fee gesehen.«

Enttäuscht fragte Nahi: »Sollten gute Feen nicht auftauchen, wenn es uns schlecht geht? Wenn wir müde und erschöpft sind? Völlig verzweifelt?«

»Ist das so?«

»Ja, ist so.«

»Weißt du denn, was Verzweiflung ist?«, fragte Mira und klappte das Märchenbuch zu.

»Ja, das Gegenteil von Hoffnung.«

»Und was ist Hoffnung?«

»Nahi!«

Miras Augen weiteten sich angesichts der unerwarteten Antwort. »Nahi?«

»Ja, Großmutter hat das gesagt, als wir das letzte Mal in Busan waren. Dass ich die Hoffnung unserer Familie bin, deshalb soll ich auf die Lehrer hören und fleißig lernen, wenn ich zur Schule gehe.«

»So was zu einem Kind zu sagen …« Mira schlug das Buch wieder auf und las weiter.

Nachdem sie die letzte Seite des Buches umgeblättert hatte, war Nahi endlich eingeschlafen.

Mira streichelte ihr über den Kopf und murmelte: »Tut mir leid.«

Sie dachte, dass es wohl allen Müttern so ging. Dass sie nachts wach lagen und sich fragten, was ihnen so leidtat.

Als auch Woocheol schlief, verließ Mira mit der Winterdecke in den Armen das Haus. Es war eine Mikrofaserdecke mit kleinem Blumenmuster auf grauem Hintergrund. Sie hatte kurz überlegt, nach dem Umzug eine neue Bettdecke zu kaufen, aber das kostete alles Geld. Jeder Cent zählte. Und da sie keine große Plastiktüte finden konnte, trug sie die Decke einfach in den Armen.

Die Kirschbäume am Straßenrand hatten ihre Blüten verloren, trugen nun jedoch leuchtend grüne Blätter, wie mit einem Textmarker bemalt. Mira schwitzte, weil sie die Mikrofaserdecke an sich presste, aber die Nachtbrise brachte etwas Abkühlung. Ihre Stimmung frischte auf.

Es war schon eine Weile her, seit sie im Waschsalon gewesen war. Neben dem Tagebuch stand diesmal ein ockerfarbener Topf mit Kirschtomaten, manche rot und ein paar noch unreif und grün. Mira vermutete, dass der ältere

Herr, der auf ihren Eintrag geantwortet hatte, den Blumentopf zurückgelassen hatte. Sie klappte das Tagebuch auf dem Tisch auf. Unter ihrem Eintrag, in der gleichen Handschrift wie das letzte Mal, stand noch etwas mehr.

Das sind Kirschtomaten aus meinem Garten. Es ist gute Erde vom Land, deshalb wachsen die Pflanzen, solange man ihnen ausreichend Wasser gibt. Die grünen Tomaten werden bald reif sein. Auch diese Kirschtomaten, nicht größer als ein Daumennagel, haben eine Zeit, in der sie am besten schmecken. Genau wie Menschen. Es wird eine Zeit kommen, in der der bittere und herbe Geschmack verschwindet und man das Leben genießen kann. Haben Sie noch etwas Geduld. Die Zeit wird kommen! Wohin Sie auch gehen, bleiben Sie gesund.

Beim Anblick der langen, horizontalen Linien dachte Mira an den älteren Herrn und spürte dem warmen und angenehmen Gefühl nach, das seine Worte vermittelten. Sein Gesicht verschmolz mit dem ihres Vaters, der vor Kurzem seine Operation gehabt hatte. Eine Träne floss ihre Wange hinunter, fiel auf die Antwort und verwischte die Schrift. Mira hob den Arm, um ihr Gesicht abzuwischen.

...

Ding-dong. Die Glocke an der Tür des Waschsalons klingelte, und Herr Jang trat ein, Jindols Leine in der einen Hand und ein dünnes Leintuch in der anderen. Mira wischte sich schnell die Tränen weg und stand auf. Herr Jang wollte so tun, als hätte er es nicht bemerkt, aber da Mira nicht aufhörte zu weinen, sprach er sie an:

»Die Kirschtomaten sind wirklich hübsch rund, nicht wahr?«

»Ja ...«

Herr Jang sprach weiter, während er das Leintuch in die Waschmaschine steckte. Um Mira nicht zu belasten, redete er über alltägliche Dinge. »Ich habe schon meine Sommerbettwäsche herausgeholt. Es ist auf einmal so heiß. Es heißt, in Korea gäbe es keine vier Jahreszeiten mehr. Das scheint zu stimmen.«

Mira, die Augen gerötet vom Weinen, neigte ihren Kopf zum Gruß. »Danke. Ich weiß das wirklich zu schätzen.«

Herr Jang lächelte ihr freundlich zu. »Es ist nichts Besonderes, nur eine Pflanze aus meinem Garten, also kein Grund, so höflich ...«

»Es hat mir Kraft gegeben.« Die Worte, die aus Mira herausplatzten, waren voller Energie. Ihre Stimme, bisher schwach und gebrochen, war nun klar und deutlich. »Es hat mir Kraft gegeben. Und ich bin dankbar, dass mir jemand zuhört. Seit ich Hausfrau und Mutter bin, hört mir von früh bis spät niemand wirklich zu. Selbst wenn ich mit meinem Mann rede, dreht sich alles nur um unser Kind, und ich dachte, ich könnte nicht mehr über mich selbst reden. Selbst im Supermarkt werde ich nur gefragt, ob ich Punkte sammeln will. Sie sind der Einzige, der mich nach meinem Leben gefragt hat.«

Beim Klang von Miras Stimme, die mit verstopfter Nase Silbe für Silbe aussprach, bekam auch Herr Jang einen Kloß im Hals.

»Vielen Dank«, wiederholte Mira. »Wenn wir umgezogen sind, werde ich wahrscheinlich nicht mehr hierherkommen, aber ...«

Da Mira nicht weitersprechen konnte, weil sie ihre Tränen herunterschluckte, ergriff Herr Jang das Wort. »Ich habe Sie nicht nach Ihrem Leben gefragt, sondern Ihnen meine Zuversicht ausgedrückt. Meine Überzeugung, dass es Ihnen gut gehen wird. Wissen Sie, was für einen großen Unterschied das macht?«

Bei diesen Worten schluchzte Mira noch lauter. Da öffnete sich die Tür des Waschsalons. Nahi, die wohl wieder ins Bett gemacht und besorgt nach Mira gesucht hatte, trat gemeinsam mit Woocheol ein.

»Mama! Warum weinst du?«

»Schatz, was ist los?«

Nahi, deren Augen wie Miras mit Tränen gefüllt waren, sagte zu Herrn Jang: »Mama, hat der alte Mann etwa mit dir geschimpft?«

Die unschuldige Frage zauberte ein Lächeln auf Herrn Jangs Gesicht. Er dachte an seinen Enkel Suchan, der bis spät in die Nacht in einer englischen Sprachschule büffelte, um in die USA gehen zu können.

»Nein, ich weine, weil ich glücklich bin«, antwortete Mira. »Das sind Freudentränen.«

Da fiel Nahi ihr erleichtert in die Arme. Und als sie den Blumentopf bemerkte, riss sie die Augen auf. »Wow, Kirschtomaten!«

»Die hat der nette ältere Herr uns gegeben. Du solltest dich bei ihm bedanken.«

Nahi sagte »Danke« und verneigte sich vor Herrn Jang.

Woocheol beobachtete die Situation verwirrt. »Schatz, was ist passiert?«

»Ich erzähle es euch zu Hause.«

Da blickte Nahi auf das aufgeschlagene Tagebuch und las Wort für Wort vor: »*Ich bin des Lebens überdrüssig. Warum ist es so schwer?* Mama, ist das nicht deine Handschrift?«

Mira, deren Gesicht rot anlief, blickte nervös zwischen Nahi und Woocheol hin und her. Herr Jang sah ebenfalls abwechselnd alle Anwesenden an.

»Ach das …«

»Mama, ist das Leben so schwer? Weil ich jede Nacht ins Bett mache?«

Noch bevor sie zu Ende sprechen konnte, fielen dicke Tränen aus Nahis Augen. Woocheol stieß einen schweren Seufzer aus, als hätte er Herrn Jang gar nicht bemerkt. Auch dieser brachte den Mund nicht auf. Selbst Jindol schien die erdrückende Stimmung zu bemerken und blickte alle mit seinen schwarzen Augen an.

»Mira, wie kannst du sagen, dass du des Lebens überdrüssig bist?«, begann Woocheol schließlich. »Wer lebt schon, weil es Spaß macht? Wie viele Leute leben, wie sie leben wollen? Wenn du nicht umziehen willst, können wir hier in der Nähe eine kleinere Wohnung finden. Wir brauchen nicht unbedingt drei Zimmer. Ich kann mehr Nachtschichten übernehmen. Ich habe es nur nicht getan, weil Nahi noch so jung ist.«

»Bist du mit unserer jetzigen Wohnung zufrieden? Wir haben zwar Nahis Zimmer und unser Schlafzimmer, aber davon abgesehen keinen Stauraum. Nahis Kleidung, Bücher und Spielzeug liegen im Wohnzimmer herum, weil wir keinen Platz dafür haben. Wir haben nicht einmal einen Schreibtisch, deshalb müssen die Privatlehrer für Nahi im Wohnzimmer auf dem Boden sitzen. Wusstest du das?«

»Aber dir gefällt es hier.«

»Ich dachte, ich könnte dieses Jahr wieder arbeiten! Dann könnte ich Nahi nach der Arbeit von der Schule abholen und etwas dazuverdienen. Du strengst dich jeden Tag an und ich will dir auch nicht immer wegen Geld in den Ohren liegen!«

Als ihre Stimme lauter wurde, senkte Woocheol den Kopf. Nahi heulte noch lauter. Mira versuchte, sie zu beruhigen, aber sie hörte nicht auf zu weinen.

Herr Jang blickte auf die Waschmaschine mit seinem Leintuch darin. Sie brauchte noch dreißig Minuten. Bis dahin würde er mit Jindol den Waschsalon verlassen, um nicht im Weg zu sein. Herr Jang fühlte sich unwohl und so gingen sie los.

Nachdem sie den Waschsalon verlassen hatten, schlenderten sie durch die Straßen von Yeonnam-dong. Es war schon fast Mitternacht, aber hier war es so laut und belebt, als würde die Nacht gerade erst beginnen.

»Lass uns noch ein wenig gehen, Jindol.«

Jindol antwortete, indem er mit dem Schwanz wedelte. Seit er aus der Tierklinik entlassen worden und wieder bei Kräften war, lief er im Einklang mit Herrn Jangs Schritten. Die leisesten Schritte im lauten Yeonnam-dong. Selbst beim Gehen konnte Herr Jang Nahi noch in seinem Kopf weinen hören, sodass er sich nach ein paar Schritten auf eine Bank setzte.

»Geld, das ist es, was Leuten das Leben schwermacht, Jindol.« Er dachte an Miras Familie und seufzte schwer. »Was soll ich tun, Jindol?«

Als Herr Jang nach einer guten Stunde in den Waschsalon zurückkehrte, war Miras Familie weg. Auch der Topf mit den Kirschtomaten war nicht mehr da. Auf dem Tisch lag das aufgeschlagene Tagebuch. Nahis krakelige Handschrift war schwer lesbar:

Danke, Großvater. Ich kümmere mich gut um die Tomaten. Darf ich nächstes Mal den Hund streicheln?
Nahi

Ein Lächeln breitete sich auf Herrn Jangs Gesicht aus, als er den Rechtschreibfehler sah. Sein Enkel Suchan war in der Mathematikakademie als begabt eingestuft worden, beherrschte das koreanische Alphabet aber noch nicht richtig. Er überlegte, seine Schwiegertochter anzurufen, um Suchans Stimme zu hören, aber es war spät, und er wollte nicht, dass sie wieder vorbeikamen, um ihm die Pläne für das Haus zu zeigen. Herr Jang schrieb unter Nahis Eintrag:

Mein Haus ist das mit dem blauen Tor gleich um die Ecke vom Seniorenzentrum. Wann immer du den Hund sehen willst, kannst du mit deiner Mutter vorbeikommen. Der Hund heißt übrigens Jindol.

. . .

Die unreifen hellgrünen Kirschtomaten hatten sich rot verfärbt. Der Topf stand am Küchenfenster und wurde einmal am Tag gegossen, wodurch die Pflanze gut wuchs. Immer wenn Nahi die Tomaten sah, konnte sie es kaum erwarten, sie zu probieren.

Eines Tages beim Geschirrwaschen blickte Mira auf die Tomaten und murmelte vor sich hin: »Ich glaube, jetzt sind sie reif. Wir sollten uns bei ihm bedanken.«

Von jener Nacht im Waschsalon an hatten sich alle in Miras Familie gegenseitig mehr unterstützt. Jede und jeder auf ihre oder seine eigene Art. Es verging kein Tag, an dem Woocheol Mira nicht sagte, dass er sie liebte. Zuerst war es ihm peinlich gewesen, es direkt zu sagen, und so schickte er Nachrichten. Doch bald schon sagte er: »Du hast einen harten Tag hinter dir. Ich liebe dich«, bevor er sich abends zum Schlafen umdrehte.

Beim Anblick des Blumentopfes breitete sich ein schwaches Lächeln auf Miras Gesicht aus. Das Wohnzimmer und die Küche waren mit halb gepackten Umzugskartons gefüllt, aber ihr Kopf war frei. *Meine Familie wird glücklich sein*, dachte sie und bereitete sich leichten Herzens auf den Umzug vor.

Nahi kam vom Kindergarten nach Hause. Sie wusch sich die Hände, räumte ihre Tasche weg und bat um ein Stück Brot als Snack.

Vielleicht war das ihre Vorstellung davon, wie sich ein gut erzogenes Kind benahm.

»Mama, darf ich eine der Tomaten pflücken?«, fragte Nahi, nachdem sie sich bequemere Hauskleidung angezogen hatte.

»Willst du sie wirklich so gerne essen?«, fragte Mira aus dem Wohnzimmer, wo sie die Kartons sortierte.

»Na ja, eigentlich …«

»Ja?«

»Ich vermisse Jindol. Können wir nicht ein paar Tomaten pflücken und sie dem Großvater bringen? Er hat in dem Tagebuch geschrieben, wo er wohnt.«

Von jener Nacht an war Nahi immer mit Mira gemeinsam zum Waschsalon gegangen. Vor allem wenn sie wieder einmal ins Bett gemacht hatte, lief sie dicht hinter ihrer Mutter, die Decke in den Armen, und versprach: »Morgen mache ich bestimmt nicht ins Bett.«

»Na gut, wollen wir dann etwas aus den Tomaten zubereiten und Leckerlis für Jindol besorgen?«

»Okay!« Nahi, die gespannt auf Miras Antwort gewartet hatte, hüpfte erfreut auf und ab.

Mira pflückte eine der Kirschtomaten. Nahi tat es ihr gleich und strahlte dabei. Sie widerstand dem Drang, sich die Tomate in den Mund zu stecken, und legte sie in den kleinen Korb, den Mira in der Hand hielt.

»Ich muss geduldig sein. Die Erwachsenen essen erst. Das habe ich gestern gelernt.«

»Sehr schön, unsere Nahi ist gut erzogen. Aber es heißt ›zuerst‹.«

»Die Erwachsenen essen zuerst! Ich bin gut erzogen!« Nahis aufgeregte Stimme hallte in der ganzen Wohnung wider.

Während ihre Tochter vor Freude herumsprang, blanchierte Mira die Kirschtomaten, gab sie in eine Edelstahlschüssel, fügte einen Löffel Honig und zwei Löffel Essig hinzu und mischte alles mit den Händen durch. Dann füllte sie die süß-säuerlich riechenden Tomaten in einen Glasbehälter. Nahi klebte ein Bild von Herrn Jang und Jindol darauf, das sie auf Buntpapier gezeichnet hatte.

Es war Anfang Mai, fühlte sich aber schon wie Hochsommer an. Mira und Nahi gingen die Straße entlang zum Seniorenzentrum, das im Tagebuch im Waschsalon erwähnt worden war. Es gab kaum noch Häuser in Yeonnam-dong, die nicht in Geschäfte umgewandelt worden waren, daher war es einfacher als erwartet, Herrn Jangs Haus zu finden.

Es war von einer langen Mauer umgeben, in die ein blaues Tor eingelassen war. Dahinter befand sich ein Garten mit üppigen Bäumen. Mira war mit einem Mal besonders gut gelaunt. Wie viele Häuser dieser Art gab es wohl in Hongdae? Häuser, die den Test der Zeit mit Stolz bestanden hatten. Über der Klingel hing ein hölzernes Namensschild mit der Aufschrift Jang Yong.

Gerade als Nahi an der Tür klingeln wollte, bellte Jindol laut. Jindols Anwesenheit bedeutete wohl, dass Herr Jang ebenfalls zu Hause war, und so klingelte sie. Voller Vorfreude blickte Mira auf den Behälter mit den Tomaten und die Leckerlis für Jindol. Aber es kam keine Antwort. Nur Jindols Bellen wurde lauter.

»Vielleicht ist er unterwegs? Er scheint nicht zu Hause zu sein.«

»Aber Jindol bellt immer noch«, sagte Nahi und blickte durch einen Spalt im Tor in den Garten. Sie hockte sich hin, um besser sehen zu können, und rief dann: »Mama, Großvater liegt auf dem Boden!«

»Was?«

Mira klopfte an das Tor. »Herr Jang! Alles in Ordnung?« Nahi tat es ihr gleich. »Großvater! Großvater!«

Es blieb keine Zeit, um abzuwarten. Mira zückte ihr Handy, wählte den Notruf und nannte die Adresse. In weniger als fünf Minuten traf ein Krankenwagen ein. Die Sanitäter kletterten über die Mauer und öffneten das Tor. Mira und Nahi betraten den Garten.

Herr Jang war zwischen den Beeten zusammengebrochen. Jindol berührte immer wieder mit der Pfote seinen Kopf und seinen Bauch, um ihn aufzuwecken. Er lief um ihn herum und winselte leise. Die Sanitäter überprüften Herrn Jangs Pupillenreflexe.

»Es sieht nach einer Gehirnblutung aus. Wir bringen ihn umgehend ins Krankenhaus. Sind Sie Angehörige?«

»Nicht direkt, aber … Wir kommen mit!«

Als die Sirene ertönte, gaben die anderen Autos den Weg frei. Beunruhigt blickte Mira auf Herrn Jang, der auf der Trage im Krankenwagen lag. Wie lange hatte er wohl am Boden gelegen? Würde er wieder aufwachen? Es würde nichts Schlimmes passieren, oder?

Nahis Atmung war unruhig, als hätte sie Angst. »Mama, wird Großvater sterben?«

»Nein, Nahi. Er kommt ins Krankenhaus und wird wieder gesund. Komm, wir beten für ihn.«

Bei Miras Worten schloss Nahi die Augen, legte die Hände zusammen und murmelte ein Gebet.

»Haben Sie Kontakt zu seinen Angehörigen?«, fragte der Sanitäter.

Als Mira den Kopf schüttelte, durchsuchte der Sanitäter

Herrn Jangs Hosentaschen. Zum Glück hatte er einen Ausweis bei sich. Er hatte wohl gewusst, dass als Erstes seine Identität überprüft werden musste, sollte ihm etwas zustoßen, daher hatte er seinen Personalausweis immer in der Gesäßtasche. Der Sanitäter nahm Herrn Jangs Namen und sein Geburtsdatum auf und sprach ins Funkgerät: »Identität überprüfen, Angehörige kontaktieren.« Als Antwort kam jedoch: »Familienregister überprüft, keine Angehörigen.«

Mira schluckte schwer und schwor sich, dass sie ab heute Herrn Jangs Notfallkontakt sein würde.

Die Zeit im Krankenwagen erschien ihr ewig, aber weniger als zehn Minuten später erreichten sie die Notaufnahme. Nachdem die Sanitäter die Trage abgesenkt hatten, auf der Herr Jang lang, schoben die wartenden Notärzte das Bett schnell weiter und machten sich auf den Weg zum Operationssaal. Mira und Nahi folgten ihnen.

Sobald Herr Jang im Operationssaal war, ging das OP-Licht an und ein Arzt in einem weißen Kittel kam den Flur entlanggerannt. Er blickte zwischen der betenden Nahi und der nervösen Mira hin und her.

»Wer sind Sie?«, fragte er in kaltem Ton.

»Oh, ich bin vorübergehend sein Notfallkontakt.«

»Vorübergehend?«

Während der Mann sich an der Stirn kratzte und einen frustrierten Seufzer ausstieß, blickte Mira auf das Namensschild an seinem Kittel. Jang Daeju, Plastische Chirurgie. Instinktiv wusste sie, dass er Herrn Jangs Sohn war.

»Wir haben ihn gefunden! Großvater hat im Garten gelegen!«, sagte Nahi und sprang von ihrem Platz auf.

»Im Garten? An unserem Haus?«

»Nun ja, wir wohnen in der Nähe und wollten etwas zum Essen vorbeibringen.«

Der Mann fuhr sich ein paarmal mit der Hand über das Gesicht und sagte dann: »Ich danke Ihnen. Es ist ein Glück, dass er so früh gefunden wurde. Ich bin übrigens sein Sohn, Jang Daeju.«

»Das ist eine Erleichterung«, erwiderte Mira und erzählte Daeju, der mit aschfahlem Gesicht in Richtung Operationssaal starrte, wie sie und Herr Jang sich kennengelernt hatten.

Bald darauf traf eine Frau ein, offenbar Daejus Ehefrau. »Schatz! Wie geht es deinem Vater?«

»Er wird gerade operiert.«

»Ich war bei einer Sitzung des Elternvereins, aber bin sofort gekommen, nachdem ich deinen Anruf erhalten hatte. Suchan ist in der Nachhilfeschule.«

Daeju stellte Mira und Nahi seiner Frau vor, die sich zu fragen schien, wer sie waren.

»Die beiden haben Vater gefunden. Sie sagten, sie seien Nachbarn.«

»Haben Sie vielen Dank. Was für ein Glück, dass Sie zur rechten Zeit dort waren.«

»Ich denke, wir können wirklich von Glück reden«, erwiderte Mira.

»Jetzt, wo wir hier sind, können Sie gerne gehen. Danke noch mal.«

»Nein, ich kann jetzt nicht einfach gehen. Wir bleiben noch etwas hier.« Miras Füße bewegten sich nicht vom Fleck. Sie machte sich Sorgen um Jindol, der allein im

Garten geblieben war, wollte die Lage aber noch eine Weile im Auge behalten.

Nach etwa zwei Stunden öffnete sich die Tür zum Operationssaal. Der Arzt teilte ihnen mit, dass die Operation gut verlaufen sei, da Herr Jang schnell gefunden worden war, und es wahrscheinlich keine Nachwirkungen geben würde, insofern er das Bewusstsein wiedererlangte. Daeju, seine Frau, Mira und Nahi atmeten gleichzeitig auf. Nun konnten sie beruhigt nach Hause gehen.

»Mama, Großvater geht es gut, weil wir schnell Hilfe gerufen haben, oder?«, fragte Nahi aufgeregt.

»Ja richtig, es geht ihm gut.«

»Aber, Mama, Jindol ist ganz allein. Wer soll ihn füttern? Er hat bestimmt Hunger.«

Es war bald Zeit fürs Abendessen. Vorsichtig wandte sich Mira an Daeju: »Sie haben bestimmt viel zu tun. Sollen wir uns um Jindol kümmern?«

»Ich wäre Ihnen sehr dankbar, wenn Sie das tun könnten«, antwortete Daeju bereitwillig.

Seine Frau stupste ihn an. »Du willst Fremden einen Schlüssel geben?«

»Möchtest du stattdessen hingehen?«

»Ich bin mitten während der Elternversammlung für das Auslandsstudium gegangen, und jetzt muss ich los, um Suchan von der Nachhilfeschule abzuholen.«

Als Mira und Nahi wieder vor dem blauen Tor standen, konnten sie Jindols leises Winseln hören. Mira steckte den Schlüssel, den Daeju ihr gegeben hatte, in das Schlüsselloch, drehte ihn und die Tür öffnete sich mit einem

Klicken. Beim Anblick des großen zweistöckigen Hauses blieb Nahi der Mund offen stehen.

»Schau mal, Mama, zwei Etagen! Ein Haus auf dem anderen!«

»Es ist wirklich ein schönes Haus.«

»Wie ein Schloss, in dem eine Prinzessin lebt.«

Jindol, der offenbar den ganzen Tag vor dem Tor gestanden hatte, winselte wieder.

»Jindol, dein Herr kommt bald nach Hause.« Miras Herz schmerzte beim Anblick des Hundes, der fortwährend im Kreis lief, offenbar auf der Suche nach seinem Herrchen.

»Das stimmt, Jindol«, pflichtete Nahi bei. »Großvater kommt bald wieder.«

Mira rief Daeju an. Als sie ihm mitteilte, dass sie bei dem Haus angekommen seien und Jindol nun füttern würden, sagte Daeju, er würde sich erkenntlich zeigen. Mira entgegnete, dass das nicht nötig sei, und legte auf.

Sie gab den Code für das Türschloss ein, den sie ebenfalls von Daeju erhalten hatte, und ging ins Haus. Wie der gut gepflegte Garten war es auch drinnen sauber und aufgeräumt. Es gab ein Ledersofa und einen Esstisch aus dunklem Holz, die zwar Altersspuren aufwiesen, aber noch tadellos aussahen.

Den Tisch mochte Herr Jang offenbar besonders gern. Er war aus Walnussholz gefertigt, mit einer kunstvollen Maserung. Die Rückenlehnen der Stühle waren verziert mit einer Art Kronenmuster, das an manchen Stellen bereits abgeblättert war.

Neben dem Tisch stand Jindols Fressnapf. Anhand der

höhenverstellbaren Schale konnte man erkennen, wie fürsorglich Herr Jang sich um Jindol kümmerte. Mira öffnete den danebenstehenden Futtersack, füllte die Schüssel und tauschte das Wasser aus. Jindol rieb den Kopf an Nahis Bein und trank einen Schluck Wasser.

»Mama, Jindol hat bestimmt Angst, wenn er alleine schläft. Können wir ihn nicht mit nach Hause nehmen?«

Mira hatte ebenfalls ein schlechtes Gewissen dabei, Jindol in dem großen Haus allein zu lassen. Sie rief Daeju an und fragte, ob sie Jindol mit nach Hause nehmen dürften, und dieser stimmte bereitwillig zu.

Mira, Nahi und Jindol gingen die Baumallee in Yeonnamdong entlang. Mira hielt Jindols Leine und Nahi trug den Sack mit seinem Futter. Jindol, der allein in Herrn Jangs Haus gewinselt hatte, war in Miras Nähe beruhigt und folgte ihnen. Warme Luft umgab die drei.

»Mama, du machst das gut mit der Leine. Wie kommt das?«, fragte Nahi erstaunt.

»Als ich klein war, hatten wir einen weißen Jindo. Unser Haus hatte einen ähnlichen Garten wie das von Herrn Jang. Deshalb konnten wir einen Hund haben. Mein Vater hatte ihn irgendwo aufgelesen. Einen Hund mit schwarz funkelnden Augen, genau wie Jindol.«

»Wirklich? Warum hast du mir dann nie erlaubt, einen Hund zu haben?«

»Willst du so sehr einen Hund haben?«

»Ja! Jihu hat geprahlt, dass sie einen Hund haben, also habe ich gesagt, dass ich auch bald einen kriege, aber sie hat sich über mich lustig gemacht und gemeint, dass unsere

Wohnung zu klein dafür ist. Können wir deshalb keinen Hund haben?«

Mira blieb stehen und ging in die Hocke. Sie blickte in Nahis dunkle Augen. »Das hat Jihu gesagt?«

»Ja! Ich habe ihr gesagt, dass das nicht stimmt, und dann hat sie mich geschubst.«

Mira schwieg.

»Deshalb habe ich sie auch gestoßen«, fuhr Nahi kleinlaut fort. »Obwohl du gesagt hast, mit Freunden soll man nicht streiten. Es tut mir leid.«

»Nein, mir tut es leid. Ich habe dir nicht geglaubt. Hat Jihu dich wirklich geschubst?«

»Ja, unter der Rutsche. Aber niemand hat mir geglaubt, deshalb war ich traurig. Es war so unfair!«

Mira nahm Nahi in den Arm. Sie fühlte, wie die kleine Brust anschwoll, dann stieß Nahi einen Seufzer aus, als ob sie sich gerade daran erinnerte, wie ungerecht sie behandelt worden war. Jindol rieb sein Gesicht an Miras Rücken. Sein Körper war so warm wie der eines Menschen.

...

Als Herr Jang aus seinem langen Schlaf erwachte, galt sein erster Gedanke Jindol. Das Letzte, woran er sich erinnerte, bevor er das Bewusstsein verloren hatte, war Jindol, der neben ihm auf und ab sprang und laut bellte.

Stattdessen war sein Sohn bei ihm. Daeju informierte ihn, dass er Glück gehabt habe, weil Mira ihn schnell gefunden hatte, dass die Operation gut verlaufen sei und es keine größeren Nachwirkungen geben würde. Herr Jang war erleichtert, als er hörte, dass Mira sich um Jindol kümmerte.

Daeju hatte ihm ein Einzelzimmer besorgt, aber Herrn Jang gefiel es nicht. Er war hier genauso allein wie zu Hause. Er schnalzte mit der Zunge bei dem Gedanken, wie schlecht sein Sohn ihn kannte. Nun hatte er niemanden, mit dem er reden konnte, nicht einmal Jindol. Es war so still, dass er sogar hören konnte, wie der Luftbefeuchter Wasser versprühte.

Dennoch benahm Daeju sich anders als zuvor. Er war etwas unbeholfen und konnte sich nicht lange mit seinem Vater unterhalten, aber zu den Essenszeiten besuchte er ihn regelmäßig. Herr Jang glaubte, zu verstehen, dass sein Sohn sich selbst die Schuld an seinem Zusammenbruch gab. Auch wenn er es nicht aussprach, dachte Daeju womöglich, dass es an den Bauplänen gelegen haben könnte.

Heute war der Tag, an dem Mira vorbeikommen würde. Herr Jang stand vor dem Waschbecken, befeuchtete die Hände und strich sein Haar ordentlich zur Seite. Da niemand da war, der sich um ihn kümmerte, musste er seine Haare auf diese Weise waschen.

Es klopfte an der Tür.

»Ja, kommen Sie herein.«

Die Tür öffnete sich, und Mira trat ein, mit einer Kiste voll Getränken in der Hand und einer strahlend lächelnden Nahi neben sich.

»Großvater! Geht es dir gut?«

»Hier treffen wir uns also wieder.«

»Guten Tag, Herr Jang. Geht es Ihnen etwas besser?«

Die drei setzten sich um den runden Tisch neben dem Bett. Mira konnte ihre Traurigkeit nicht verbergen, als sie sah, wie dünn Herr Jang in den letzten drei Wochen geworden war. Dennoch war sie froh, dass er sich gut erholte.

»Danke, dass Sie sich um Jindol kümmern. Er braucht viel Auslauf, deshalb mussten Sie bestimmt oft mit ihm spazieren gehen.«

»Nahi hat sich gut um ihn gekümmert. Wenn wir in Yeonnam-dong spazieren waren und er sein Geschäft verrichtet hat, hat sie die Plastikhandschuhe angezogen, es in eine Tüte gepackt und weggeworfen.«

»Das hast du gut gemacht. Danke!«

Nahi grinste breit. »Jindol mag mich auch!«

»Wann werden Sie entlassen?«, fragte Mira vorsichtig. »Wir müssen demnächst umziehen.«

»Ich hatte gehofft, mit Ihnen heute darüber reden zu können.«

»Was meinen Sie?«

»Nahi schien sehr aufgebracht, als Sie sagten, dass Sie weggehen würden.«

»Wir gehen nicht, weil wir es wollen, sondern weil wir keine andere Wahl haben.« Mira senkte den Blick und starrte auf die Flasche Apfelsaft auf dem Tisch.

In dem Moment ergriff Herr Jang entschlossen das Wort: »Wie wäre es, wenn ich mein Haus umbaue und an Sie vermiete?«

»Wie bitte?« Überrascht richtete Mira den Blick auf Nahi.

»Mama, das klingt toll! Es gibt einen Garten und Jindol ist auch dort!«

»Es gibt drei Zimmer im Erdgeschoss und drei im zweiten Stock. Im Obergeschoss gibt es ein Badezimmer, eine Küche und ein Wohnzimmer. Der Traum meiner Frau war es, mit unserem Sohn im selben Haus zu leben, wenn er verheiratet ist, deshalb haben wir einen Heizkessel installiert und sogar die hochwertigsten Fensterflügel angebracht, die es damals gab.«

»Aber wir können doch nicht einfach ...«

»Ich werde die Stufen vom Erdgeschoss in den ersten Stock in einen Abstellraum umbauen und stattdessen eine Treppe an der Außenwand anbringen lassen. Vielleicht mit etwas niedrigeren Stufen für Nahi. Haben Sie schon eine Anzahlung für die Wohnung gemacht, in die Sie ziehen wollen?«

»Ich wollte sie mir heute noch einmal ansehen, bevor ich mich entscheide.«

Herr Jang schlug auf den Tisch und lächelte erfreut. »Na, das trifft sich doch hervorragend!«

»Ich bin Ihnen dankbar, aber wir können das nicht annehmen.«

»Mein Sohn hat mir erzählt, dass Sie auch von ihm kein Geld annehmen wollten. Heutzutage sind den meisten Leuten materielle Dinge wichtiger, aber Sie scheinen eher traditionell veranlagt zu sein. Dann wissen Sie wohl auch, dass man auf ältere Menschen hören sollte. Der Umbau würde keine zwei Wochen dauern. Ich habe schon einen Kostenvoranschlag von dem Architekturbüro erhalten, das mein Sohn mir empfohlen hat. Das ist mein Wunsch an meine Lebensretter.« Herr Jang klopfte Mira, die immer noch den Kopf gesenkt hatte, auf den Rücken. »Ich habe meiner Frau immer gesagt, dass wir eine Tochter haben sollten und dass wir im Alter einsam sein würden, wenn wir nur einen Sohn hätten. Heute habe ich eine Tochter und eine Enkelin bekommen.«

»Ich danke Ihnen.« Miras Tränen fielen auf den runden Tisch.

Sie fühlte sich, als wäre sie in einem dunklen, menschenverlassenen Meer auf einen Leuchtturm gestoßen. Sie stieß ein kurzes Seufzen aus. Die Anspannung, die sich in ihrem Kopf aufgestaut hatte, entlud sich.

»Ich danke Ihnen vielmals.«

...

Im Frühsommer, als die Kirschtomaten im Blumenbeet rot und reif waren, wurden die Bäume und Blumen in dem Haus mit dem blauen Tor gedüngt. Herr Jang und Woocheol, die Strohhüte trugen, besprühten zuerst die Jujuben.

»Herr Jang, was halten Sie davon, im Herbst Tee aus den Jujubeblättern zu machen?«, fragte Woocheol, während er sich mit einem Handtuch Schweiß aus dem Gesicht wischte.

»Jujubetee ist gut, aber noch besser wäre es, die Blätter zu trocknen, mit Angelikawurzel und anderen Gewürzen zu mischen und Ssanghwatang, den traditionellen koreanischen Tee, daraus zu machen. Das lässt alle Müdigkeit dahinschmelzen!«

»Ssanghwatang aus Jujube?«

»Die Jujuben hier sind besonders süß. Wenn man sie kocht und trinkt, ist man vor Erkältungen gefeit.«

»Dann freue ich mich jetzt schon auf den Winter.«

Ein breites Lächeln erschien auf Herrn Jangs Gesicht, als er Nahi aus dem ersten Stock kommen hörte.

»Großvater, das ist für dich!«

Mira hatte eine Flasche Reiswein und einen Meeresfrüchtepfannkuchen mit reichlich Tintenfisch, Garnelen, Muscheln und Schnittlauch mitgebracht. Sie stellte den Teller auf den Tisch.

»Du auch, Schatz, setz dich zu uns«, sagte Mira zu ihrem Mann. »Ich hatte gerade Lust auf Reiswein. Erfrischen wir uns mit einem kalten Getränk.«

Herrn Jangs Handy klingelte. Ein Anruf aus den USA. Er nahm ihn an und Suchans Gesicht erschien auf dem Display.

»Opa! Du fehlst mir. In den Ferien komme ich dich besuchen und mit Jindol will ich auch spielen. Miss you, Grandpa!«

Herr Jang lächelte und nickte. Als Jindol hörte, wie Suchan seinen Namen sagte, kam er zum Tisch und setzte sich daneben.

Es klopfte am Tor.

Mit fröhlichem Gesichtsausdruck rief Mira: »Mama, bist du's?«

»Ja, dein Vater ist auch hier.«

»Mein Vater hat seine Chemotherapie abgeschlossen, deshalb sind meine Eltern heute gekommen«, erklärte Mira in die Runde.

»Ach so, na dann sollte ich sie ebenfalls willkommen heißen.« Herr Jang stand auf und richtete seine Kleidung.

Mira öffnete das Tor. Als ihre Eltern eintraten, bellte

Jindol vor Freude. Er lief um sie herum und wedelte dabei sanft mit dem Schwanz.

»Ja so was«, sagte Herr Jang erstaunt, »sind Sie nicht der Taxifahrer von damals?«

»Ah genau, der Hund mit dem gebrochenen Bein!«

»Was für ein Zufall!« Herr Jang freut sich. »Jindol, das sind deine Lebensretter.«

»Ach was, Sie übertreiben.« Miras Vater winkte ab. »Sie haben unsere Familie gerettet, indem Sie ihr diese Wohnung zu so einem guten Preis vermietet haben.«

Während Miras Mutter sich die Tränen aus den Augen wischte, ergriff ihr Vater das Wort: »Lasst uns essen. Wir haben Hoe aus Busan mitgebracht. Es ist frisch. Oh, Reiswein gibt es auch!«

Wuff, wuff! Jindol folgte ihnen schwanzwedelnd zum Tisch.

Die Decke, die auf der Wäscheleine hinter dem Tisch hing, an dem alle saßen, verströmte den Baumwollduft des Binggul-Binggul-Waschsalons. Als der Wind den Geruch zu ihnen trug, erinnerte Herr Jang sich an das Gesicht des Mannes, das in das hellgrüne Tagebuch gezeichnet worden war, und er dachte bei sich: *Ich bin mir sicher, dass ich ihn schon einmal getroffen habe …*

Mittsommerromanze

Die Frau betrat das saubere und aufgeräumte Arbeitszimmer. Zuvor hatte sie die Fenster in Wohnzimmer und Küche geöffnet, um durchzulüften, und nun drang die frühsommerliche Luft von beiden Seiten herein und traf sich in der Mitte, durchdrang jeden Winkel des Arbeitszimmers. Der Duft von Flieder, der entlang der Parkstraße blühte, wehte durch den Raum, sodass es bei geöffnetem Fenster selbst ohne Lufterfrischer gut roch.

An der Wohnzimmerwand stand ein niedriges Bücherregal, dicht bepackt mit Manuskripten in roten, gelben und blauen Einbänden. Auch wenn die Einbände abgenutzt waren und das dicke Papier sich wellte, war es dennoch eine prächtige Sammlung von Werken, in denen viel Herzblut steckte. Auf allen Einbänden stand in fetten Buchstaben: *Drehbuch von Oh Kyeonghi*. Nachdem sie einen Blick auf den Namen geworfen hatte, ließ sich die Frau in der Ecke vor dem Fenster nieder, von wo die Sommerbrise hereinwehte. Ja, das war der Platz der Schreibassistentin Han Yeoreum. Das war ihr Platz.

Yeoreum holte einen sonnengetrockneten Lappen von der Veranda und betrat erneut den größten Raum, den

Arbeitsbereich der Autorin Kyeonghi. Dort stand ein beiger Ledersessel vor weißen Verdunklungsvorhängen, ein breiter Schreibtisch in warmem Grau, darauf ein weißer Laptop, eine weiße Lampe mit fünf Helligkeitsstufen und ein weißer Keramikstifthalter. Darin befanden sich drei gespitzte Bleistifte mit Radiergummi.

Vorsichtig wischte Yeoreum mit dem trockenen Lappen über die Oberseite des Laptop und die Schutzfolie über der geräuscharmen Tastatur, um die flache Staubschicht darauf zu entfernen. Dann nahm sie die Plastikfolie ab, wischte mit einem feuchten Tuch und sofort mit dem Lappen darüber, damit keine Wasserflecken zurückblieben.

»Du bist schon hier?«, fragte Starautorin Kyeonghi, eine Frau mittleren Alters in weißem Hemd und Jeans, als sie durch die Tür trat.

»Ja, guten Morgen.«

»Heute war ich früh wach, deshalb bin ich auch schon da. Ich habe unterwegs Brot gekauft, lass es uns zusammen essen.« Sie reichte Yeoreum eine durchsichtige Plastiktüte mit verschiedenen Brötchen.

»Wow, sogar Croissants.«

»Ich weiß doch, dass du Croissants magst. Von dort sollen sie besonders gut sein.«

»Danke. Möchten Sie Milch oder Kaffee dazu?«

»Ich würde sagen, Kaffee?«

Yeoreum ging in Richtung Küche.

Kyeonghi hatte mit dem Schreiben im Alter von dreiunddreißig Jahren begonnen und seither alle drei Jahre einen Bestseller verfasst. Sie war eine Starautorin, die bei privaten

Treffen mit den Leitern der Sender über die Programmgestaltung sprach. Wegen des hohen Honorars und der Tantiemen hatte sie überlegt, sich einen Arbeitsraum in Gangnam einzurichten, aber Kyonghi zog Hongdae dem von Firmengebäuden umgebenen Gangnam vor. Sie sagte, dass sie sich selbst jünger fühle, wenn sie auf dem Weg zur Arbeit jungen Leuten begegne. Manchmal gebe ihr das neue Inspiration.

Yeoreum bewunderte Kyonghi. Ihre Drehbücher waren kraftvoll und neu – selbst wenn das Thema nur mittelmäßig war –, weil sie mit schwierigen Geschichten und sensiblen Emotionen umzugehen wusste. Allerdings machte ihr Sauberkeitsfimmel Yeoreum das Leben schwer. Nicht nur ihr, sondern auch den beiden anderen Schreibassistentinnen. Daher hatten sie ihr den Spitznamen André Kyunghee gegeben, in Anlehnung an den Modedesigner André Kim, wegen ihres Geschmacks in Sachen Innenarchitektur und ihrer Vorliebe für weiße Kleidung und allgemeine Reinheit.

Vorsichtig nahm Yeoreum ein Croissant, ein Butterhörnchen und ein Teilchen mit weißer Sahne und Erdbeeren aus der Plastikfolie und schnitt sie mit einem Brotmesser auf. Dann legte sie jedes davon auf einen weißen Teller mit hellblauem Rand.

Yeoreum stellte die Teller auf den Esstisch und gab Kaffeebeutel mit Haselnussgeschmack in die Tassen. Dann goss sie heißes Wasser aus dem Kessel darüber. Als sich der Kaffeeduft verbreitete, kam Kyonghi aus ihrem Arbeitszimmer und setzte sich an den Tisch.

»Der Kaffee riecht gut.« Kyonghi wischte mit einem

weißen Taschentuch die Krümel weg, die neben den Teller gefallen waren. »Du hast diesmal am Wettbewerb teilgenommen, oder?«

»Ja, aber ich weiß nicht ...« Anders als sonst war Yeoreums Stimme leise und gedämpft.

»Du wirst blühen. Wenn deine Zeit gekommen ist. Du bist definitiv eine Blume.«

»In letzter Zeit war ich sehr ruhelos, deshalb bin ich dankbar für Ihre Worte.«

»Der Frühling kommt früher, als du denkst, Yeoreum. Er steht schon kurz bevor, aber davor kommt immer eine Kältewelle. Lass dich davon nicht unterkriegen, verstanden?« Kyeonghi blickte sie überzeugt an.

Yeoreum nahm einen großen Bissen von dem Teilchen mit weißer Sahne. »Es ist wirklich gut.«

»Lass es dir schmecken. Der Anruf vom Sender wird wahrscheinlich heute oder morgen kommen. Du solltest etwas im Magen haben, damit du für jedes Ergebnis gewappnet bist«, sagte Kyeonghi mit ihrem typischen Lächeln, bei dem sich Falten um die Nase bildeten.

Heute wurden die Ergebnisse des Wettbewerbs bekanntgegeben. Noch bevor sie auf der Website des Senders veröffentlicht wurden, erhielten die ausgewählten Autoren und Autorinnen einen Anruf für ein Abschlussinterview. Obwohl es ein blindes Auswahlverfahren gab, hatte bereits jemand online geschrieben, dass er einen Anruf erhalten habe, und für gewöhnlich erhielten alle, die gewonnen hatten, ihren Anruf innerhalb einer Stunde. Yeoreum wischte sich die Krümel vom Mund und blickte auf ihr Handy. Nachdem es diese Woche ununterbrochen wegen Umfragen, Versicherungsangeboten, Krediten und sogar den Lottozahlen geklingelt hatte, war es heute still geblieben.

Yeoreum saß unruhig auf ihrem Stuhl. Nach ein paar unnötigen Abstechern auf die Toilette warf sie erneut einen Blick auf die Uhr. Den anderen Schreibassistentinnen ging es genauso. Dann vibrierte eines der drei Handys auf dem Tisch. Yeoreums! Eine Nummer mit der Vorwahl 02. War das Yeouido? Oder Sangam-dong? War dies endlich der lang erwartete Anruf?

Sie räusperte sich und hob ab. »Ja, bitte?«

»Guten Tag, hier spricht die Staatsanwaltschaft des westlichen Bezirks. Uns wurde bestätigt, dass mit dem Bankkonto von Han Yeoreum ein falsches Sparbuch eröffnet und für Wirtschaftsverbrechen verwendet wurde.«

Wenn sie ein Bankkonto voller Geld gehabt hätte, hätte sie davon bestimmt gewusst. Viel eher hätte sie geglaubt, wenn man ihr gesagt hätte, dass sie letzte Nacht betrunken gewesen wäre und vergessen habe, in einer Bar die Rechnung zu begleichen. Wut stieg in ihr auf.

»Legen Sie lieber auf, bevor ich wirklich ein Verbrechen begehe«, sagte Yeoreum mit schneidender Stimme.

Die Person am anderen Ende der Leitung schien überrascht und so legte Yeoreum kurzerhand selbst auf. Alle blickten sie an, doch Yeoreum war es peinlich zu sagen, dass dies ein Phishinganruf gewesen war. In diesem Moment klingelte erneut ein Handy.

Mijin, die vor Yeoreum saß, nahm ab. »Ja, bitte?« Sie hörte zu. »Danke! Vielen Dank!« Sie verbeugte sich immer wieder, während sie das Telefon ans Ohr drückte.

»War das der Fernsehsender?«, fragte Yeoreum, nachdem Mijin aufgelegt hatte.

Mijin nickte und strahlte. »Danke für deine Hilfe. Du bekommst sicher auch bald einen Anruf. Ich glaube, sie haben gerade erst begonnen. Ich muss meinen Eltern Bescheid sagen.«

»Ja, mach das. Sie werden sich bestimmt freuen«, sagte Yeoreum mit einem Lächeln, um ihren Neid zu verbergen.

»Das ist toll, Mijin«, sagte Boyeong wehmütig.

»Behalte dein Telefon gut im Auge, Boyeong. Der Anruf kommt bald.« Mit einem breiten Lächeln im Gesicht ging Mijin ins Badezimmer.

Yeoreum war neidisch auf das Gelächter, das kurz darauf aus dem Badezimmer drang. Das Lachen einer fröhlichen Mutter. Der Ton eines Vaters, der stolz auf seine Tochter war. Auch wenn sie sie nicht wirklich hören konnte, fühlte es sich so an.

In ihrem Kopf sagten die Stimmen ihrer eigenen Eltern: »Das hast du gut gemacht. Wir sind stolz auf dich. Du hast dich angestrengt und jetzt hat es endlich geklappt. Haben wir es dir nicht gesagt? Dass du auch bei noch so geringen Chancen problemlos bestehen würdest?«

Aber Yeoreums Telefon klingelte nicht und Kyeonghi kam nicht mehr aus ihrem Zimmer. Sie rief jedoch Mijin zu sich und überreichte ihr einen Umschlag mit den Worten, sie solle ihre Familie zum Essen einladen und ein Beweisfoto schicken. Und dass sie nur so lange weiterhin zur Arbeit kommen müsse, bis ein Ersatz für sie gefunden worden sei.

Später trat Kyeonghi vor Yeoreums Schreibtisch.

»Es gibt Tage, da hat man einen Kloß im Hals. Spuck ihn einfach aus. Du musst die Bitterkeit nicht runterschlucken.« Kyeonghi klopfte Yeoreum auf die Schulter und ging dann in ihr Büro zurück.

Yeoreum, den Mund fest geschlossen, stand auf. Niemand hatte sie darum gebeten, aber sie wollte die weißen Vorhänge im Wohnzimmer waschen. Beim Abnehmen der Vorhänge stach sie sich an einer Stecknadel. Ein Tropfen Blut fiel von ihrem Ringfinger. Sie steckte den Finger in den Mund und machte sich auf den Weg.

Auch heute war Yeonnam-dong erfrischend. Als sie aus dem Büro trat und sich umblickte, sah sie Paare, die im Park spazieren gingen, jemanden mit einem Blumenstrauß in der Hand und einen älteren Herrn mit seinem weißen Jindo. Sie alle hatten ein Lächeln im Gesicht.

»Alle sind glücklich, nur ich nicht. Ich dachte wirklich, dass diesmal ein Anruf kommen würde …« Tränen traten ihr in die Augen, aber Yeoreum blickte nach vorn und ging weiter. In einer Hand hielt sie den Vorhang, sorgfältig gefaltet in einer Ökotasche.

Jedes Mal, wenn sie den Binggul-Binggul-Waschsalon betrat, fühlte sie sich besser, sobald sie den angenehmen, dezenten Baumwollduft einatmete, der an Lavendel erinnerte. Sie stellte sich vor den Automaten, wählte eine Waschmaschine aus und zückte die Kreditkarte von Kyeonghi, mit der sie für alltägliche Dinge wie Snacks und Wäschewaschen bezahlte.

Beim Anblick der lächelnden Passanten vor dem Fenster wurde sie traurig. *Man sagt, Drehbuchautoren müssen*

Menschen lieben, um über sie schreiben zu können, aber davon bin ich noch weit entfernt. Es steckt noch zu viel von mir selbst darin.

Mit ausdruckslosem Gesicht starrte sie ins Leere. Sie fühlte sich elend. Seit fünf Jahren arbeitete sie als Schreibassistentin, aber eine neue Angestellte, die erst seit zwei Jahren dabei war, war zuerst ausgewählt worden ... Sie schämte sich für ihre oberflächliche Eifersucht, die sie daran hinderte, ihrer Kollegin aufrichtig zu gratulieren.

Während die Waschmaschine lief, sah sie sich das Tagebuch auf dem Tisch an. »Es war letztes Mal schon hier, aber anscheinend hat es immer noch niemand abgeholt«, sagte sie leise. Nachdenklich blätterte sie durch die Seiten. Von *Ich bin des Lebens überdrüssig* bis zu dem Ratschlag, Kirschtomaten in einen Topf zu pflanzen, gab es die unterschiedlichsten Einträge. Yeoreum fiel eine klobige Handschrift ins Auge, wie von einem Grundschüler. Auf den ersten Blick war klar, dass der Eintrag von einem Mann geschrieben worden war.

Ich habe es so satt, ohne Publikum Musik zu machen. Welches Lied soll ich singen, damit die Leute mir zuhören?

Sie fühlte eine seltsame Verbundenheit mit dieser Person, die ohne Zuhörer Musik machte. Ein Romanautor, dessen Bücher niemand liest; ein Sänger, dessen Lieder niemand hört; eine Drehbuchautorin, deren Manuskripte nie verfilmt werden. Yeoreum stieß einen tiefen Seufzer aus. Sie schrieb das Lied auf, das sie jetzt gerade hören wollte.

Es passt nicht wirklich zu so einem schönen Frühlingstag, aber wie wäre es mit »Gemeinsamer Spaziergang«? Für mich fühlt sich ein warmer Tag wie heute noch kälter als der Winter an und ich brauche jemanden, der mit mir spazieren geht. Ein frustrierender Tag, an dem ich nicht weiß, was ich tue, ob ich auf dem richtigen Weg bin, ob ich dort hinkomme, wo ich hinwill.
Die Liederfee

Als sie *Liederfee* schrieb, musste sie selbst laut lachen, weil dieses Bild so gar nicht zu ihr passte. Aber was machte das schon! Yeoreum lächelte verschmitzt. Sich jemandem anzuvertrauen, der in einer ähnlichen Lage war, war auf seltsame Weise erfüllend, wie eine Schüssel Bibimbap. Ihr war, als wäre jemand auf ihrer Seite.

Als sie das Büro wieder betrat, war niemand mehr da. Während sie die sauberen Vorhänge aufhängte, summte sie *Gemeinsamer Spaziergang* vor sich hin, um ihre auf den Boden gesunkene Stimmung wieder zu heben. Wie mitleiderregender es ihr geraten hatte, verließ sie das Büro mit dem festen Vorhaben, sich von der Kältewelle nicht unterkriegen zu lassen.

Draußen war es dunkel, aber die sich fröhlich im Wind wiegenden Blätter erhellten die Umgebung. Von Yeonnamdong aus ging sie zu Fuß, an der Kreuzung Donggyo-dong vorbei bis zur Station Sinchon. Aus irgendeinem Grund wollte sie heute noch weiter laufen und so führten sie ihre Schritte zu einem Platz vor einem Hyundai-Kaufhaus, wo sich eine rote, röhrenförmige Skulptur befand.

Junge Leute tanzten zu Musik aus billigen Verstärkern,

umringt von Menschen, die klatschten und mit ihren Handys Videos machten. Als ob sie den Jubel der Menschen erwidern würden, erklang ein intensiverer Beat und eine siebenköpfige Breakdance-Gruppe betrat den Platz. Yeoreum drängte sich durch die Menschenmenge. Da hörte sie die heisere Stimme eines Mannes. Sie drehte sich um, fasziniert von der leisen, ruhigen Stimme, die den lauten Jubel durchbrach. Wie davon angezogen, setzte sie einen Schritt vor den anderen, bis sie zu Ausgang 3 der Station Sinchon kam.

»Lass uns gemeinsam spazieren gehen, heute Abend, bis zum Ende der Straße, und dabei Sternschnuppen beobachten. Ich werde immer bei dir sein.«

Das Lied, das sonst aus Yeoreums Kopfhörern drang, wurde von jemandem gesungen. Yeoreum blieb vor ihm stehen. Wie in einem Film, der angehalten worden war.

Ein kleiner, quadratischer Verstärker und ein Mikrofon in einem einsamen Ständer. Ein Mann, der Gitarre spielte und ruhig vor sich hin sang, den Namen seines YouTube-Kanals *Hajun* auf dem Gitarrenkoffer.

Bis der Mann namens Hajun sein Lied beendet hatte, stand sie still da. Ihr Arbeitsalltag lief in Bildern in ihrem Kopf ab. Sie sah sich selbst, wie sie von früh bis spät vor dem Computer saß, um sich auf den Wettbewerb vorzubereiten, und Tränen liefen über ihre Wangen. Schnell wischte sie sie mit der Hand weg, nahm sich zusammen und holte ihr Portemonnaie aus der Ökotasche. In der roten Brieftasche, die sie geschenkt bekommen hatte, befand sich ein einziger 10 000-Won-Schein. Sie wollte etwas zurückgeben für die paar Minuten, in denen Hajuns

Stimme ihr Trost gespendet hatte. Außerdem wollte sie ihn ermutigen.

»Hier ist jemand, der mit dir spazieren gehen möchte.« Entschlossen zückte Yeoreum den 10 000-Won-Schein. Während der wenigen Schritte zum Gitarrenkoffer schossen ihr unzählige Gedanken durch den Kopf. Wie etwa, dass man mit zehntausend Won dreißig Takoyaki, drei Sandwiches im Supermarkt und eine bequeme Taxifahrt nach Hause nach einem anstrengenden Arbeitstag bezahlen könnte. Ihre Entschlossenheit ließ nach und ihre Hände zitterten. Deshalb sagte sie stumm zu sich selbst, als würde sie ein Mantra rezitieren: *Es sind zehntausend Won. Nicht hundert oder gar eine Million, nur zehntausend! Anderen armen Künstlern zu helfen, ist etwas, worauf man stolz sein kann! Ich gebe es ihm nicht nur, weil er gut aussieht!*

Eine leichte Brise wehte, als Yeoreum auf den singenden Hajun zuging. Als sie sah, wie er leicht zusammenzuckte, dachte sie: *Bin ich so einschüchternd? So schlimm kann es doch nicht sein.* Sie war etwas beleidigt, aber beim Anblick von Hajuns Gesicht, seinen zarten Lippen und seiner spitzen Nase fühlte sie sich besser. Nein, nicht nur besser: Ihr Herz blühte auf.

Yeoreum schloss kurz die Augen und legte den 10 000-Won-Schein in den Gitarrenkoffer. Als sie aufschaute, erwiderte Hajun ihren Blick und neigte leicht den Kopf zum Dank. Dann sang er wieder der menschenleeren Straße entgegen. Bei dem nonchalanten Ausdruck in seinem Gesicht schlug Yeoreums Herz schneller. Aus Angst, sie könnte rot anlaufen, drehte sie sich hastig um und lief geradewegs in die Station Sinchon. Sie wusste nicht, ob ihr Herz schneller schlug, weil sie sich so beeilte, oder wegen Hajun.

»Mann, ist das heiß hier. Warum schlägt mein Herz so schnell?«, murmelte sie. »Und mit wem rede ich hier eigentlich?«

Sie fächelte sich Luft zu. Als sie ihr Portemonnaie mit der elektronischen Fahrkarte auf den Sensor legte, um durch das Drehkreuz zu gehen, ertönte ein Piepsen.

Unzureichendes Guthaben. Bitte laden Sie die Karte auf und versuchen Sie es erneut.

»Hä? Was soll das denn?«

Yeoreum holte zwei weitere Karten aus ihrem Portemonnaie, aber auch darauf befand sich kein Guthaben. Sie öffnete die Banking-App auf ihrem Handy. Genau zu der Zeit, als Mijin heute Nachmittag den Anruf vom Fernsehsender erhalten hatte, waren die Kosten für die Snacks und Restaurantmahlzeiten des letzten Monats sowie den Alkohol, den sie dazu getrunken hatte, von Yeoreums Konto abgebucht worden.

»Ach, Han Yeoreum, du hast dich wirklich vollgestopft.«

Sie hatte noch genau 900 Won auf ihrem Bankkonto. Die Bankkarte für das Notfallkonto lag versperrt in ihrer Schreibtischschublade. Sie wollte gerade ihre Mutter anrufen, um sie zu bitten, ihr zehntausend Won zu überweisen, doch da schaltete sich das Handy aus.

»Was denn jetzt? Das darf doch nicht wahr sein …«

Ihr Herz schlug noch schneller als beim Blickkontakt mit Hajun. Sie drückte so fest sie konnte auf den Einschaltknopf des Telefons, aber zu ihrem Entsetzen erschien das Logo nicht auf dem Bildschirm. Sie steckte es weg und machte sich auf die Suche nach einem öffentlichen Telefon, aber die waren so selten geworden, dass man sie wohl nur noch in Museen finden konnte. Sie hielt drei Passanten an und fragte, ob sie ihr Handy benutzen dürfte, aber alle lehnten ab. Ihr blieb keine andere Wahl. Sie ging wieder die Treppe hinauf.

»Ich verlange ja nicht das ganze Geld zurück, nur fünftausend Won. Das ist mein Wechselgeld. Schon in Ordnung, kein Grund, sich zu schämen.«

Yeoreum fuhr sich mit der Hand durch die Haare, stieg die Treppe hinauf und sah, dass Hajun immer noch ohne Publikum sang. Sie schluckte schwer und näherte sich langsam dem Gitarrenkoffer. Als er sie entdeckte, lächelte Hajun ihr zu. Yeoreum erwiderte das Lächeln unbeholfen, bückte sich und nahm einen 5 000-Won-Schein aus dem Gitarrenkoffer.

»Hey! Du kannst nicht einfach Geld herausnehmen!«

Der aufgebrachte Hajun hatte aufgehört zu singen und sprach in das Standmikrofon, was Yeoreum zum Stillstand brachte. Die Leute blieben stehen und beäugten die Situation.

»Es tut mir leid. Ich habe mich verschätzt und zu viel Geld hergegeben. Sieh es einfach als Wechselgeld an.«

Als Yeoreum sich beschämt abwandte, ergriff Hajun erneut das Wort.

»Wie bitte? Auch wenn dir das Lied nicht gefällt, kannst du das Geld nicht einfach zurücknehmen. Habe ich so schlecht gesungen?«

Yeoreum schloss fest die Augen, drehte sich um und sagte: »Das Geld, das ich letzten Monat ausgegeben habe, wurde gerade von meinem Konto abgebucht. Ohne es zu wissen, habe ich dir meine letzten zehntausend Won gegeben. Deshalb habe ich jetzt kein Geld, um die U-Bahn zu nehmen. Ich möchte es dir auch nicht wegnehmen, deshalb habe ich nur die Hälfte genommen, nur fünftausend Won. Das heißt absolut nicht, dass dein Gesang den Preis nicht wert wäre.«

Hajun nickte mit einem schwachen Lächeln, als fände er die ehrliche und mutige Antwort süß. Die Leute um sie herum brachen in Gelächter aus, und Yeoreum, die zum Gespött geworden war, ging mit den fünftausend Won und gesenktem Kopf zur U-Bahn-Station.

. . .

Hajun öffnete die Tür zu seiner Wohnung auf der Dachterrasse eines Gebäudes in Yeonnam-dong. Als er sich im Sonnenlicht streckte, sah er aus wie der Protagonist einer Dramaserie. Doch seine Wohnung war anders als die im Fernsehen. Es gab weder Glühbirnen, die wie in einer Bar das Dach dekorierten, noch eine große Liegefläche, auf der man Gitarre spielen und die romantische Stimmung genießen konnte. Nur eine klapprige Holzbank, deren Splitter sich wie Dornen in den Körper bohrten, wenn man zu lange darauf saß. Und nun stand der Sommer vor der Tür, eine Jahreszeit, an die er nicht einmal denken wollte.

Hajun ging die Treppe hinunter, eine Plastiktüte mit Wäsche in der Hand. Die Plastiktüte, die er für 300 Won im Binggul-Binggul-Waschsalon gekauft hatte, benutzte er nun schon eine ganze Weile.

Im Waschsalon traf Hajun auf Sewoong, den er gestern in einem Noraebang kennengelernt hatte. Seine Stimme war so laut, dass Sewoongs Darbietung von Buzz' You Don't Know Men sogar in Hajuns Kabine zu hören gewesen war. Sewoong neigte den Kopf zur Begrüßung. Hajun lächelte unbeholfen und tat es ihm gleich.

Vor wenigen Tagen hatte Sewoong die Firma, für die er jahrelang gearbeitet hatte, verlassen. Genau genommen war ihm keine andere Wahl geblieben. Es mochte etwas übertrieben erscheinen, dass ein Mitarbeiter entlassen wurde, weil er eine Nummer falsch eingegeben hatte, aber Sewoong hatte bei einer Finanzfirma gearbeitet. Nachdem sein Vorgesetzter ihm geraten hatte, Zahlen in Zukunft respektvoller zu begegnen, war er nun wieder auf Arbeitssuche und verbrachte seine Freizeit an Wochentagen damit, im Noraebang zu singen und Wäsche zu waschen. Nun verließ er den Waschsalon mit leeren Händen und machte sich auf den Weg zum Shineville-Wohnkomplex.

Hatte er keine Wäsche gewaschen? Hajun legte den Kopf schief, dann drückte er mit vertrauten Handbewegungen auf den Automaten. Er wählte die Weichspültücher mit dem charakteristischen Duft des Waschsalons, eine angenehme Mischung aus Bernstein und dem Geruch warmer Textilfasern.

Lauwarmes Wasser stieg in der Glastür der runden Waschmaschine auf, die Kleidung wurde ein paarmal herumgerollt und es bildeten sich Blasen. Das Waschmittel wurde eingefüllt. Beruhigt setzte Hajun sich an den Tisch und schlug das lindgrüne Tagebuch auf. Als er unter seinem Eintrag die Worte *Wie wäre es mit »Gemeinsamer*

Spaziergang«? sah, erinnerte er sich an die Frau, die er gestern Abend gesehen hatte. Eine Frau, deren Namen und Alter er nicht kannte, lediglich das Gesicht. Hajun lachte leise.

Ob sie wohl gut nach Hause gekommen ist?, dachte er bei sich. *Aber wie kann sie nicht einmal fünftausend Won für die U-Bahn haben?*

In diesem Moment meldete sich Hajuns Handy. Eine Nachricht, dass Geld von seiner Karte abgebucht worden war.

Er seufzte. »Hier ist noch ein mittelloser Mensch.«

Hajun lächelte verbittert und klickte auf die YouTube-App. Er rief seinen Kanal auf, aber die Anzahl der Abonnenten betrug immer noch zwölf. Auch gestern hatte er wieder auf der Straße gesungen, aber vielleicht war etwas mit seiner Stimme oder der Liedauswahl nicht in Ordnung oder er besaß einfach keine Starqualität. Während er darüber nachdachte, stieg die Zahl der Abonnenten um einen. Hajuns Augen leuchteten.

»Ja, wenn jeden Tag einer dazukommt, werde ich auch irgendwann den Silberstatus erreichen! Dann kann ich in eine Wohnung mit Klimaanlage ziehen!«

In gehobener Stimmung zog Hajun das Tagebuch näher an sich heran und schrieb eine Antwort an die Person, die ihm bei der Liedauswahl geholfen hatte.

Manche Sommer sind berauschend, manche aufregend, aber für mich ist der Sommer grausam. In den unerträglich heißen, schlaflosen Tropennächten von Seoul fühle ich mich verloren, wie ein blauer Fisch in kaltem Wasser, der nicht weiß, was er in so einer glamourösen Stadt zu suchen hat. Aber dank dir habe ich gestern ein Lied gesungen, mit dem ich zufrieden war. Danke, dass du mir gezeigt hast, wie viel Freude es macht, ein Lied zu singen, das meine Gefühle ausdrückt, anstatt einfach ein populäres Lied zu wählen. Ich hatte gestern auch eine interessante Zuhörerin. Wenn wir uns jemals treffen, würde ich dir gerne von ihr erzählen. Danke noch mal, meine Liederfee.

...

Yeoreum blickte auf den freien Platz von Mijin, die gegangen war, nachdem sie den Wettbewerb gewonnen hatte. Die Schreibassistentin, die ihren Job hatte übernehmen sollen, konnte schon nach ein paar Arbeitstagen ihre dunklen Augenringe nicht mehr verbergen und hatte aufgegeben. *Ja, Schreiben ist körperliche Arbeit*, sagte Yeoreum zu sich, während sie die Schokolade von ihrem Schreibtisch aß.

»Schokolade aus hundert Prozent Kakao macht nicht dick.« Yeoreum, die nicht mit den anderen zum Mittagessen gegangen war, weil sie sich nicht wohlfühlte, hatte bereits mehrere Tüten Schokolade und Süßigkeiten verputzt. »Da hätte ich auch gleich essen gehen können.«

Es war schön, das Büro für sich allein zu haben. Manchmal überlagerte sich das Geräusch des eigenen Tastaturtippens mit dem der anderen Schreibassistentinnen, was sie aus ihrem Arbeitsrhythmus brachte. Den anderen ging es genauso, als Autorinnen waren sie sensible Menschen. Deshalb hatten sie beim Arbeiten alle Kopfhörer im Ohr. Auch Yeoreum.

Da kam ihr plötzlich Hajun in den Sinn und sie suchte nach dem YouTube-Kanal, dessen Name auf seinem Gitarrenkoffer gestanden hatte. Das Vorschaubild des ersten Videos zeigte Hajun, mit seiner weißen Haut und den schönen Haaren. Der Titel lautete: *Straßenmusik in Sinchon, »Gemeinsamer Spaziergang«*. Es war von dem Tag, an dem Yeoreum sich die fünftausend Won zurückgeholt hatte. Sie scrollte zum Ende des Videos, doch sie war nicht darin zu sehen. Erleichtert atmete sie auf. Wenn dieser Vorfall hochgeladen worden wäre, hätte sie nicht mehr mit erhobenem Kopf durch die Station Sinchon gehen können.

Yeoreum war Hajun dankbar für seine Ehrlichkeit. Er hätte auch ein Video mit dem Titel *Arme Zuschauerin stiehlt Geld von einem Straßenmusiker* hochladen können, um mehr Aufrufe oder Abonnenten zu bekommen, aber er hatte lediglich seinen eigenen Auftritt veröffentlicht. Sie klickte auf »Abonnieren« und ließ das Video noch einmal von Anfang an laufen. Es begann mit dem Intro des Liedes, das Yeoreum verpasst hatte, weil sie sich die Breakdance-Vorführung auf dem Platz mit der roten Skulptur angesehen hatte.

»Heute singe ich ein Lied, das mir jemand empfohlen hat. Jemand, der sagte, es sei zwar Sommer, aber kalt wie im Winter. Ein Tag, an dem man gemeinsam mit jemandem spazieren gehen möchte. Ich hoffe, ich kann dir etwas Trost spenden.«

»Ach du meine Güte!« Yeoreum schlug sich die Hand vor den Mund.

Sie erinnerte sich daran, was sie im Waschsalon in das Tagebuch geschrieben hatte. Sie hatte noch zwanzig

Minuten Mittagspause, aber sie wusste, dass Kyeonghi nichts dagegen haben würde, wenn sie zum Waschsalon ginge, und so schnappte sie sich die Kissen von den Stühlen und verließ das Büro.

...

In diesem Moment piepte der Trockner mit Hajuns Wäsche, um anzuzeigen, dass er fertig war. Er summte vor sich hin und packte die Wäsche in seine Tüte.

Ohne zu wissen, was sie erwartete, beschleunigte Yeoreum vor Aufregung ihre Schritte. In direkter Linie rannte sie den Weg im Yeontral-Park entlang, auf dem unzählige Menschen unterwegs waren.

Währenddessen ging Hajun zu seiner Wohnung, bevor er sich auf den Weg zu seinem Teilzeitjob in einem Mini-Markt machte.

Die beiden trafen sich also nicht.

...

Als Yeoreum die Tür des Binggul-Binggul-Waschsalons öffnete, war niemand da. Doch sie spürte die Wärme und den beruhigenden Duft, als hätte jemand gerade den Trockner benutzt, und sah einen neuen Eintrag in dem hellgrünen Tagebuch. Sie war sicher, dass Hajun ihn geschrieben hatte. Sie nahm ihr Handy und suchte nach blauen Fischen, die in kaltem Wasser lebten. Heringe. Sie verstand. Ein blauer Fisch in den tropischen Nächten einer glitzernden Stadt, der nirgendwohin konnte. Sie war neugierig, doch gleichzeitig bereiteten ihr die Worte *meine Liederfee* Unbehagen. Der Ausdruck *Fee* passte einfach nicht zu ihr.

»Ist das Zufall?«, murmelte sie. »Oder Schicksal? Dass er das geschrieben hat. Was soll ich tun? Er denkt bestimmt, ich sei eine mittellose Frau, die nicht einmal fünftausend Won besitzt!«

Yeoreum fuhr sich durch die Haare und griff nach dem Stift. Sie überlegte, was sie schreiben sollte, um mit ihm in Verbindung zu bleiben. Beim Gedanken daran spürte sie ein Kribbeln im Bauch. Gerade als sie entschieden hatte, was sie schreiben wollte, klingelte ihr Handy.

Sie nahm ab. »Hallo, Boyeong.«

»Wir sind vom Essen zurück, aber du bist nicht im Büro. Wo bist du?«

»Oh, ich bin im Waschsalon. Die Kissen waren alle so schmutzig. Ich werde den Schnellwaschgang benutzen, dann dauert es nicht lang.«

»In Ordnung, ich sage Kyeonghi Bescheid.«

Über Boyeongs Stimme hinweg war Kyeonghi zu hören: »Du hast nicht einmal richtig zu Mittag gegessen. Wenn du mit der Wäsche fertig bist, geh etwas essen. Mit meiner Karte.«

»Hast du das gehört?«

»Ja, alles klar. Sag ihr danke.«

Hastig legte Yeoreum auf. Sie fühlte sich schlecht bei dem Gedanken, dass Kyeonghi eine Ausrede für sie erfand, damit sie sich vor der Arbeit drücken konnte, aber ihr Herz raste. Fein säuberlich schrieb sie eine Antwort unter Hajuns Eintrag.

Da du blaue Fische erwähnt hast, fühle ich mich gezwungen, dir zu sagen, dass mein Sternzeichen Fische ist. Im Zeichen Fische befindet sich der vierthellste Stern am Himmel, daher ist es schwer zu erkennen. Deshalb habe auch ich dieses Sternbild in Form zweier Fische noch nie am Himmel gesehen. Aber eines Tages werde ich das bestimmt, nicht wahr? Und irgendwann werden auch andere Leute meine Texte anerkennen, richtig?

Noch eine unnötige Information: Ich bin Autorin. Der vierthellste Stern ist zwar schwer zu erkennen, aber dennoch leuchtet er am Firmament, und irgendwann werde auch ich entdeckt werden. Das heutige Lied ist »Sterne«!

Die Liederfee!

Als sie sich das erste Mal als *Liederfee* bezeichnet hatte, hatte sie sich nichts weiter dabei gedacht. Weil sie nicht darüber nachgedacht hatte, dass ein Fremder sie vielleicht für hübsch oder niedlich wie eine Fee halten könnte. Würde er sie auslachen, wenn er sie sah? Sie war verlegen, aus Sorge und zugleich Vorfreude darüber, dass Hajun sie erkennen könnte. Aber es gab ja noch andere Feen abgesehen von Glöckchen. Zum Beispiel in *Aschenputtel*: Die eigentliche Heldin, die gute Fee, war von beachtlicher Größe! Und deshalb setzte Yeoreum ein Ausrufezeichen hinter das Wort *Liederfee*.

Yeoreum war von Kyeonghi stets dafür kritisiert worden, dass sie keine guten Romanzen schreiben konnte. Doch wenn sie nun Szenen schrieb, in denen die beiden

Protagonisten aufeinandertrafen, ging es gefühlsmäßig drunter und drüber und die Beziehung nahm eine neue Wendung. Als Kyeonghi bemerkte, dass Yeoreums Gesichtsausdruck fröhlicher geworden war, fragte sie ihre Assistentin, ob sie verliebt sei. Yeoreum schüttelte nur schüchtern den Kopf.

Sie bestand darauf, in den Waschsalon zu gehen, selbst wegen winziger Kaffeeflecken auf einem Kissen oder wenn sich Staub auf den weißen Vorhängen absetzte. Kyeonghi fragte sich, ob sie ihren eigenen Sauberkeitsfimmel auf Yeoreum übertragen habe, aber in Wahrheit nutzte Yeoreum nur jede Gelegenheit, um in den Waschsalon zu gehen. Heute hatte sie sich eingeredet, dass eine Decke schmutzig sei, aber Hajuns Handschrift war nicht unter ihrer eigenen zu sehen. Seit einer Woche hatte sie nichts von ihm gelesen.

In diesem Moment trat Sewoong herein, einen Kaugummi im Mund. Er trug ein ärmelloses Hemd mit großen Palmenblättern darauf.

Yeoreum sagte leise zu sich selbst: »Ist er so beschäftigt? Es ist schon eine Woche vergangen. Egal wie viel er zu tun hat, einmal die Woche müsste er doch Wäsche waschen. Hat er schon genug von mir?«

Mit mürrischem Gesichtsausdruck blätterte Yeoreum um, doch die nächste halbe Seite im Tagebuch war herausgerissen worden.

»Was soll das denn? Hat er vielleicht hier etwas geschrieben? Ganz bestimmt! Ach, was habe ich doch für ein Pech.«

Yeoreums Blick fiel auf Sewoong, der gerade seine

Wäsche aus dem Trockner holte und dabei Kaugummiblasen aufblies.

Sie sprach ihn an. »Haben Sie zufällig diese Seite zerrissen, um Ihren Kaugummi wegzuwerfen?«

Yeoreums Blick machte Sewoong verlegen, die Blase platzte und Kaugummi klebte an seinen Lippen.

»Vergessen Sie's! Machen Sie einfach weiter.«

»Sie brauchen mich nicht zu siezen, ich bin erst dreißig. Aber was hat es mit dem Tagebuch auf sich?«

»Sie siezen mich auch, dabei bin ich jünger als Sie. Kümmern Sie sich einfach um Ihren eigenen Kram.«

In dem Moment ploppte eine Nachricht auf Yeoreums Telefon auf. Eine Benachrichtigung, dass Hajun ein neues Video hochgeladen habe. Schnell öffnete sie die YouTube-App. Als sie sah, wie er *Sterne* sang, klopfte ihr Herz wieder, zugleich wurde sie noch neugieriger, was auf dem zerrissenen Papier gestanden hatte. Sie schaute zu Sewoong hinüber, der kaugummikauend seine Wäsche zusammenlegte, und schnaubte.

Sie griff nicht zum Stift, da es ihr peinlich war, noch einmal eine Liedempfehlung abzugeben, ohne zu wissen, ob Hajun ihr geantwortet hatte. Mit der trockenen Decke unter dem Arm ging sie zurück ins Büro.

...

Noch bevor die Maschine, die Yeoreum benutzt hatte, abgekühlt war, schlug Hajun aufgeregt das Tagebuch auf dem Tisch auf, doch die Handschrift seiner Liederfee war nicht zu sehen. Er schob die Enttäuschung darüber, dass sie ihm nicht geantwortet hatte, beiseite, blätterte noch einmal durch das Tagebuch und stellte fest, dass die Seite, auf der er geschrieben hatte, zerrissen worden war.

»Was soll das denn! Wer hat da einfach was herausgerissen?« Er versuchte, den zerknitterten Rest der Seite zu glätten, aber der Eintrag, den er geschrieben hatte, war nicht mehr da. Hajun schluckte schwer. »Das ist also der Grund, warum sie nicht geantwortet hat.«

Nervös fragte er sich, ob das, was er geschrieben hatte, zu aufdringlich gewesen sei. Dann schüttelte er den Kopf.

»Es noch einmal zu schreiben wäre zu viel des Guten. Aber was, wenn sie es gar nicht gesehen hat? Wenn es schon vorher zerrissen wurde? Oder hat sie es doch gelesen und zerstört, weil es zu aufdringlich war?«

Ohne dass er es bemerkte, kollidierten die Liebeszellen in Hajuns Körper miteinander. Die beiden von der Liederfee empfohlenen Songs hatten beim Publikum Anklang gefunden und er hatte etwa dreißig neue Abonnenten auf seinem YouTube-Kanal. Er wollte sich bei ihr bedanken. Nicht in seiner schlechten Handschrift, sondern von Angesicht zu Angesicht. Und um ganz ehrlich zu sein wollte er sie sehen. Deshalb hatte er das letzte Mal in das Tagebuch geschrieben: *Liebe Fee, darf ich dich nach deinen Kontaktdaten fragen?* Doch als er nun das zerrissene Stück Papier sah, verließ ihn der Mut. Er hatte Angst, dass sie wütend auf ihn sein könnte.

Da der Trockner noch drei Minuten brauchte, griff Hajun hastig zum Stift. Und schrieb klar und deutlich auf der nächsten Seite nach der zerrissenen:

Hast du meinen Eintrag auf der vorherigen Seite gesehen? Falls nicht, möchte ich noch einmal fragen: Würdest du mir deine Telefonnummer geben? Ich möchte mich gerne auf einen Kaffee treffen.

Die Sätze waren schwer und klobig, doch sie drückten Hajuns Gefühle aus. Der Trockner piepte, er schaltete ihn ab und ging mit seiner Wäsche nach Hause – seine ehrlich niedergeschriebenen Gefühle zurücklassend.

Nach vier Stunden Teilzeitarbeit im Mini-Markt kam Hajun nach Hause und bereitete sich auf seinen Auftritt als Straßenmusiker vor. Heute hatte er keine Set-Liste. Er überlegte, noch einmal die Songs zu singen, die die Liederfee ihm vorgeschlagen hatte, aber er wollte etwas Neues auf seinen YouTube-Kanal hochladen. Vor der Gyeongui-Parkanlage bog er auf die Donggyo-dong-Kreuzung ein, den Gitarrenkoffer auf dem Rücken, einen Verstärker in der Hand, während er überlegte, welche Lieder er singen sollte.

Vor Ausgang 3 der Station Sinchon angekommen, stellte er das Standmikrofon auf. Er passte die Höhe an und machte einen schnellen Soundcheck. Den Gitarrenkoffer mit dem Namen seines YouTube-Kanals stellte er offen vor sich hin. Plötzlich erinnerte er sich an die Frau, die fünftausend Won herausgenommen hatte, und musste lächeln. Hajun hatte das Gefühl, dass sie ihm positive Energie gegeben hatte. Deshalb bewahrte er den 10 000-Won-Schein, den die Frau ihm gegeben hatte, in seiner Brieftasche auf. Er hatte sogar das Datum draufgeschrieben, wie auf einen Talisman.

Um acht Uhr zupfte Hajun an den Saiten seiner Gitarre. Er räusperte sich, spielte vier Akkorde und begann zu singen.

»*Ich denke an dich, deren Namen ich nicht kenne. Ich kenne dein Gesicht, klein und süß wie eine Fee. Glöckchen, wohin wirst du mich bringen? Lass uns zusammen durch die tiefe Nacht fliegen. Halte meine Hand.*«

Er schaltete YouTube Live an und sang einfach, was ihm gerade in den Sinn kam. Die linke Hand auf dem Gitarrensteg bewegte sich wie von selbst. Die rechte strich sanft über die Saiten, als würde sie darauf tanzen. Langsam versammelten sich mehr und mehr Leute, die süßen Worte von Hajuns Lippen ließen sie innehalten. Sanft geschlossene Augen, dunkle Augenbrauen und ein hoher Nasenrücken. Seine Erscheinung zusammen mit seiner Stimme reichten aus, um die Leute zum Anhalten zu bringen.

»*Wie soll ich dich nennen? Meine Fee, die lediglich einen guten Duft hinterlässt. Sag mir deinen Namen. Zeig mir dein Gesicht. Ich kenne von dir nichts als den Geruch von Baumwolle. Das ist alles.*«

Als Hajun zu Ende gesungen hatte und die Augen öffnete, sah er mehr Menschen vor sich als in seiner gesamten Zeit als Straßenmusiker. Vor dem dunklen Nachthimmel gab es einige Leute, die mit ihren Handys Fotos oder Videos machten. Unter ihnen, das Gesicht halb verdeckt dem Lied lauschend, war die Frau, die keine fünftausend Won mehr gehabt hatte. Bei ihrem Anblick konnte er nicht anders als zu lächeln.

»Schön, dich wiederzusehen«, sagte Hajun.

»Zugabe! Zugabe!«, rief die Menge.

Die Gitarrenbox war mit 5 000- und 10 000-Won-Scheinen gefüllt. Mehr als über das Geld freute Hajun sich darüber, dass die Leute ihm zuhörten. Er war stolz, weil er das Gefühl hatte, einen richtigen Auftritt abgeliefert zu haben. Er sah jede einzelne Person an. Da trat die Frau, die keine fünftausend Won gehabt hatte, an den Gitarrenkoffer heran und warf zehntausend hinein.

»Du hast letzten Monat wohl nicht viel getrunken?«, sagte Hajun.

»Letzten Monat war das Leben nicht bitter. Es war sogar recht süß«, erwiderte Yeoreum überrascht.

Als er ihre ehrliche Antwort hörte, lächelte Hajun sie an.

Was soll ich bloß machen, wenn er mich mit seinem hübschen Gesicht so anlächelt?, dachte Yeoreum.

»Wie bitte?«, fragte Hajun verwirrt.

»Habe ich etwas gesagt?«

»Nein, aber es sah aus, als wolltest du etwas sagen.«

»Überhaupt nicht! Ich habe dir das Doppelte zurückgezahlt. Denn ich habe das Lied wirklich genossen.«

Als sie fühlte, wie ihr Gesicht rot anlief, lief Yeoreum eilig davon. Als er ihr hinterherblickte, lachte Hajun laut auf. Wie konnte sie nur so niedlich sein?

Um den Wünschen der Leute nach einer Zugabe nachzukommen, zupfte Hajun erneut an den Gitarrensaiten und spielte eines der Lieder, das die Waschsalonfee ausgesucht hatte. Es war ein voller Erfolg. Die Menschen, die mit ihren Smartphones herbeieilten; die abweisenden Gesichter, die beim Klang der Musik aufblickten; die Art und Weise, wie seine Stimme zwischen ihnen aufbrach und sich verteilte, um jeden Einzelnen von ihnen zu erreichen. Hajun schloss die Augen, um sich diesen Moment einzuprägen.

...

Yeoreums Plan, sich unbemerkt das Lied anzuhören, war gescheitert. Als sie sein selbst komponiertes Lied gehört hatte, hatte sie nicht anders gekonnt, als zum Gitarrenkoffer zu gehen. Außerdem wollte sie ihren Fehler wiedergutmachen. Und beim Anblick von Hajuns strahlendem Lächeln hatte sie wieder dieses Kribbeln im Bauch gespürt.

Nun eilte Yeoreum in Richtung Bushaltestelle. Ihre Schritte wurden immer schneller. Sie wollte wissen, was er gemeint hatte, als er sagte, er habe beim Schreiben des Liedes an seine Fee gedacht. Mehr als alles andere wollte sie zum Binggul-Binggul-Waschsalon, wo sie und Hajun einander schrieben, auch wenn er es nicht wusste.

Yeoreum stieg in den Bus. Ihr Herz raste. Hajuns Stimme schien in ihren Ohren widerzuhallen. Der Bus nach Hongdae war voll mit Menschen, obwohl es lange nach Feierabend war. Zwischen ihnen sah sie ihr Spiegelbild im Fenster.

Zum Glück hatte sie sich heute Morgen die Haare gewaschen. Doch das geschädigte, stumpfe Haar, die halb plattgedrückten Locken, hatten nichts Feenhaftes an sich. Ihre Mutter hatte immer gesagt, dass eine runde, breite Stirn Glück bringen würde. Ihre Nase war spitz, aber nachdem sie in den letzten fünf Jahren als Schreibassistentin zehn Kilo zugenommen hatte, war ihre Nase breiter geworden. Ihre Wangen waren geschwollen, als würde sie

Bonbons lutschen. Ihre Großmutter mütterlicherseits, die sie letzten Sommer bei der Hochzeit ihrer Cousine getroffen hatte, hatte Yeoreum gesagt, sie solle nicht abnehmen, weil sie so niedlich pummelig sei, aber auch das war keineswegs feenhaft.

Aber ihre Augen! Durch die Schönheits-OP, die sie als Geschenk zum Schulabschluss bekommen hatte, hatte sie an Selbstvertrauen gewonnen. Sie waren der Teil ihres Gesichts, von dem sie am meisten überzeugt war, vielleicht weil sie Geld dafür ausgegeben hatte. Aber selbst diese mit einem scharfen Skalpell geschnittenen doppelten Augenlider sahen infolge ihrer Gewichtszunahme nicht mehr gut aus, eher wie Würstchen, die zwischen den Lidern und den Augen lagen. *Ich bin keine Fee oder Elfe*, ging es Yeoreum durch den Kopf, *allerhöchstens eine Fressfee*.

Die Aufregung in ihrem Herz ließ plötzlich nach, ganz so, als hätte jemand den Ausschaltknopf gedrückt.

Sie betrat den Binggul-Binggul-Waschsalon in Yeonnam-dong. Ein älterer Herr mit seinem Jindo war anwesend. Er sah recht alt aus, war aber geschickt darin, den Automaten zu bedienen. Der weiße Hund, der neben dem Tisch saß, wedelte mit dem Schwanz, um Yeoreum zu begrüßen. Das zauberte ein Lächeln auf ihr Gesicht.

»Ich bin bald fertig«, sagte der ältere Herr in freundlichem Ton.

»Lassen Sie sich ruhig Zeit. Ich habe ja gar keine Wäsche dabei«, erwiderte Yeoreum und fügte leiser hinzu: »Was mache ich hier eigentlich?«

»Ruhen Sie sich einfach eine Weile aus. So steht es hier geschrieben. Ich habe den Besitzer oder die Besitzerin zwar nie getroffen, aber er oder sie scheint ein guter Mensch zu sein.« Der alte Mann deutete auf das schwarze Brett. Auf einem A5-Blatt stand dort in sauberer Handschrift geschrieben: *Ruhen Sie sich hier gern eine Weile aus.*

»Das stimmt, er oder sie scheint ein sehr netter Mensch zu sein.«

Mit einem freundlichen Lächeln und den Worten, sie könne hier bestimmt einen klaren Kopf bekommen, ging der alte Mann mit seinem Jindo hinaus.

Yeoreum schlug das Tagebuch auf – und schloss es wieder, sobald sie sah, was Hajun geschrieben hatte. Sie blätterte nicht nur um, sondern schloss es vollständig und schob es sogar ein Stück von sich weg. *Was hat mir das Selbstvertrauen gegeben, mich selbst als Fee zu bezeichnen?*, fragte sie sich. *Ich hatte natürlich angenommen, dass wir uns niemals treffen würden!*

Sie war wütend auf sich selbst. Unter dem Vorwand, dass sie als Schreibassistentin unter zu viel Druck stand, hatte sie sich von ungesunden Fertiggerichten ernährt, und als ob das nicht schon schlimm genug wäre, hatte sie ihren Körper mit Kaffee und Schokolade vollgepumpt, als wären es Bluttransfusionen, daher war es kein Wunder, dass sie so aufgedunsen war. Sie kniff in das Fleisch an ihren Hüften.

»Autsch! Ja, tut mir leid, dass ich dich hasse, obwohl du auch ein Teil von mir bist. Richtig, das ist kein Fett, sondern das Resultat meiner harten Arbeit am Schreibtisch. Ich kann Hajun ruhig treffen, so schlimm ist es nicht. Man sagt doch, dass selbst hässliche Puppen für manche Menschen schön sind, oder nicht?«

Als noch zehn Minuten übrig waren, bis die Maschine mit der Wäsche des alten Mannes fertig war, griff Yeoreum nach dem Stift. Da kam eine Nachricht auf ihr Handy. Sie legte den Stift beiseite und las sie.
Warum bist du nicht Autorin geworden?
Es war eine Nachricht von jemandem, den sie am Morgen um ein Interview gebeten hatte, um über sein neues Projekt zu sprechen. Ein junger Baseballspieler, den Yeoreum vor fünf Jahren interviewt hatte, als sie angefangen hatte, als Schreibassistentin zu arbeiten. Sie waren gleich alt, und nachdem das Interview gut verlaufen war, waren sie ein paarmal Bier trinken gewesen und ab und zu ins Kino gegangen. Er hatte ihr gewisse Signale gesendet, aber sie war immer ausgewichen und hatte gesagt, sie habe keine Zeit für eine Beziehung, weil sie sich auf ihre Arbeit konzentrieren müsse. Nach fünf Jahren hatte sie ihn jetzt wieder kontaktiert, wegen einer Recherche für ein Sportdrama.

In den fünf Jahren hatte er sich sehr verändert. Er war nicht mehr der Jungspund, der in einer Bar mit außergewöhnlich guter Chilisoße bei ein paar Pommes und zwei Gläsern Bier lauthals gelacht hatte. Nachdem er in dieser Saison zum besten Spieler gewählt worden war und ein hohes Gehalt ausgehandelt hatte, war es für ihn selbstverständlich geworden, seine Autoschlüssel beim Parkservice in einer Hotellounge oder einer gehobenen Bar in Cheongdam-dong abzugeben. Und so hatte er das Etikett des Jungspunds abgeschüttelt. Und was war mit Yeoreum? Sie hatte geschrieben, bis ihre Fingerabdrücke abgewetzt waren, und war trotzdem keine richtige Drehbuchautorin geworden. Und dann stellte er ihr so eine unhöfliche Frage. Sie war fassungslos.

Nachdem sie ein kurzes Wie bitte? geschickt hatte, kam sofort eine Antwort:

Warum bist du immer noch Schreibassistentin? Wo du doch gesagt hast, du kannst nicht mit mir ausgehen, weil du arbeiten musst. LOL

Was erlaubte der Kerl sich eigentlich? Suchte er Streit? Sie seufzte und versuchte, eine Antwort zu formulieren, aber ihr fielen nicht die richtigen Worte ein. Sie konnte sich nicht erklären, warum sie nach wie vor als Assistentin arbeitete, warum nicht ein einziges ihrer Werke verfilmt worden war. Hatte sie nicht deshalb Liebe und Jugend aufgegeben und saß das ganze Jahr an ihrem Schreibtisch, auf einen leeren Bildschirm mit blinkendem Cursor starrend, bis sie fast vom Stuhl fiel? Warum war sie noch keine Autorin? Sie hatte keine Ahnung, was sie antworten sollte. Sie vergaß sogar, dass sie Hajun ihre Nummer hatte hinterlassen wollen.

Feen kommen nur in Märchen vor. Im wirklichen Leben gibt es nichts so Wunderbares wie einen Kürbis, der sich mit einer einzigen Bewegung des Zauberstabes in eine Kutsche verwandelt, also existieren auch Feen nur in Märchen.

In dem Moment, in dem wir uns begegnen, wird uns beiden klar werden, dass wir in der bitteren Realität leben und nicht in einem süßen Märchen, in dem es nach Kuchen duftet. Das Leben ist ein düsterer Schwarz-Weiß-Streifen, kein farbenfroher Disneyfilm.

Nachdem sie das Tagebuch geschlossen und den Waschsalon verlassen hatte, wurden Yeoreums Schritte schwer. Vielleicht war Hajun auf der Suche nach einer Muse, einer Fee der Inspiration. Sie wollte zurückgehen, war aber bereits am Ende von Yeonnam-dong angekommen.

Sie setzte sich an den Tisch vor einem Mini-Markt, in dem sie eine Dose Bier gekauft hatte. Sie genoss den würzigen Geschmack und die erfrischende Kohlensäure und trank die ganze Dose in einem Zug aus. *So erfrischend. Selbst wenn ich alles aufgebe, auf Dosenbier kann ich nicht verzichten*, dachte Yeoreum. Als sie die leere Dose auf den Tisch stellte, wurden vier weitere dazugestellt.

»Wollen Sie noch mehr trinken?«

Als sie aufblickte, stand Sewoong vor ihr. Auch heute trug er ein ärmelloses Hemd mit Palmenblättern darauf.

»Wir sollten zwei Dosen in den Kühlschrank stellen«, sagte sie. »Wenn es warm ist, schmeckt es nicht.«

Vielleicht weil sie sich dieselbe Maschine im Binggul-Binggul-Waschsalon genutzt hatten, spürte sie ein seltsames Gefühl der Verbundenheit mit Sewoong. Sie mochte ihn zwar nicht besonders, aber als Freund aus der Nachbarschaft konnte sie ihn akzeptieren.

»Was ist falsch an warmem Bier?«, fragte Sewoong, als er sich Yeoreum gegenübersetzte.

»Es schmeckt flau. Aber sagen Sie mal, haben Sie eigentlich nichts zu tun? Hängen Sie immer in dieser Gegend herum wie ein Arbeitsloser? Haben Sie im Lotto gewonnen oder was?«

»Ich wurde vor Kurzem gefeuert. Meine Freundin hat mich auch verlassen.«

»Oh, das tut mir leid! Was war der Grund?«

»Sie hatte es satt, in einer lauwarmen Beziehung zu sein. Und sich mit wenig Geld und Krabben durchzuschlagen. Ach, ich will einfach alles hinschmeißen und nach Hawaii gehen. In der Schule war ich besessen vom Lernen, von Zahlen, Noten und TOEIC-Ergebnissen, und als ich einen Job bekam, machten mich diese verdammten Zahlen immer nervöser. Aber jetzt muss ich wieder einen Job suchen und ein Sklave dieser blöden Zahlen werden.«

»Krabben?«

»Meine Eltern haben ein Krabbenrestaurant in Daejeon.«

»Pfft, das hätte man auch anders formulieren können. Aber ich beneide Sie. Ich liebe Krabben in Sojasoße. Was ist denn Ihr Traum?«

»Mein Traum?«

»Ja, Ihr Traum«, sagte Yeoreum und führte eine kalte Dose Bier an ihren Mund. »Was wollen Sie machen?«

»Träume … Die hat man doch nur, wenn man schläft.«

»Sie sind kein Romantiker. Deshalb war es wohl eine lauwarme Beziehung.«

Obwohl Sewoong derjenige war, der gefeuert und dem das Herz gebrochen worden war, trank Yeoreum drei der vier Dosen Bier, die er gekauft hatte, als würde sie das Grün des Frühsommers hinunterschlucken. Dann schnappte sie sich ihre Tasche und lief Richtung Parkweg, während sie darüber nachdachte, wohin sie gehen sollte. Nachdem sie bereits ein paar Schritte gegangen war, drehte sie sich um und rief dem erstaunten Sewoong zu: »Hey! Wenn

Sie Probleme haben, gehen Sie zum Binggul-Binggul-Waschsalon in Yeonnam-dong. Dort gibt es ein hellgrünes Tagebuch, in dem alle Antworten stehen!«

. . .

An diesem Abend ging Sewoong mit einer alten Decke zum Waschsalon. Wie zum Trotz trug er jeden Tag dasselbe ärmellose Hemd mit Palmenblättern darauf, wie er es am Strand von Waikiki gesehen hatte, deshalb hatte er kaum Wäsche zum Waschen. Nachdem er eine Weile nach schmutziger Wäsche gesucht und keine gefunden hatte, hatte er schließlich die Bettdecke mitgenommen, die immer noch nach dem Parfüm seiner Ex-Freundin roch.

Er startete die Waschmaschine und schlug das lindgrüne Tagebuch auf, an dem er bisher kein Interesse gehabt hatte. Es war voller Einträge in verschiedenen Handschriften, wie die Fingerabdrücke verschiedener Menschen. Was hatte Yeoreum damit gemeint, dass hier alle Antworten zu finden seien? Es brauchte schon einen Guru, um all das in Ordnung zu bringen, was in seinem Leben durcheinandergeraten war.

Sewoong, der bereits im Burnout war und keinerlei Motivation hatte, irgendetwas aufzuräumen, nahm den Stift zur Hand mit der Einstellung, dass er es ja darauf ankommen lassen könne.

Ich habe keine Probleme, ich brauche nur die Lottozahlen.

. . .

Yeoreum drehte sich um und runzelte die Stirn, als die Morgensonne auf ihr Bett fiel. Sie fühlte sich unwohl, als würde sie nicht in einem Bett liegen, sondern auf einem Surfbrett in den tosenden Wellen des Meeres in Yangyang. Beim bloßen Gedanken an Alkohol wollte sie am liebsten ihr Gesicht in der Toilette vergraben und dem Sensenmann ein High Five geben. Die gute Nachricht war, dass Kyeonghi ihr einen letzten Urlaubstag gegönnt hatte, bevor ihre neue Dramaserie ausgestrahlt wurde. Bis der Kater abgeklungen war, konnte sie also liegen bleiben.

Erst gegen elf Uhr schlug Yeoreum erneut die Augen auf. Sobald sie auf ihr Handy sah, trat sie die Bettdecke beiseite.

»Oje! Was ist denn das?«

Yeoreum rieb sich die Augen und blickte erneut auf ihr Handydisplay. Die Nachricht war dieselbe: Hallo, liebe Fee.

Was hatte das zu bedeuten? Sie grub in ihrer Erinnerung. Die Trunkenheit der letzten Nacht hatte ein Feuer in Yeoreum entfacht. Mit dem Mut, den die vier Dosen Bier ihr gegeben hatten, war sie noch einmal zum Waschsalon in Yeonnam-dong gegangen, hatte das Tagebuch aufgeschlagen und ihre Telefonnummer unter ihren Eintrag geschrieben.

Yeoreum überprüfte schnell ihr Messenger-Profilbild. Zum Glück hatte sie keine Selfies mehr gepostet, seit sie als Schreibassistentin arbeitete und ihr Äußeres vernachlässigte. Ihr Profilbild war ein Foto der Pinnwand im Waschsalon, mit dem Satz: *Ruhen Sie sich hier gern eine Weile aus.* Die meisten der gespeicherten Fotos waren vom Yeontral-

Park und das einzige Foto von ihr selbst war eine recht gute Rückenansicht, das Mijin bei einem Ausflug zu einem Drehort gemacht hatte.

Yeoreum seufzte und fuhr sich mit den Händen durch die Haare. Wie hatte das passieren können? Nachdem sie geschrieben hatte, dass Feen nur Fantasiewesen seien, wieso hatte sie darunter ihre Telefonnummer notiert?

In dem Moment kam eine weitere Nachricht.

Liebe Fee, schläfst du noch? Steh auf, die Sonne steht schon hoch am Himmel. Es heißt doch, schöne Frauen sind Schlafmützen. Trifft das auf dich zu? Wie aufregend.

Bei dem Wort schön verschlug es Yeoreum wieder die Sprache, sie schob die Decke beiseite und setzte sich im Bett auf.

Mich regt nur das Wetter auf.

Endlich bist du wach, ich habe schon gewartet.

Warum?

Um mich zu bedanken.

Wofür?

Dass du deine Nummer hinterlassen hast und meine Muse warst.

Ich habe gestern viel getrunken, deshalb habe ich meine Nummer aufgeschrieben.

Ist etwas Schlimmes passiert?

Nein, ich war wohl nur ein wenig wütend.

Warum?

Ich habe mich über mich selbst geärgert. Es war einer dieser Tage.

Also hast du dich betrunken und heute ausgeschlafen? Gut, es ist schließlich Samstag.

Vielleicht hätte ich einfach im Yeontral-Park eine Matte auslegen sollen.

Lass uns erst etwas essen gehen und dann einen Platz finden, wo wir eine Matte auslegen können.

Essen?

Ich schulde dir ein Essen. Dank meiner Fee ist die Zahl der YouTube-Abonnenten deutlich gestiegen. Ich habe einen Song über dich geschrieben und er ist ein Hit!

Yeoreum rieb sich die Augen. Sie rief Hajuns YouTube-Kanal auf und staunte über die Zahl der Abonnenten. Seit er gestern sein selbst komponiertes Lied hochgeladen hatte, waren zehntausend neue Abos dazugekommen. Außerdem war es eines der beliebtesten Videos und in den Topbeiträgen angeführt. *Also bin ich nicht die Einzige, der das Lied gefallen hat*, dachte Yeoreum und klickte auf das Video. Hajuns heisere, tiefe Stimme und sein sanftes Äußeres verliehen ihm Charme, wodurch das Video immer beliebter wurde. Nachdem sie sich das Lied eine Weile angehört hatte, kam Yeoreum erst wieder zur Besinnung, als eine weitere Nachricht auf ihrem Handy einging.

Wenn Essen zu viel ist, lade ich dich auf ein Bier ein!

Ich weiß nicht, was ich mir dabei gedacht habe, aber ein Treffen wird schwierig. Es ist zu viel Druck. Ich hätte meine Nummer nicht hinterlassen sollen. Tut mir leid.

Yeoreum drückte fest auf das Handydisplay. In Gedanken hatte sie bereits gesehen, wie sie gemeinsam etwas tranken, und überlegt, was sie anziehen würde. Aber während er als Sänger Schritt für Schritt vorankam, war sie bei jedem Wettbewerb durchgefallen. Wie ein Kleidungsstück, das nicht verkauft wurde, egal wie lange es im Schaufenster hing, oder ein Produkt, das nie in Mode kam, weil niemand es je auswählte. Sie fühlte sich komplett nutzlos.

Sie zögerte, doch als sie sich Hajuns Gesicht ausmalte, wie er die Stirn runzelte oder seufzte, wenn er erfuhr, dass sie seine Liederfee war, schickte sie die Nachricht schließlich ab. Sie wartete, doch es kam keine Antwort mehr.

. . .

»Das Produkt ist im Angebot. Zwei zum Preis von einem«, ertönte die Stimme aus dem Lautsprecher, als Hajun die Eiswaffel über den Scanner zog.

Die beiden Mittelschülerinnen schauten ihn an.

»Hol noch eine, es ist zwei plus eins«, erklärte Hajun.

Die Schülerin zog die Brieftasche heraus und fragte vorsichtig: »Du bist der YouTuber ... Hajun, oder? Der Feen-Typ!«

»Ah, ja.« Als Hajun schüchtern lächelte, kicherten die beiden Schülerinnen.

»Du siehst so gut aus, und deine Lieder sind toll! Ich folge dir und like alles!«

»Danke.«

Die Schülerin hielt Hajun eine Eiswaffel entgegen. »Die ist für dich!«

Nachdem er sie entgegengenommen hatte, verließen die beiden Mittelschülerinnen aufgeregt den Laden. Hajun war überrascht, dass ihn jemand erkannt hatte. In diesem Moment vermeldete sein Handy eine eingehende E-Mail. Es war ein Angebot von einer großen Agentur, eine Einladung zu einem Treffen in ihrem Büro. »Kann das wirklich wahr sein? Der Wahnsinn!«

Als auch der nächste Kunde ihn erkannte, verstand Hajun, was passiert war.

»Geschafft! Ich habe es geschafft!«

Seit er nach Seoul gekommen war, hatte er allein in seinem Zimmer auf dem Dach eines Hauses in Yeonnam-dong Gitarre gespielt, ohne Publikum Lieder gesungen, Videos hochgeladen, die von weniger als zehn Leuten angesehen wurden, jeden Tag im Supermarkt Strichcodes gescannt und Zigarettenstummel aufgesammelt, manchmal auch leere Soju-Flaschen oder weggeworfene Ramyeon-Behälter, oder Erbrochenes aufgewischt. Nun schien diese Zeit vorbei zu sein. Alles, woran er denken konnte, war seine Fee. Er wollte sich bedanken und ihr sagen, dass sie ihm Glück gebracht hatte.

...

Yeoreum sackte hilflos über der Tastatur zusammen. Genau genommen ließ sie sich regelrecht darauf fallen.

»Yeoreum, willst du Feierabend machen?«

Auf Kyeonghis Frage hin richtete Yeoreum sich wieder auf. »Nein! Nächste Woche ist die Erstausstrahlung, da kann ich doch nicht Feierabend machen. Ich hole mir nur schnell eine Tasse Kaffee.«

»Geh lieber in ein Badehaus oder so. Du kannst auch mit Boyeong und Eunji gemeinsam gehen. Ihr wisst ja, wann das Meeting ist.«

»Wäre das wirklich in Ordnung?« Yeoreum sah Kyeonghi mit großen Augen an.

Boyeong und Eunji, die neue Schreibassistentin, taten es ihr gleich.

»Kauft euch auch gleich etwas Sikhye. Oh, und das Schweinefleisch ist sicher köstlich. Algensuppe und Eier müsst ihr natürlich auch essen.« Kyeonghi holte eine Kreditkarte aus ihrer Brieftasche.

»Vielen Dank!«, antworteten die drei Schreibassistentinnen in fröhlichem Tonfall.

Sie entspannten sich in einem Badehaus in der Nähe der Station Sogang-Universität. Sie genossen das Dampfbad, gefolgt von einer kalten Dusche. Danach gingen sie in das angeschlossene Restaurant, das für sein köstliches Schweinefleisch bekannt war.

Die gut blanchierten Kohlscheiben waren mit weißem Reis und Schweinefleisch belegt, das mit Chili-Öl und geschnittenem Knoblauch angebraten wurde. Yeoreum steckte es in den Mund und nippte an der dazugehörigen Algensuppe. Es schmeckte himmlisch. Sie schloss die Augen und genoss dieses Glück, als wollte sie es aufbewahren.

»Hast du deine Handynummer auf der Website des Senders geändert? Nicht dass sie dich nicht erreichen können, weil du eine neue Nummer hast«, sagte Boyeong zu Yeoreum und nahm einen Bissen der knackigen Gurkenbeilage.

»Natürlich habe ich sie geändert und eine zweite Telefonnummer hinterlassen. Wenn sie mich nicht erreichen, können sie meine Mutter anrufen. Aber das ist nicht der

Punkt. Es geht darum, aus einem Meer aus zweitausend Drehbüchern herauszustechen.«

»Aber warum hast du deine Nummer geändert?«, fragte Eunji, die mit ihrem gerade geschnittenen Pony sehr niedlich aussah.

»Na ja …« Yeoreum hatte keine gute Antwort parat.

»Heutzutage ist es wirklich umständlich, seine Nummer zu ändern«, meinte Eunji. »Es gibt so viele Services, bei denen die Telefonnummer verifiziert werden muss. Und du hast nicht einmal den Anbieter gewechselt. Das Handy ist auch dasselbe.«

Boyeong verkündete: »Ich habe eine Tarot-Lesung gemacht und erfahren, dass meine Nummer nicht zu mir passt!«

»So etwas erfährt man beim Tarot?«, fragte Eunji mit unschuldigem Gesichtsausdruck.

»Natürlich nicht, glaub doch so was nicht. Ich war es nur leid zu warten. Ich wollte nicht länger warten … deshalb habe ich meine Nummer geändert«, sagte Yeoreum mit schwacher Stimme.

»Wegen des Wettbewerbs? Stimmt, manchmal will ich auch einfach meine Nummer ändern und neu anfangen.« Boyeong nickte zustimmend mit vollem Mund.

»Sagt mal, habt ihr dieses Lied schon gehört? Dieser Sänger ist gerade total in.« Eunji, die auf ihr Handy schaute, wechselte das Thema und spielte ein Lied ab, woraufhin Boyeong sofort reagierte:

»Hajun? Und seine Fee? Ich liebe dieses Lied. Wenn ich es höre, habe ich das Gefühl, jemand würde mir Zucker in die Ohren streuen. Und er sieht auch noch gut aus.«

Als Hajuns Stimme aus Eunjis Handy drang, verschluckte Yeoreum sich beinahe an ihrem Glas Wasser.

»Er ist so cool«, schwärmte Eunji. »Seit Kurzem ist er bei einer großen Agentur. Seine Songs sind alle auf Platz eins der Musikcharts. Aber noch erstaunlicher ist die Geschichte zu diesem Song!«

Boyeong fügte aufgeregt hinzu: »Ja, genau! War es ein Waschsalon? Dort gab es eine Art Tagebuch, wo er um eine Liedempfehlung gebeten hat, und dann haben sie sich gegenseitig geschrieben! Die Frau nannte sich Fee oder so. Er hat das Lied spontan geschrieben, während er an sie dachte, und es war ein Riesenerfolg! Aber er hat sie immer noch nicht getroffen. Gestern in einem Interview hat er gesagt, dass er sie unbedingt kennenlernen will!«

»Ein Interview?«, fragte Eunji mit großen Augen. »Wann wurde das Video hochgeladen? Ich habe es nicht gesehen.«

»Er hat es gestern auf seinem YouTube-Kanal gepostet. Er meinte, er will sie auf jeden Fall treffen.«

Die Menschen interessierten sich offenbar ebenso für die Geschichte von Hajuns selbst komponiertem Lied wie für sein hübsches Gesicht und waren besonders neugierig auf die Identität der Fee. Einige Fans hatten sogar vorgeschlagen, eine Liste von Selbstbedienungs-Waschsalons in Yeonnam-dong zu erstellen und sich auf die Suche zu begeben.

Hajun trat nicht mehr auf der Straße auf, und Yeoreum nahm nun die U-Bahn an der nahegelegenen Station Hongdae anstatt der weiter entfernten Station Sinchon. Da Hajuns YouTube-Kanal nun von seiner Agentur verwaltet wurde, lud er keine Vlogs mehr hoch, aber seit er ein Video veröffentlicht hatte, in dem es darum ging, seine Fee zu finden, war das Interesse der Leute noch größer. Sogar ein wenig beängstigend. Yeoreum hatte das Gefühl, dass die ganze Welt enttäuscht sein würde, wenn sie sich als die Fee entpuppte.

»Aber warum taucht sie nicht auf?«

Boyeong antwortete auf Eunjis Frage: »Vielleicht ist der Druck zu groß? Wenn man heutzutage einen Namen in den sozialen Medien eingibt, taucht alles auf, und wenn man jemanden googelt, findet man die ganze dunkle Vergangenheit und sogar Jahrbücher. Yeoreum, wie denkst du darüber?«

»Ich schätze, die Fee ist mit sich selbst unzufrieden. Was ist falsch mit Jahrbüchern? Sie sind ein Teil von dir, also warum solltest du sie verstecken? Vielleicht zeigt sie sich eben gerade deshalb nicht, weil sie sich selbst nicht liebt.«

Eunji und Boyeong nickten schweigend.

Dann ergriff Boyeong wieder das Wort: »Diese Geschichte ist noch aufregender als Fernsehserien! Ich hoffe wirklich, dass sie auftaucht.«

»Ja!«, sagte Eunji. »Wenn sie das Video sieht, wird sie sich bestimmt zeigen. Die Fee … Oh, jemand hat kommentiert, dass sie die Fee ist und sich heute zu erkennen geben wird.«

Erstaunt fragte Yeoreum: »Wirklich? Die Fee hat selbst kommentiert? Und gesagt, dass sie dort auftauchen wird, wo er gesungen hat?«

Boyeong nahm aufgeregt ihr Handy in die Hand und öffnete Hajuns YouTube-Kanal.

Eunji schilderte die Situation weiterhin live. »Ja! Oh mein Gott, unglaublich! Diese Frau gibt sich öffentlich zu erkennen. Sie hat wieder einen Kommentar hinterlassen. ›Ich will dich nicht länger warten lassen. Bitte singe heute für mich. Um acht Uhr an dem Ort, wo wir uns zum ersten Mal getroffen haben. Deine Fee wird dort auf dich warten.‹«

Ungläubig fragte Yeoreum: »Behauptet sie wirklich, sie sei die Fee? Die in dem Lied?«

»Ja, und dass sie sich heute zu erkennen geben wird. Wahnsinn! Wenn das Meeting früh genug vorbei ist, lasst uns auch hingehen«, sagte Boyeong und spielte ein neues Video ab, das Hajun hochgeladen hatte. Mit aufgeregter Miene und einem Lächeln im Gesicht sagte er: »Bis später, meine Fee.«

Yeoreum schüttelt den Kopf. *Ich bin die Fee und diejenige, die ihm im Waschsalon geschrieben hat ... Acht Uhr, Ausgang 3 der Station Sinchon, wo wir uns zum ersten Mal getroffen haben. Woher will diese Frau das wissen?*

Boyeong holte Yeoreum aus ihren Gedanken. »Hey, wir müssen los. Die Produzentin kommt bald. Die penible PD Seo!«

Die Worte zeigten Wirkung. PD Seo war genauso alt wie Yeoreum. Sie ignorierte die Schreibassistentinnen gern oder gab ihnen unrühmliche Aufträge, wie Kaffee zu besorgen. Jedes Mal, wenn sie das tat, drückte Kyeonghi noch vor Yeoreum ihr Unbehagen aus und PD Seo änderte schnell ihr Verhalten.

Um nicht zu spät zu dem Meeting zu kommen, machten sie sich hastig auf den Weg in den Umkleideraum.

»Sie sind jetzt schon seit mehreren Jahren als Schreibassistentin tätig, aber Sie können nicht einmal eine Szenenliste zusammenstellen? Muss ich auch noch Ihre Arbeit machen?«, sagte PD Seo zu Yeoreum, sobald sie das Büro betrat.

Ihr gefiel es nicht, von jemandem im selben Alter herumkommandiert zu werden, aber aufgrund ihrer niedrigen Position konnte sie sich nicht dagegen wehren.

»Ich war in letzter Zeit ein wenig abgelenkt …«

»Soll das eine Entschuldigung sein? Das klingt äußerst unprofessionell.«

Boyeong und Eunji beobachteten mit angehaltenem Atem das angespannte Gespräch zwischen den beiden.

»So werden Sie ewig Schreibassistentin bleiben. Mijin hat ihre Arbeit gut gemacht, deshalb wurde sie auf Anhieb ausgewählt. Sie werden auch nicht jünger, wie lange wollen Sie noch so weitermachen? Ist es Ihnen nicht peinlich, hinter denen zurückzufallen, die später angefangen haben? Wenn Sie kein Talent haben, suchen Sie sich einen anderen Job. Ich habe genug Leute gesehen, die es jahrelang versucht und trotzdem zu nichts gebracht haben.«

Yeoreum brach in Tränen aus. PD Seo war überrascht. Yeoreum war nicht die Art von Mensch, die wegen einer solchen Bemerkung Tränen vergoss. Sie hatte es immer auf die leichte Schulter genommen und sich sofort für ihre Fehler entschuldigt.

Als sie Yeoreums Schluchzen hörte, kam Kyeonghi aus ihrem Zimmer. »Yeoreum, was ist los? PD Seo, was ist passiert?«

»Ich habe nichts falsch gemacht. Wieso weinen Sie, Frau Han?«

Kyeonghi ging mit Yeoreum in ihr Büro zurück. Deren Augen waren vom Weinen geschwollen.

»Sie hat recht. Alles, was PD Seo gesagt hat, stimmt. Warum bin ich immer noch am selben Ort und komme nicht voran?«

»Lass es einfach raus, Yeoreum. Und dann erzähl mir, was in letzter Zeit mit dir los ist.«

Yeoreum ließ ihren Tränen freien Lauf. Nachdem sie so heftig geweint hatte, dass die dunklen Wolken in ihrem Inneren als Regen herabgefallen waren, fühlte sie sich ein wenig besser. Dann sagte sie vorsichtig: »Also, es ist so …«

Sie erzählte Kyeonghi alles von Anfang an. Von dem Moment, als sie zum ersten Mal in das Tagebuch im Binggul-Binggul-Waschsalon geschrieben hatte, wie sie jetzt in der Zwickmühle steckte, weil sie sich Hajun nicht zu erkennen geben konnte, und dass eine andere Fee sich um acht Uhr mit ihm treffen wollte. Kyeonghi hörte sich Yeoreums Geschichte ruhig an und strich ihr dann über den Rücken. Eine letzte Träne floss über Yeoreums Wange und fiel auf den Boden.

»Normalerweise bin ich nicht so … Ich fühle mich so klein. Ich habe das Gefühl, nicht gut genug zu sein. Ich kann ihm nicht gegenübertreten, deshalb verstecke ich mich, aber das ist auch keine Lösung. Ich bin wütend auf mich und tue mir selbst leid …«

Kyeonghi sagte in aufmunterndem Ton: »Du bist unzufrieden, weil du noch keine Autorin bist? Ist das die Han

Yeoreum, die ich kenne? Die härter arbeitet als alle anderen? Leg dich ins Zeug und sag es einfach! Du bist Han Yeoreum und die Fee!«

Yeoreum wischte sich mit der Handfläche über das Gesicht. »Wer will schon eine Fee wie mich?«

»Du bist der Inbegriff einer Fee. Jemand, bei dem man sich wohlfühlt. Wenn du keine Fee bist, wer dann? Jetzt mach dich schon auf den Weg!«

Kyeonghi ermutigte Yeoreum, indem sie sich an die Zeit und an den Mann erinnerte, zu dem sie nicht zurückkehren konnte. Sie wollte nicht, dass Yeoreum genauso besessen von weißen Kleidern und weißen Laptops wurde wie sie selbst.

...

Während Yeoreum vor Kyeonghi Tränen vergoss, bereitete Hajun sich auf seinen Auftritt vor. Als er den Vertrag bei der Agentur unterschrieben hatte, war eine der Bedingungen gewesen, dass sie sich nicht in sein Liebesleben einmischen würde. Im Gegenzug hatte er versprochen, dass er sein Privatleben gut im Griff haben würde. Der Leiter der Agentur war nicht erfreut gewesen, hatte aber dennoch zugestimmt, weil er bereits vorgehabt hatte, Hajun als Komponisten und Singer-Songwriter zu vermarkten, nicht als K-Pop-Sänger.

Auch an dem Tag, an dem er in die von der Agentur zur Verfügung gestellte Wohnung in Yeoksam-dong eingezogen war, hatte Hajun an seine Fee gedacht. Eine Fee, deren Gesicht er zu kennen schien, die er bereits getroffen hatte und deren Telefonnummer nicht mehr existierte.

Wenn er Yeonnam-dong verließ, würde er noch weiter von ihr entfernt sein.

Hajuns Auto hielt an einem öffentlichen Parkplatz in der Nähe der Station Sinchon. Beim Stimmen der Gitarre zitterten seine Hände leicht. Sie würde auftauchen … Er war dankbar dafür, dass sie mutiger zu sein schien als er selbst. Noch zehn Minuten bis acht Uhr. Sein Herz klopfte wie an dem Tag, als er zum ersten Mal die Gitarre in die Hand genommen hatte.

Fans, die Hajuns Ankündigungsvideo auf YouTube gesehen hatten, strömten bereits in Scharen nach Sinchon. Sie versammelten sich vor Ausgang 3 der Station und warteten. Selbst im Auto konnte Hajun das Geraune hören. Es blieben noch fünf Minuten, aber weil er vor seiner Fee da sein wollte, stieg er aus. Die Leute jubelten ihm zu, als er wie immer mit seiner Gitarre über der Schulter und einem Verstärker in der Hand zwischen ihnen hindurchtrat.

Nachdem er alles vorbereitet und Mut gefasst hatte, ergriff Hajun das Wort: »Leute, wie spät ist es?«

Die Menschen, die auf ihren Handys die Aufnahmetaste gedrückt hatten und auf seinen Auftritt warteten, riefen gleichzeitig: »Sieben Uhr neunundfünfzig!«

Nachdem er noch einmal tief Luft geholt hatte, sagte Hajun: »Um acht Uhr fange ich an zu singen.«

Die Menge jubelte und applaudierte. Alle gemeinsam warteten sie auf die Fee. »Sie wird um acht auftauchen, nicht wahr?«, vernahm Hajun aus der Menge und: »Ist sie wirklich so hübsch wie eine Fee?«

Bitte zeig dich. Oder auch nicht. Meine Nummer ist

noch dieselbe, also ruf mich einfach an, murmelte Hajun in Gedanken.

Dann war es Punkt acht Uhr. Sanft strich er über die Gitarrensaiten. Und begann das Lied zu singen, das er für sie geschrieben hatte. Um ihn herum wurde es still. Als er den Refrain erreichte, war noch keine Fee erschienen. Die Leute sahen sich enttäuscht um und meinten, jemand habe sich wohl einen Scherz erlaubt.

In dem Moment näherte sich eine Frau mit heller Haut, einem wallenden weißen Kleid und hüftlangem Haar. Zweifellos eine feenhafte Erscheinung.

»Hast du lange gewartet? Schön, dich zu sehen.«

Sie streckte Hajun, der aufgehört hatte zu singen, die Hand entgegen. Er starrte sie einen Moment lang an, dann schloss er die Augen und atmete tief ein. Eine leichte Brise wehte. Er nahm einen noch tieferen Atemzug.

Verwirrt fragte die Frau: »Freust du dich nicht, mich zu sehen? Ich bin es doch.«

Hajuns Gesicht versteifte sich beim Anblick der lächelnden Frau. Die Frau, die sich als Fee ausgegeben und diese Scharade inszeniert hatte, lächelte noch breiter, um ihre Furcht zu überdecken.

In dem Moment begann es, so stark zu regnen, dass Hajun von einer Sekunde auf die andere kaum mehr die Hand vor Augen sehen konnte. Die Menschen, die infolge des plötzlichen Wolkenbruchs in Panik gerieten, bedeckten ihre Köpfe mit den Händen und suchten Zuflucht in der U-Bahn-Station und dem angrenzenden Buchladen. Der Regen wurde immer stärker und auch die vermeintliche Fee floh.

Da kam eine andere Frau auf Hajun zu. Mit Locken, die an regnerischen Tagen noch schwerer zu bändigen waren, geschwollenen Augen, einem ungeschminkten Gesicht, in regennassen Jeans und einem durchnässten grauen T-Shirt – so stand Yeoreum vor ihm.

Als Hajun sie strahlend anlächelte, drehten die Leute sich zu ihnen um. Beim Anblick von Yeoreums legerer Kleidung begannen sie zu flüstern.

Nachdem sie entschlossen den ganzen Weg hierhergelaufen war, fühlte sie sich nun wieder klein. Sie wollte sich Hajun zu erkennen geben, brachte jedoch kein Wort heraus.

Die Frau in dem weißen Kleid kam zurück. Sie holte ein Taschentuch hervor und tupfte Hajuns regennasse Haare ab.

Yeoreum trat einen Schritt zurück. Der Regen prasselte auf sie herab. Alle Geräusche um sie herum wurden von dem fallenden Regen übertönt. Sie konnte nichts mehr hören. Sie wollte hier weg. *Wie erwartet bin ich alles andere als eine Fee. Weg hier, bevor ich mich noch mehr blamiere! Zurück an meinen Platz! Den Schreibtisch von Schreibassistentin Han Yeoreum in der hintersten Ecke!*

Als Yeoreum sich umwandte und davoneilte, hörte sie Schritte hinter sich. Es war Hajun, der schneller als sie durch den Regen lief. Er hatte seine Jacke ausgezogen und hielt sie über ihren Kopf, um sie vor dem Regen zu schützen. Yeoreum blieb stehen und schaute ihn an.

»Wir sind völlig durchnässt. Wollen wir zum Waschsalon gehen?«, fragte Hajun mit einem Lächeln.

»Was?«

»Willst du mit mir zum Waschsalon in Yeonnam-dong gehen?«

Überrascht fragte Yeoreum erneut: »Was?«

»Kannst du mich nicht hören, liebe Fee?«

»Woher weißt du das?«, fragte Yeoreum erschrocken.

»Wie könnte ich es nicht wissen? Wir riechen beide nach dem Binggul-Binggul-Waschsalon.«

Yeoreum roch an ihrer Kleidung. Der charakteristische Baumwollduft des Waschsalons wurde noch intensiver.

»Seit wann hast du es gewusst?«, fragte Yeoreum.

»Ich hatte einen Verdacht, als du die fünftausend Won genommen hast, und war mir sicher, als du zehntausend Won in meinen Koffer gelegt hast.«

Yeoreum konnte es nicht fassen. Sie schämte sich dafür, dass sie sich selbst kleingemacht hatte, obwohl ihre Locken und alles andere ein Teil von ihr waren. Und dafür, dass sie ihre Leidenschaft für das Schreiben verleugnet und fünf Jahre nur am Schreibtisch gesessen hatte. Sie hatte Mitleid mit sich selbst.

»Warst du nicht enttäuscht, als du es herausgefunden hast?«, fragte Yeoreum, ein wenig beschämt, weil Hajun längst über ihre Identität Bescheid gewusst hatte.

»Wann hört der Regen auf? Wir werden uns noch erkälten.«

»Wechsel nicht das Thema. Ich habe gefragt, ob du enttäuscht warst, dass ich deine Fee bin!« Yeoreum sah ihn mit großen Augen an.

Hajun räusperte sich ein paarmal und sagte dann: »Wollen wir ein Stück gemeinsam gehen?«

Yeoreums Wangen wurden rot wie der Rosenbalsam,

der zur Erfüllung der ersten Liebe führen soll, wenn man ihn bis zum ersten Schneefall auf den Fingernägeln behält.

Unter seiner Jacke gingen sie durch den strömenden Regen.

»Aber wo gehen wir eigentlich hin?«

»Zum Waschsalon. Wir müssen unsere Kleider trocknen. Sie sind völlig durchnässt.«

Hajun sah Yeoreum an, und beim Anblick der Fee mit krausem Haar, die sich in seinen Augen spiegelte, lächelte sie.

Regenschirme

Das Handy auf dem Tisch vibrierte, ebenso wie die einzelne Rose, die in einer durchsichtigen Plastikfolie daneben lag. Yeonwoo blickte auf das aufleuchtende Display. Das Handy von Kyeongho, der gerade auf der Toilette war, vibrierte wieder und wieder. Es kamen so viele Nachrichten an, dass Yeonwoo zunächst dachte, es wäre ein Anruf.

Wer das wohl ist? Ist es dringend? Dann ist es vielleicht ein Anruf von seiner Uni? Als sich die Fragezeichen in Yeonwoos Kopf langsam zu Ausrufezeichen wandelten, bewegte sich die Hand, die einen eisgekühlten Kaffee Americano in einem Pappbecher hielt, auf das Handy zu. Als sie auf den Bildschirm tippte, kam die Aufforderung, das Passwort einzugeben. Ohne zu zögern, gab sie ihren Jahrestag ein: 0505. Sofort erschien ein Chat-Fenster. Der Absender der stetig eintreffenden Nachrichten war Kyeonghos Klassenkamerad Jaeman.

Bist du wieder mit der Schlampe unterwegs?

Beim Anblick der Sprechblase machte ihr Herz einen Satz. Reflexartig scrollte sie, um sich die Nachrichten davor anzusehen. Schlampe, vögeln, Sexobjekt, Jagd, Club, One-Night-Stand. Verschiedene Geschichten wurden ausgetauscht, die Details ihrer Verabredungen mit und der Übernachtungen bei Kyeongho schwebten in Sprechblasen gefangen auf dem Bildschirm. Yeonwoos Hände zitterten leicht. Ihre Sicht verschwamm und ihr wurde übel. Während sie sich noch fragte, ob Kyeongho diese Nachrichten wirklich selbst geschickt hatte, ertönte seine Stimme.

»Hey, Yeonwoo, was tust du da?«

Yeonwoo drückte das Handy an ihre Brust. »Kyeongho, was hat das zu bedeuten? Bin ich mit ›Schlampe‹ gemeint?«

Kyeongho, der mit panischer Miene nach dem Handy griff, rief: »Gib es mir! Warum liest du meine Nachrichten?«

Yeonwoo wich zurück, ihre Lippen bebten. »Es war keine Absicht. Ich dachte, vielleicht ist es die Uni … Dann hättest du rangehen müssen.«

»Gib mir mein Handy! Du kannst nicht einfach die Nachrichten von anderen Leute lesen!«

Yeonwoo, durch Kyeonghos wütende Worte eingeschüchtert, gab ihm sein Handy zurück. Kyeongho starrte auf das Chatfenster, die Nachrichten und Fotos und warf Yeonwoo einen bösen Blick zu. »Was hast du noch gesehen?«

Nachdem sie einen Moment lang ausdruckslos auf die Rose auf dem Tisch gestarrt hatte, sagte Yeonwoo: »Zeig es mir.«

»Was soll ich dir zeigen? Das ist doch nur Spaß!« Kyeongho fummelte an seinem Handy herum und wich Yeonwoos Blick aus.

»Ich werde selbst entscheiden, ob es nur Spaß ist, also zeig es mir!«

Als Yeonwoo laut wurde, senkte der aus der Fassung

geratene Kyeongho seine Stimme, als wollte er sie beruhigen. »Sie machen bloß Witze. Ich habe einfach mitgemacht. Das hat nichts zu bedeuten, okay? Yeonwoo, das passt nicht zu dir. Du vertraust mir doch. Nein, wir vertrauen einander. Deshalb sind wir schon seit einem Jahr zusammen, oder? Sieh mich an und beruhige dich. Es ist nur ein Missverständnis.«

Ein Missverständnis? Dafür war es zu offensichtlich. Die Nachrichten, die er geschickt hatte, konnten nicht mit dem Wort »Vertrauen« übertüncht werden. Er hatte buchstäblich alles bloßgelegt. Etwa wie groß ihre Brüste waren und was für Geräusche sie beim Sex machte. Er hatte keine Skrupel, Dinge, die nur sie beide etwas angingen, in Sprechblasen zu packen und zu verschicken. In einem Gruppenchat mit drei Mitstudierenden.

Kyeongho, den sie während des einen Jahres, in dem sie zusammen gewesen waren, nie so aufgeregt erlebt hatte, sagte: »Jetzt ist die Stimmung komplett im Eimer. Warum musstest du auch auf mein Handy schauen?«

»Ich hatte wirklich gedacht, es wäre ein dringender Anruf von deiner Uni.«

Kyeongho seufzte schwer und sagte: »Du fährst direkt nach Hause, oder? Was ist mit der Reservierung? Ich kann nicht mehr stornieren. Für unseren Jahrestag habe ich ein Hotelzimmer gebucht. Wir hätten einfach in ein Motel gehen sollen. Was für eine Verschwendung.«

Yeonwoo stand auf und sah Kyeongho verächtlich an. »Soll ich dir etwa das Geld geben?«

»Nein, das habe ich nicht gemeint. Ich will nur nicht, dass du auf falsche Gedanken kommst.«

Mehr gab es nicht zu sagen. Yeonwoo verließ das Café. Sie trat aus der Tür und mitten in den strömenden Regen. Kyeongho lief ihr nach, die Rose und einen großen schwarzen Schirm in den Händen.

»Hier, nimm den.«

»Nicht nötig, ich will einfach nur weg von hier.«

Kyeongho hielt Yeonwoo zurück und runzelte die Stirn: »Warum liest du meine Nachrichten und machst so eine große Sache daraus? Wenn du sie nicht gesehen hättest, wäre alles in Ordnung, wir wären ins Hotel gegangen, hätten die Kerzen auf der Torte angezündet und uns amüsiert.«

»Weißt du eigentlich, was mir gerade durch den Kopf geht?«

»Was?«

Yeonwoo hielt ihre zitternde Hand fest und sprach klar und deutlich: »Ich weiß nicht einmal, mit wem ich mich seit einem Jahr treffe, und das ist beängstigend. Du bist nicht der Mensch, den ich zu kennen glaubte. Wie war das? Wenn ich es nur nicht gesehen hätte? Nein, du hättest diese Dinge niemals schreiben dürfen. Mich Schlampe zu nennen, zu sagen, meine Brüste wären klein … Gib mir dein Handy. Ich will es noch einmal lesen.«

Kyeongho legte eine Hand auf die Tasche, in der sein Handy war. Yeonwoo griff danach. Sie wollte sich ein für alle Mal vergewissern, was in der Büchse der Pandora des 21. Jahrhunderts enthalten war.

Passanten warfen ihnen Blicke zu und flüsterten. Yeonwoo schenkte ihnen keine Beachtung und drängte Kyeongho: »Komm schon. Gib es mir.«

Mit einem Gesichtsausdruck, als hätte er Kopfschmerzen, erwiderte er: »Die Leute starren schon.«

»Du brauchst mir nur einmal dein Handy zu zeigen, also gib schon her.«

Kyeongho, der Yeonwoo noch nie so entschlossen gesehen hatte, rief: »Das reicht, Jeong Yeonwoo!«

»Ich werde nicht aufhören, bis du mir dein Handy gibst. Wenn ich auch so laut werde wie du, zeigst du es mir dann?«

Bei diesen Worten griff Yeonwoo in Kyeonghos Hosentasche, wobei dieser nervös zusammenzuckte. Er strauchelte auf dem rutschigen Boden und stieß gegen Yeonwoos Schulter.

»Komm schon, Yeonwoo. Reiß dich zusammen.«

»Hast du mich gerade geschlagen?«

»Du hast doch selbst gesehen, dass ich fast hingefallen wäre. Das reicht jetzt. Geh einfach nach Hause. Das Geld für das Hotel habe ich sowieso aus dem Fenster geschmissen, also vergiss es.«

Yeonwoos Augen blitzten erneut auf. »Hast du nichts außer dem Hotel im Kopf?«

»Yeonwoo, das passt nicht zu dir. Du bist ruhig und diskret. Sogar bei Schulfesten trinkst du nicht, deshalb habe ich immer an deiner Stelle getrunken. Ist das dein wahres Ich? Jemand, der spricht, ohne nachzudenken?«

»Vielleicht bin ich so ein Mensch! Aber du bist ein Arschloch!«

»Okay, es tut mir leid. Das reicht jetzt, also beruhige dich.«

Yeonwoo startete einen neuen Versuch, das Handy aus

seiner Tasche zu ziehen. Da landete ein langer, harter Stock auf ihrem Körper. Der schwarze Regenschirm.

Als sie sich berappelte, lag der Schirm, der groß genug für zwei war, auf dem Boden, daneben die einzelne, fein verpackte Rose. Das Symbol für ewige Liebe verlor jegliche Bedeutung, als die Blütenblätter in die Pfütze fielen und unter Kyeonghos sich entfernenden Schritten zertrampelt wurden.

Die Vorhersage, dass das feuchte Wetter mit achtundneunzigprozentiger Wahrscheinlichkeit zu Unannehmlichkeiten führen wurde, war absolut richtig gewesen. Der erste Septembertag.

Yeonwoos vom Regenschirm getroffener Unterarm schmerzte. Fassungslos stand sie da, wo Kyeongho sie zurückgelassen hatte. Sie hob den Schirm auf und ging zum Eingang des Shineville-Wohnkomplexes, den Regenschirm hinter sich herschleifend. Er diente nicht länger als Schutz vor dem Regen, er war nichts als ein Stück Müll.

Sie öffnete die Tür zum Shineville-Apartment 301. Die Einzimmerwohnung, die ihr mit Kyeongho zusammen eng vorgekommen war, schien nun geräumig und leer. Sie trat ein, durchnässt vom Regen, und setzte sich auf den Teppich vor dem Bett. Wasser tropfte von dem schwarzen Regenschirm, den sie neben der Tür gelassen hatte. Yeonwoo rollte sich am Fußende des Bettes zusammen. Es fühlte sich an, als ob immer noch Regen auf ihren Kopf prasselte. Sie umschlang die Knie und vergrub das Gesicht in ihrem Schoß.

Die dunkle Nacht verging und der Morgen brach an. Nachdem sie eine Weile nachgedacht hatte, war sie eingeschlafen, hatte von der Szene im Café geträumt, und war wieder aufgewacht. Wäre es anders gekommen, wenn sie nicht auf sein Handy geschaut hätte? Yeonwoo senkte wieder den Kopf. Das Geräusch, das sie in dem Moment gehört hatte, als der Schirm ihren Körper berührt hatte, war nicht das Zerbrechen der Schirmstange gewesen, sondern das ihres Herzens.

Yeonwoo schaute auf ihr Handy, auf dem weder Anrufe noch Nachrichten eingegangen waren. Das Hintergrundbild war ein Foto von ihr und Kyeongho. Was war Park Kyeonghos wahres Gesicht? Hatte sie etwas falsch gemacht? Hatte sie ihn verletzt, ohne es zu merken? Hatte er sich deshalb bei seinen Freunden über sie ausgelassen? Sollte sie sich dafür entschuldigen, dass sie seine Nachrichten gelesen hatte? Yeonwoos Gedanken liefen im Kreis. Das Loch, das Kyeonghos Betrug in ihr Herz gerissen hatte, füllte sich zunehmend mit nutzlosen Selbstzweifeln.

Regenwasser tropfte aus dem schwarzen Kleid, das Yeonwoo mit der Hälfte des Gehalts von ihrem Teilzeitjob extra für diesen Abend gekauft hatte. Sie schüttelte den Kopf, dann ließ sie ihn wieder fallen. Ihre Haare, ihr Kopf, alles war schwer ...

...

Am ersten Tag des Semesters war die Trennung von Yeonwoo und Kyeongho Gesprächsthema Nummer eins auf dem Campus. So war es auch gewesen, als sie offiziell ein

Campus-Pärchen geworden waren. Die Kombination von Yeonwoo, die im Unterricht so ruhig war, dass man sie kaum bemerkte, und Kyeongho, der im Studienrat aktiv war und verschiedene Veranstaltungen organisierte, war ein Schock für ihre Mitstudierenden gewesen. Aber ihre Trennung war ein noch größeres Thema. Der Grund dafür wurde mündlich weitergegeben, schwoll an wie Hefeteig, bis er allmählich das enge Gebäude der Kunsthochschule vollständig füllte. Der säuerliche Teiggeruch wehte Yeonwoo entgegen, als sie den Korridor entlangging.

»Kyeongho hat sie angeblich dabei erwischt, wie sie in seinem Handy herumgeschnüffelt hat. Deshalb hat er Schluss gemacht.«

»Sie soll allgemein sehr misstrauisch sein. Vielleicht Eifersuchtswahn? Ich habe gehört, dass sie Kyeongho sogar geschlagen und sich dabei selbst verletzt hat.«

Zwei von Yeonwoos Klassenkameraden, mit denen sie normalerweise nur Blickkontakt hatte, flüsterten.

Eifersuchtswahn. War sie wirklich paranoid? Sie sagte sich, dass nur die Beteiligten den wahren Grund für die Trennung kannten, dennoch konnte sie das Gerede der Leute um sich herum nicht ertragen.

»Was wisst ihr denn schon über uns, dass ihr so redet?«

Die Augen ihrer Klassenkameraden weiteten sich vor Überraschung, als die sonst so ruhige Yeonwoo sie ansprach. Dann lief sie entschlossen weiter, durch den Korridor, holte ihre Kopfhörer aus der Tasche und steckte sie sich in die Ohren. Es kam keine Musik heraus. Sie wollte lediglich die Welt stumm schalten.

Sie versuchte, nicht daran zu denken, aber sie war sich

sicher, dass die Leute, von denen ihre Klassenkameraden das Gerücht gehört hatten, im selben Gruppenchat wie Kyeongho waren.

Der Grund, warum Yeonwoo sich nicht hatte zurückhalten können und ihre Klassenkameraden darauf angesprochen hatte, war, dass sie sich an Kyeonghos Verhalten bei der Trennung erinnert hatte. Daran, wie er im Moment des Abschieds Jauche über ein Jahr der Zuneigung geschüttet hatte.

Je länger Yeonwoo schweig, desto mehr ging der Hefeteig auf. Die Gerüchte schwirrten auf dem Campus umher wie ein großes, leeres Fladenbrot. Als am Freitag, drei Tage nach Vorlesungsbeginn, die Semestereröffnungsfeier stattfand, war Yeonwoo in den Köpfen der Leute zu einer Frau geworden, die es verdient hatte, geschlagen zu werden.

Was die anderen Studenten nicht wussten, war, dass diese oberflächliche Chat-Gruppe von Leuten entschieden hatte, Yeonwoo wie eine Spinnerin aussehen zu lassen, aus Angst, dass die primitiven und geschmacklosen Dinge, über die sie in ihrem Chatraum gesprochen hatten, wie etwa ihre Meinung über das Aussehen der Studentinnen in ihrer Abteilung, aufgedeckt werden würden.

Die ahnungslosen Studierenden konzentrierten sich nicht auf die Tatsache, dass Yeonwoo verletzt worden war, sondern auf die Frage, warum, oder was Kyeongho, den Präsidenten der Schülervertretung, dazu gebracht haben könnte, sie anzugreifen. Am Ende kamen sie zu dem Urteil, dass Yeonwoos ruhige Persönlichkeit und ihre Hypersensibilität der Auslöser dafür gewesen sein mussten.

An einem ereignislosen Samstagabend prasselten Regentropfen an Yeonwoos Fenster. In den Nachrichten hieß es, ein Herbsttaifun sei im Anmarsch. Seit jenem Tag hasste Yeonwoo Regentage. Regenschirme konnte sie nicht einmal ansehen. Immer wenn sie den Griff anfasste und das kalte Material spürte, musste sie an die Straße vor dem Café denken. An die Blütenblätter, die Kyeongho zertrampelt hatte, wie ihre Kleidung immer nasser geworden war, und an die ununterbrochen fallenden Regentropfen.

Yeonwoo öffnete die Website der Universität. Nachdem sie ihre Matrikelnummer und ihr Passwort eingegeben hatte, öffnete sie die Kategorie *Studentenverwaltung* und klickte auf *Beurlaubung beantragen*. Nach nur wenigen Tagen an der Uni hatte sie schon wieder genug. Würden die Leute aufhören zu reden, wenn sie die Schule für ein Jahr verließ? Oder würde ihre Geschichte in Vergessenheit geraten, sobald ein neues Gerücht aufkam? Yeonwoo seufzte schwer. Das Gefühl, im Boden zu versinken, wurde stärker und sie musste sich irgendwie Luft machen.

Sie stand vom Schreibtisch auf und öffnete das Fenster. Der Regen hatte aufgehört, nun wehte ein starker Wind. Die Bäume im Yeontral-Park, die sie von ihrem Fenster im dritten Stock aus sehen konnte, schwankten hilflos hin und her. Als die kühle Brise ins Zimmer drang, fühlte sie sich etwas besser. Ja, sie musste hinausgehen. Wäsche waschen und Tteokbokki kaufen. Wenn sie hierbliebe, würde sie von unsichtbaren dunklen Wolken verschlungen werden.

Yeonwoo verließ das Haus mit einem Rucksack, in

dem sich ihr schwarzes Kleid und noch ein paar andere Kleidungsstücke befanden.

Die Schilder der Cafés am Rande des Parkweges gaben dumpfe Geräusche von sich, als sie im Wind umkippten.

»Ist das nicht Jeong Yeonwoo?«

»Ja stimmt, das ist sie tatsächlich.«

Die Leute, die Yeonwoo dazu brachten, anzuhalten, waren zwei der Mitglieder von Kyeonghos Gruppenchat. Als sie die Stimmen hinter sich hörte, drehte Yeonwoo sich um. Sie wusste nicht, ob sie sie grüßen sollte oder nicht. Da die jungen Männer in einem höheren Jahrgang waren, musste sie höflich sein, aber sie war nicht gerade erfreut, sie zu sehen, daher senkte sie nur leicht den Kopf.

»Yeonwoo, alles in Ordnung? Du warst gestern nicht im Unterricht. Wir haben doch nur gequatscht. Dass du gleich so eine große Sache machst aus den Dingen, über die wir in einem Gruppenchat geredet haben«, sagte einer der Studenten, als Yeonwoo sich gerade wieder umgedreht hatte.

Der andere fügte hinzu: »Genau, wir haben uns nur unterhalten. Das mit Kyeongho war deine erste Beziehung, oder? Da kann schon mal was schieflaufen. Gehen wir was trinken und reden darüber. Wir laden dich ein.«

Der Student, der Yeonwoo zuerst erkannt hatte, rief: »Hey! Wenn jemand mit dir spricht, solltest du wenigstens so tun, als würdest du zuhören. Und antworten. Wir meinen's doch nur gut.«

Yeonwoo hielt inne. Ihre verhärteten Gesichtsmuskeln zuckten.

Der andere sagte: »Kyeongho ist ein guter Kerl. Nimm's

ihm nicht übel. Immerhin hat er's dir nicht direkt ins Gesicht gesagt. Warum musstest du auch seine Nachrichten lesen? Wie auch immer, wir sehen uns. Bis dann.«

Yeonwoo presste die Lippen zusammen und wandte den Blick ab. Da erkannte sie von Weitem Kyeongho, der den Studenten entgegenging. Eilig ging sie in Richtung des Waschsalons in Yeonnam-dong. Als sie zusammen gewesen waren, war es ein Segen gewesen, dass sie nah beieinander wohnten, aber nun war es ein Fluch. Die Worte *Zufall* und *einander begegnen* waren an sich aufregend, aber ein zufälliges Aufeinandertreffen mit einem Ex-Liebhaber war schmutzig und unangenehm, wie Schleim, den jemand auf den Asphalt gespuckt hatte.

Sollte sie zusätzlich zu der Beurlaubung auch noch umziehen? Da er an derselben Uni studierte, würde er weiterhin hier leben, und so würden sie sich unweigerlich über den Weg laufen. Sie wollte dieses schwarze Kleid, das von der Temperatur, dem Geruch, der Feuchtigkeit und dem Verrat jenes Tages befleckt worden war, so schnell wie möglich in eine Waschmaschine stecken.

Sobald sie den Waschsalon betrat, beruhigte sich ihr Magen. Da sie sich schon immer für Raumduft und Parfüms interessiert hatte, wusste sie sofort, dass der Geruch hier eine Kombination aus Bernstein, Lavendel und Baumwolle war. Der Geruch gefiel ihr so sehr, dass sie zu Hause Diffusoren mit demselben Duft aufgestellt hatte, aber hier war er trotzdem anders. Dieser Ort fühlte sich wohlig und warm an, als wollte er sagen: *Da ist ein Fleck, was soll's? Hier wird alles wieder sauber.* So wohltuend war die Atmosphäre.

Zum Glück war eine Maschine leer, sodass sie nicht warten musste. Sie öffnete die Tür und legte das mit düsteren Erinnerungen behaftete Kleid neben allem anderen hinein. Als ob sie das Gewicht des Verrats an der Kleidung spürte, bewegte sich die Waschtrommel leicht hin und her, bevor sie sich mit lauwarmem Wasser füllte. Auf Yeonwoos Gesicht, das sich im Fenster der Waschmaschine widerspiegelte, erschien ein schwaches Lächeln. Als unzählige weiße Blasen an die Oberfläche stiegen, bewegten sich Yeonwoos Lippen: »Mach alles sauber …«

Sie ließ die schnell rotierende Waschmaschine zurück und setzte sich an den Tisch am Fenster. Auch heute lag dort wieder das lindgrüne Tagebuch. Das Buch, in dem sie gelegentlich blätterte, während sie auf die Wäsche wartete, enthielt Kritzeleien wie *Mann, ich muss aufs Klo* oder *Wann ist die Wäsche endlich fertig?*, deshalb hatte sie sich nie besonders dafür interessiert. Vielleicht lag es an ihrer schüchternen Art, aber sie fühlte sich unwohl dabei, die Aufzeichnungen anderer Leute ohne deren Erlaubnis zu lesen, selbst wenn sie nur Gekritzel waren.

Aber heute war es anders. Die Angst, was passieren würde, wenn sie ihre Gefühle nicht rausließ, war größer. Sie wollte sich an etwas klammern, und wenn es nur ein Stück Papier war. Wenn sie den Schmerz weiterhin unterdrückte, würde die Wunde eitern, sich entzünden und irgendwann aufplatzen. Nachdem sie die gewaschene Kleidung in den Trockner gelegt hatte, nahm sie vorsichtig den Stift zur Hand. Niemand würde je erfahren, wer den Eintrag geschrieben hatte. Auf der Rückseite des Blattes, auf dem jemand scheinbar nach Lust und Laune, aber dennoch aufrichtigen Herzens nach den Lottozahlen gefragt hatte, schrieb sie in kleinen Buchstaben eine Notiz. Schon während des Schreibens befürchtete sie, dass jemand es lesen und erraten könnte, wer die Verfasserin war.

An unserem Jahrestag habe ich die Büchse der Pandora geöffnet. Ich habe zufällig auf das Handy meines Freundes geschaut. Es war definitiv keine Absicht. Jedenfalls habe ich die Büchse geöffnet und darin waren Nachrichten, in denen er über mich lästerte, und ich fragte mich, ob sie wirklich aus dem Mund meines Freundes kamen. Und so haben wir Schluss gemacht.

Ich hasse es, der Mittelpunkt von Gerüchten an meiner Uni zu sein. Ich werde mich beurlauben lassen, aber umziehen will ich nicht ... Ich liebe diese Gegend, den Geruch von Gras und Bäumen, wenn ich im Yeontral-Park spazieren gehe, die fallenden Kirschblüten, wenn ich im Frühling mit einer heißen Schokolade in der Hand alleine den Parkweg entlanggehe. Was soll ich jetzt tun? Da ich die Büchse der Pandora geöffnet habe, bin ich wohl diejenige, die weglaufen muss?

Auch wenn Sie wissen, wer ich bin, bitte ich Sie, es für sich zu behalten. Bitte tun Sie mir diesen Gefallen. Ich möchte nicht länger Gegenstand von Gerüchten sein.

Nachdem sie das letzte Wort geschrieben hatte, piepste der Trockner mit ihrer Kleidung darin. Nachdem sie noch eine Weile überlegt hatte, schloss Yeonwoo das Tagebuch, in der Hoffnung, dass ihre sorgfältig geschriebenen Worte nicht zum Anlass von Klatsch und Tratsch werden würden.

Sie holte das Kleid als Erstes aus dem Trockner. Der charakteristische Duft des Binggul-Binggul-Waschsalons war in die Fasern eingedrungen. Sie vergrub die Nase darin. Mit einem schwachen Lächeln im Gesicht packte sie ihre Sachen zusammen und öffnete die Glastür, trat nach draußen. Wie aufs Stichwort begann es, in Strömen zu regnen. Überrascht von den Regentropfen, die auf ihren Kopf prasselten, trat Yeonwoo zurück in den Waschsalon, gefolgt von einem Kätzchen mit gelben Flecken auf seinem weißen Fell.

Miau. Miau.

Die Katze rieb ihr Gesicht an Yeonwoos beige Converse und schnurrte. Das flauschige Fell der Katze, die etwas größer als ihre Handfläche war, beruhigte Yeonwoo.

»Bist du auch vor dem Regen geflohen? Wo ist deine Mutter?«

Miau. Miau.

Das Miauen der Katze war leise und zart, wie das eines Babys, aber klar und deutlich, wie das Klirren aufeinandertreffender Glasperlen. Als Yeonwoo sich hinhockte, um sie zu streicheln, gab sie ein schnurrendes Geräusch von sich, wie das Rauschen eines Radios, kletterte auf Yeonwoos Schoß und vergrub sich in ihren Armen.

»Hast du vielleicht Hunger?« Yeonwoo, die einmal gehört hatte, dass kleine Kätzchen spezielles Futter und Milch benötigten, begann, sich Sorgen zu machen. »Dann komm mit mir. Ah, ich weiß noch gar nicht, ob du ein Weibchen oder Männchen bist.«

Miau. Miau.

»Ich weiß zwar dein Geschlecht noch nicht, aber wie

wäre es, wenn ich dich Meari nenne? Nachname Me, Vorname Ari. Was meinst du? Weil der Taifun Meari dich zu mir gebracht hat.«

Als ob sie das verstanden hätte, miaute die Katze erneut und blickte Yeonwoo mit ihren funkelnden dunklen Augen an. Hastig wickelte diese Meari in das schwarze Kleid, das noch warm war vom Trockner. Die Katze schnurrte lauter, die Wärme schien ihr zu gefallen.

Yeonwoo packte ihre restlichen Sachen ein und sah nach draußen. Sie hatte keinen Regenschirm, der sie vor dem immer stärker werdenden Regen schützen konnte. Doch wenn sie schnell lief, wäre sie bald zu Hause. Sollte sie es versuchen?

Eins, zwei, drei!

Mit Meari in den Armen öffnete sie die Tür. Gerade als sie damit rechnete, den kalten Regen im Gesicht zu spüren, wurde ein weißer Schirm über ihrem Kopf aufgespannt.

»Der Regen ist kalt. Es ist September, da muss man vorsichtig sein.«

Yeonwoo schaute in das Gesicht der Person, die den weißen Regenschirm hielt. Eine Frau Ende dreißig, die eine beige Bluse und Hose trug. Ihr ruhiger Tonfall verlieh ihr ein heroisches Auftreten.

»Oh, vielen Dank.«

»Nehmen Sie den Schirm. Mein Büro ist in der Nähe, also kann ich einfach hinlaufen, wenn das Wetter besser wird.« Die Frau reichte ihr den Regenschirm.

»Vielen Dank, aber ich wohne in Shineville, gleich hier um die Ecke.«

»Oh, tatsächlich? Welches Apartment? Ich bin die Vermieterin dort. Ich glaube, wir haben uns noch nicht getroffen, weil der Immobilienmakler in meinem Namen die Verträge unterzeichnet. Als Autorin bin ich meist zu beschäftigt.«

»Ah, Sie sind also Autorin. Hallo, ich bin Jeong Yeonwoo und wohne in Apartment 301.«

»Freut mich, ich bin Oh Kyeonghi. Da Sie meine Mieterin sind, sollten Sie erst recht vorsichtig sein. Und ein Kätzchen haben Sie auch noch dabei. Wenn Sie sich erkälten, haben wir ein Problem.«

Kyeonghi deutete auf die Katze in Yeonwoos Armen und reichte ihr den Regenschirm. Vielleicht weil es ein weißer Schirm war, fühlte sich Yeonwoo nicht bedrückt, als sie darunter stand, und so sie nahm den Schirm entgegen. Zum Dank senkte sie den Kopf.

»Das ist sehr freundlich von Ihnen. Ich werde nach Hause gehen und mit einem zweiten Regenschirm zurückkommen. Sie dürfen sich schließlich auch nicht erkälten.«

Kyeonghi antwortete mit einem Lächeln: »Schon gut, ich werde eine Weile hierbleiben, den Regen beobachten und eine Tasse Kaffee trinken, während ich auf meine Wäsche warte. Gehen Sie schon. Das Kätzchen wird sich noch erkälten. Und den Schirm können Sie behalten.«

»Ich sollte das eigentlich nicht annehmen, aber ... Das ist wirklich nett von Ihnen. Vielen Dank.«

Als sie sah, wie Kyeonghi mit einem Lächeln den Waschsalon betrat, ging Yeonwoo los. Der Griff des Regenschirms war warm, als wollte er ihre Hand wärmen. Sie blieb kurz stehen und blickte zurück zum Waschsalon. Ein strahlendes Lächeln breitete sich auf Yeonwoos Gesicht aus. Kyeonghi war so nett, so warmherzig. Was für eine Art Autorin war sie wohl? Sie würde ihren Namen nachschlagen müssen.

Trotz seines harmlosen Namens wurde Taifun Meari, begleitet von lautem Donner und Blitzen, über Nacht auf der koreanischen Halbinsel immer stärker. Am Morgen regnete es immer noch in Strömen. Yeonwoo hatte Angst, nach draußen zu gehen, aber sie musste in die Tierklinik, um Aris Gesundheitszustand überprüfen zu lassen, weil sie nicht wusste, wie lange sie schon auf der Straße gewesen war.

Yeonwoo sagte zu Ari, die auf dem Bett lag: »Wollen wir los?«

Dank des Lieferservices, bei dem man nachts bestellte und am nächsten Tag das Produkt erhielt, war Yeonwoo nun im Besitz einer lila Katzentragetasche. Neben dem Landwirt, der es ihr ermöglichte, jeden Tag frische Lebensmittel zu kaufen, war sie vor allem dem Lieferboten dankbar. Südkorea war wahrlich ein Meister, was Lieferungen betraf!

Yeonwoo öffnete die Klappe der Tasche und schob die Katze vorsichtig hinein. »Ari, weißt du, wo wir hingehen? Ach richtig, ich weiß ja immer noch nicht, ob du ein Männchen oder Weibchen bist.«

Nachdem sie die Tragetasche erkundet hatte, stieß Ari eine Reihe langer, ängstlicher Schreie aus, als sich die Klappe schloss. Um sie zu beruhigen, deckte Yeonwoo die Tasche mit einer Decke ab. Über Nacht hatte sie sich Videos zur Haltung von Katzen angesehen und gelernt, wie man ihre Ängste minimieren konnte. Anstatt also über Kyeongho nachzudenken, hatte sie an ihre Zukunft mit Ari gedacht. Ein pelziges Kätzchen, etwas größer als ihre Handfläche, hatte sich in ihrem Kopf eingenistet.

Mit der Linken hielt sie die Tragetasche, mit der Rechten den Regenschirm, den Kyeonghi ihr gestern gegeben hatte. Der Griff fühlte sich immer noch warm an. Vielleicht dank der Decke, die über der Tragetasche lag, blieb Ari im Taxi ruhig und so gelangten sie problemlos an ihr Ziel.

Yeonwoo stieg vor der Station Sinchon aus und öffnete zum ersten Mal in ihrem Leben die Tür zu einer Tierklinik. Da sie nie ein Haustier besessen hatte, war die dreiundzwanzigjährige Yeonwoo überwältigt von dem Fragebogen, den ihr die Krankenschwester am Schalter gab. Man musste die Details sorgfältig aufschreiben: Rasse, Geschlecht, Alter, Futter, Datum der letzten Untersuchung, Anzahl der Zahnreinigungen und ob das Tier kastriert war. Yeonwoo sagte der Krankenschwester, dass sie keine Informationen über Ari habe, da sie sie erst gestern gefunden habe.

»Ich habe sie auf der Straße aufgelesen. Ich weiß nicht, wie alt sie ist oder welches Geschlecht sie hat. Ich habe ihr einen Namen gegeben. Reicht es, wenn ich den schreibe?«

»Sie haben also eine streunende Katze adoptiert? Wir machen als Erstes eine Untersuchung und schicken Ihnen die Ergebnisse zu. Bitte setzen Sie sich und warten Sie einen Moment.«

Als Yeonwoo sich in den Warteraum setzte, fing Ari

an zu maunzen, weil sie sich an dem unbekannten Ort unwohl fühlte.

Miau. Miau.

»Ari, ist schon gut. Ich will nur sichergehen, dass du nicht krank bist. Es ist kein beängstigender Ort. Hier wirst du behandelt.«

Als sie sanft ihre Hand auf die Oberseite der Tasche legte, ließ Aris Maunzen ein wenig nach. Während sie warteten, bis sie an der Reihe waren, öffnete sich die Tür der Klinik und ein alter Mann kam mit seinem weißen Jindo herein.

Die Krankenschwester begrüßte ihn erfreut. »Herr Jang, sind Sie hier für den Gesundheitscheck?«

»Guten Tag. Ja, heute ist Jindols Untersuchung, deshalb habe ich ihn hergebracht.« Der alte Mann holte ein Taschentuch aus der linken Tasche seines karierten Hemdes und wischte sich Regentropfen aus dem Haar.

»Es regnet stark, sind Sie zu Fuß hier?«

»Nein, mein Untermieter hat mich mit dem Auto hergefahren.«

»Dann bin ich beruhigt. Ich melde Jindol für den Gesundheitscheck an, bitte nehmen Sie einen Moment Platz.« Nach dieser Aufforderung tippte die Krankenschwester auf der Computertastatur.

Herr Jang setzte sich auf den Platz neben Yeonwoo. Jindol legte sich neben Herrn Jangs Bein auf den Boden und wartete, dass sie drankamen. Yeonwoo warf einen Blick auf Jindol, dann auf Herrn Jang, der sie freundlich anlächelte.

Miau.

»Das scheint ein sehr junges Kätzchen zu sein«, sagte Herr Jang mit einem Lächeln, als würde er sein niedliches Enkelkind betrachten.

»Ja, ich habe sie gestern auf der Straße getroffen«, antwortete Yeonwoo, die es nicht gewohnt war, mit Fremden zu sprechen, vorsichtig.

»Man sagt, Katzen suchen sich ihre Besitzer selbst aus, also wurdest du gestern auserkoren!«

»Auserkoren?«

»Das sagen die jungen Leute, die streunende Katzen aufziehen, heutzutage so.«

Bei dem Gedanken, dass dieses winzige, flauschige Etwas sie wirklich zu seiner Besitzerin auserkoren hatte, war Yeonwoo erstaunt und glücklich. Ein schwaches Lächeln erschien auf ihrem Gesicht.

»Früher bezeichnete man Hunde oder Katzen als Haustiere«, fuhr Herr Jang fort. »Damit waren Tiere gemeint, die den Menschen Freude bereiten. Aber heute wird dieses Wort kaum noch benutzt. Stattdessen nennt man sie ›Gefährten‹. Die chinesischen Zeichen sind *ban* für ›Begleiter‹ und *ryeo* für ›Freund‹. Ein Gefährte, auf den man sich verlassen kann. Ihr beide werdet bestimmt gute Freunde.«

Gute Freunde? Yeonwoo, die bisher noch nie richtig gute Freunde gehabt hatte, kam die Bezeichnung etwas seltsam vor, aber sie gefiel ihr. Während sie Aris Tasche streichelte und dachte, dass es tatsächlich ein seltsamer Zufall gewesen sei, rief die Krankenschwester sie auf.

»Aris Besitzerin, Sie können jetzt in den Untersuchungsraum.«

Im Raum saß ein Arzt in blauem Kittel. Seine Haut war sehr hell und sein Haar ordentlich zurückgekämmt. »Guten Tag. Sie haben gestern eine streunende Katze aufgelesen? Dann wollen wir Ari mal kennenlernen.«

Seine Stimme war tief, aber liebevoll und freundlich. Da der Tierarzt vertrauenswürdig wirkte, ließ auch Yeonwoos Nervosität darüber, an einem unbekannten Ort zu sein, langsam nach. Während der Arzt Aris Zähne und Ohren untersuchte und ihr dabei beruhigende Worte zusprach, vergaß Yeonwoo für einen Moment, dass draußen ein Taifun wütete.

Ari war männlich und etwa zwei Monate alt. Wahrscheinlich hatte er seine Mutter verloren oder war von ihr zurückgelassen worden, weil er der Schwächste des Wurfes war. Der Arzt informierte Yeonwoo, dass mit Aris Ohren, Zähnen und Haut alles in Ordnung sei und die Krankenschwester ihr geeignetes Futter und Milch empfehlen würde.

Als sie zurück ins Wartezimmer kam, waren Jindol und Herr Jang nicht mehr da. Stattdessen saßen ein flauschiger weißer Bichon und ein spitzohriger Corgi mit ihren Besitzern im Warteraum.

Yeonwoo war enttäuscht, dass sie sich nicht von Jindols Besitzer verabschieden konnte. Sie hätte sich gern für seine netten Worte bedankt. Hoffentlich würde sie ihn das nächste Mal wieder treffen. Während Yeonwoo darüber nachdachte, ob auch Hunde und Katzen Freunde sein könnten, rief die Krankenschwester sie erneut auf, damit sie die Kosten für das Futter, die Katzenmilch und die Behandlung beglich.

Es heißt, man kümmert sich von Herzen um Haustiere, aber aufgezogen werden sie mit dem Geldbeutel. Wie teuer wird es wohl?

Yeonwoos Augen weiteten sich, als sie die Summe sah, die geringer ausfiel als erwartet. »Ist das der richtige Betrag?«

»Ja, bei streunenden Hunden oder Katzen ist die erste Untersuchung günstiger. Damit die Besitzer nicht eingeschüchtert werden. Wenn sie krank werden, wird es teurer, deshalb sollen sie sich gut um den Kleinen kümmern.« Mit einem Lächeln gab die Krankenschwester Yeonwoo ihre Kreditkarte zurück.

Als Yeonwoo nach Hause kam und die Tragetasche öffnete, sprang Ari heraus, als hätte er nur darauf gewartet. Der kleine Kater streckte die Vorderpfoten aus, schüttelte ein paarmal den Kopf und begann, die Umgebung zu erkunden. Nachdem er das Bett und den Teppich sorgfältig beschnuppert hatte, rieb er den Kopf an Yeonwoos Bein und schnurrte dabei.

»Fühlst du dich jetzt besser? Hast du keine Angst mehr? Warte, ich gebe dir etwas Milch.«

Nachdem sie die Katzenmilch in eine Schüssel gegossen hatte, streckte Ari seine rosa Zunge heraus, kleiner als ein Fingernagel, und leckte sie begierig auf. So viel Niedlichkeit konnte Yeonwoo nicht widerstehen. Sie nahm ein dickes Skizzenbuch von ihrem Schreibtisch und einen 4B-Bleistift, der zwischen ihren Augenbrauenstiften und Make-up-Pinseln steckte, und begann zu zeichnen. Erst eine geschwungene Kurve, dann fügte sie ein paar Linien hinzu, und im Handumdrehen hatte sie ein Bild von Ari. Voller Stolz blickte Yeonwoo auf ihr Werk.

»Das bist du, Ari. Gefällt es dir?« Sie holte orangefarbenes Klebeband aus der Schublade und befestigte die Zeichnung an der Wand des Bücherregals. »Wie ein Foto. Genau gleich, nicht wahr?«

Ari schien es ebenfalls zu gefallen. Er rollte auf dem Boden herum.

Es war eine detaillierte Zeichnung, einschließlich der winzigen Schnurrhaare neben der Nase und unter dem Kinn. Ach richtig, sie war ja Kunststudentin. Obwohl Yeonwoo nicht mehr zum Unterricht gegangen war, hatte sie sich danach gesehnt, wieder einen Bleistift in die Hand zu nehmen. Sie erinnerte sich an den Tag, an dem sie in einem Atelier, in dem es nach Ölfarbe roch, den Sonnenuntergang betrachtet hatte, an die Pinselstriche auf der Leinwand und wie sie dem Gemälde mit Gesso den letzten Schliff verpasst hatte.

»Ich will wieder Farben riechen.« In Gedanken versunken, starrte Yeonwoo aus dem Fenster, wo nur noch eine leichte Brise wehte, nachdem der Taifun vorbeigezogen war. Ob wohl jemand ihren Eintrag lesen würde, den sie im Binggul-Binggul-Waschsalon hinterlassen hatte? Würde ihr jemand zuhören, obwohl sie sich selbst nicht für die Geschichten anderer interessiert hatte? Vielleicht sollte sie mehr Interesse daran zeigen …

Yeonwoo schaute nach Ari, der tief und fest schlief, und verließ dann die Wohnung. Da es nicht mehr regnete, hielt sie anstelle eines Regenschirms eine Tüte in der Hand, die ihre Eltern ihr von einer Reise nach Vietnam mitgebracht hatten. Ihr Gang war anders als am Tag zuvor. Sie hatte auch kein schwarzes Kleid mit dunklen Erinnerungen dabei. Auf der gelben Plastiktüte war eine Mango abgebildet, bei deren bloßem Anblick ihr das Wasser im Mund zusammenlief. Darauf klebte ein Post-it mit Yeonwoos Handschrift.

Wenn doch nur jemand ihre Zeilen lesen und etwas darunterschreiben könnte, um dieser scheinbar nie enden wollenden Zeit ein Ende zu setzen. Yeonwoo schritt energischer vorwärts, denn sie hatte das Gefühl, dass sie dort, in dem lindgrünen Tagebuch, den Schlüssel zur Lösung all ihrer Probleme finden würde.

...

Während Yeonwoo mit kraftvollen Schritten auf den Binggul-Binggul-Waschsalon zuhielt, stand dort Sewoong, der wie immer ein Shirt mit Palmenblätterdruck trug und erwartungsvoll die Lottozahlen überprüfte. Unter dem Eintrag mit der Bitte um die Gewinnzahlen hatte jemand etwas geschrieben und hinzugefügt, dass es einen Versuch wert sei. Sewoong hatte sich daraufhin einen Lottoschein gekauft und die entsprechenden Zahlen angekreuzt, den Schein in seine Tasche gesteckt und dort völlig vergessen, bis er ihn heute entdeckt hatte, als er seine Wäsche in die Waschmaschine stecken wollte. Er hatte ein gutes Gefühl und sein Herz schlug schneller, als stände ihm unerwartetes Glück bevor. Das könnte seine Chance sein, nicht wieder in ein Büro zurückkehren zu müssen, wo er den ganzen Tag mit steifem Nacken auf Zahlen starrte, die sich auf dem Bildschirm im Kreis zu drehen schienen. Diese sechs Zahlen könnten sein Leben verändern. Vielleicht waren sie ein Geschenk Gottes!

Und dann: Alle sechs Zahlen stimmten überein.

Er hatte gewonnen! Sein Herz schien stehen zu bleiben. Er überlegte, seine Eltern anzurufen, die in Daejeon ein Krabbenrestaurant betrieben, aber dann fiel ihm jemand anderes ein. Er schrieb eine SMS an seine Ex-Freundin Soyeong, die sich von ihm getrennt hatte, nachdem sie von einem Kollegen gehört hatte, dass dessen Bruder Voice-Phishing-Betrügern zum Opfer gefallen und daraufhin aus dem Fenster gesprungen war. Mit der Begründung, dass sie ebenfalls so enden würde, wenn sie weiter mit einem Mann ausging, der immer dem Geld hinterherjagte. Seitdem verbrachte Sewoong seine Abende damit, sich auf YouTube Videos über Voice Phishing anzusehen.

Ich habe im Lotto gewonnen. Wir können ein Haus kaufen, müssen nicht mehr mit dem Zug verreisen und können sogar nach Hawaii!

Er hängte ein Foto seines Lottoscheins an, drückte auf *Senden* und sprang auf und ab. Tränen stiegen ihm in die Augen. Er wollte die rauen Hände seiner Mutter halten, die ihr Leben lang von Krabbenschalen blutig geschnitten worden waren. Während er vor Freude hüpfte, kam eine Nachricht von Soyeong.

Überprüf die Zahlen lieber noch mal. Die sehen aus wie die Gewinnzahlen von letzter Woche.

Bumm! Das Flugzeug nach Hawaii stürzte ab, bevor es überhaupt abgehoben hatte. Er prüfte die Zahlen und

Daten. Es war, wie Soyeong gesagt hatte: Die Gewinnzahlen dieser Woche waren andere. Sofort verachtete er Zahlen noch mehr, als er es sowieso schon tat. Und er hasste sich selbst dafür, dass er sie für ein Geschenk des Himmels gehalten hatte. Visionen von sich selbst, wie er mit den Zahlen zu Leistungsbeurteilungen, Jahresgehältern und Kreditzahlungen zu kämpfen hatte, schossen ihm durch den Kopf. Sewoong zerriss den Lottoschein. Diese verdammten Zahlen. Er wollte nichts mehr mit ihnen zu tun haben.

»Ha, Freiheit von Zahlen! Ab heute schlafe ich mit ausgestreckten Beinen! Ich bin frei von diesen schrecklichen Zahlen! Auf nach Hawaii zum Hula-Tanzen! Scheiß drauf!«

. . .

Vor dem Fenster des Waschsalons stand ein Mann, der beobachtete, wie Sewoong sich die Tränen aus den Augen wischte, während er einen seltsamen Hula-Tanz aufführte. Der Mann hatte eine lange Narbe auf der linken Wange, wie mit einem Messer eingeritzt. Obwohl er einen Hut trug, war die Narbe so groß, dass sie auf den ersten Blick zu sehen war.

. . .

Als Yeonwoo beim Waschsalon ankam, war niemand dort. Da er durchgehend geöffnet hatte, kamen häufig Leute auch in den frühen Morgenstunden hierher. Yeonwoo, die normalerweise Angst vor der Nacht hatte und noch nie so spät hierhergekommen war, dachte, dass sie ab jetzt öfter um diese Zeit rausgehen sollte. Sie stellte die Tüte mit neben die Kaffeemaschine an der Wand.

Ein magisches Gelee, durch das man sich besser fühlt.
Von Ari, dem kleinen Kätzchen.

Die Zeichnung des zwinkernden Ari auf dem weißen Post-it hätte niedlicher nicht sein können. Die mit einem schwarzen Stift gezeichneten geschwungenen Linien und das mit Buntstift gemalte gelb getupfte Fell waren das perfekte Abbild einer koreanischen Streunerkatze. Voller Stolz dachte Yeonwoo beim Anblick ihrer Notiz: *Alles wird gut. Mach dir keine Sorgen, auch wenn du nichts hast. Alles wird wieder gut!*

Yeonwoo setzte sich an den Tisch und schlug das lindgrüne Tagebuch auf. Tief atmete sie durch. Jedes Mal, wenn sie eine Seite umblätterte, spürte sie eine Mischung aus Aufregung und Sorge. Schließlich kam sie zu der Seite, auf der sie ihre Bedenken niedergeschrieben hatte. Auf der nächsten Seite war ein langer, offensichtlich nach reichlicher Überlegung geschriebener Eintrag. Yeonwoo konnte die Aufrichtigkeit in der Handschrift sehen. Nach all den über sie verbreiteten Gerüchten war sie dankbar dafür, dass jemand sich die Zeit genommen hatte, ihre Sicht der Dinge zu lesen und darüber nachzudenken.

Der Eintrag, offensichtlich mit Füllfeder geschrieben, hatte etwas Reifes an sich. Die altmodische Handschrift mit den geschwungenen Vokalen schien jemandem zu gehören, der älter war als ihre Eltern.

Ob Sie diesen Eintrag wohl sehen werden, bevor der ungebetene Gast dieses Herbstes, der Taifun Meari, vorbeizieht? Wenn ja, heben Sie den Kopf und werfen Sie einen Blick aus dem Fenster. Können Sie sehen, wie die Bäume sich im starken Wind wiegen? Selbst jene, die schon über hundert Jahre alt sind. Nur so können sie überleben, ohne zu brechen. Vielleicht liegt darin das Geheimnis, wie diese Bäume den Elementen so lange standgehalten haben.

In dem Dorf, wo ich geboren wurde, gab es einige sehr große Pappeln. Sie sind dafür bekannt, viele Zweige und Blätter zu haben. So groß und dicht, dass sie andere Bäume in den Schatten stellen. Aber bei einem Sturm fallen sie als Erste, weil sie keine tiefen Wurzeln haben. Die feinen Wurzeln breiten sich zu den Seiten aus. Zudem gab es in unserer Nachbarschaft einen Kastanienbaum, der ungewöhnlich langsam wuchs und nicht viel Schatten spendete. Auch wenn die Pappeln umfielen, nahmen die Leute an, dass die Kastanie unbeschadet bleiben würde. Dank ihrer tiefreichenden Wurzeln würde sie lediglich ein wenig hin und her geschüttelt werden und lange über unser Dorf wachen können.

Der Baum war für uns ein Zufluchtsort und manchmal schlichen sich Jungen nach dem Ende ihrer ersten Liebe dorthin und weinten darunter. Dann fiel eine unreife Kastanie herunter, als wollte sie sagen: »Hey, reiß dich zusammen und lerne was daraus.« Es gab sogar jemanden, der im Krankenhaus landete. Der Kastanienbaum war zwar klein und wuchs langsam, aber er stand lange Zeit dort. Auch nach mehreren Sommern und Taifunen.

Da Sie besorgt sind, dass jemand Ihr Geheimnis lüften

könnte, verrate ich Ihnen eines meiner Geheimnisse. Auch ich habe einmal sehr lange unter diesem Kastanienbaum geweint. Ich war das älteste Kind einer armen Familie, mit einer Reihe jüngerer Geschwister, und besaß nur einen einzigen Bleistift. Jeden Tag kam ich zu spät zur Schule, weil ich mich schämte für das laute Geräusch, das der einsame Bleistift in meinem metallenen Federmäppchen machte. Ich bekam den Spitznamen »Nachzügler« und wurde oft von meinem Lehrer gescholten. Aber das änderte nichts, denn ich schämte mich so sehr für das klirrende Geräusch bei jedem meiner Schritte, dass mein Gesicht roter war als die Äpfel, die auf dem Weg zur Schule an den Bäumen hingen. Meine Armut machte mir so sehr zu schaffen, dass ich damals viel unter dem Kastanienbaum weinte.

Als ich Ihre Sorgen las, erinnerte ich mich an den Baum zurück, der unsere Geheimnisse bewahrte und uns im Herbst mit süßen Kastanien beschenkte. Einen Baum, den ich als schwach betrachtet hatte, dessen Wurzeln jedoch tief reichten. Und an den weinenden Jungen darunter.

Eines Tages werden auch Sie daran zurückdenken, wie der Wind an Ihnen vorbeigezogen ist. Wenn Sie diese Gegend mögen, schlagen Sie hier ruhig Wurzeln! Werden Sie zu einem der aufrichtigsten und stärksten Bäume in Yeonnam-dong! Egal ob der Wind stark oder schwach weht, solange Sie durchhalten, wird er vorüberziehen.

Der Nebel in ihrem Kopf schien sich zu lichten. Yeonwoo strich mit der Hand über das sorgfältig beschriebene Papier. Sie war dankbar und gerührt. Sie wünschte, sie könnte dem Verfasser eine echte Mango schenken, nicht nur Mangogelee.

Als sie aufblickte und aus dem Fenster schaute, sah sie, wie die Bäume sich im Wind wiegten. Sie kam sich dumm vor, weil sie das Gefühl hatte, wie die Bäume vom Wind hin und her gerissen zu werden, aber sie beschloss, es als den Prozess des Wurzelschlagens zu betrachten, wie im Tagebuch geschrieben. Schlussendlich war alles eine Sache der Einstellung.

Ihr Blick wurde klarer. Während sie auf die schwankenden Bäume sah, sagte Yeonwoo zu sich selbst: »Ihr seid entweder schon fest verwurzelt oder schlagt noch Wurzeln. Genau, der Wind zieht nur vorbei, wenn man ihm standhält. Lasst uns einfach noch etwas durchhalten.«

Ihre Stimme war etwas lauter als gestern. Sie blätterte um. Auf der nächsten Seite war ein Eintrag, der aussah, als wäre er von jemandem mit Erfahrung in Kalligrafie verfasst worden. Die Abstände zwischen den Wörtern waren doppelt so groß wie normal und die gerade, gleichmäßige Schrift schien Yeonwoo in ihren Bann zu ziehen.

Sie trifft keine Schuld, das steht fest! Das ist nicht die Büchse der Pandora. Der Behälter mit Geschichten, die Liebende auseinanderreißen, ist einfach nur ein Mülleimer. Stellen Sie sich vor, Sie hätten eine stinkende Mülltonne geöffnet und würden all die gemeinsamen guten und schlechten Erinnerungen in eine Waschmaschine werfen. Dort werden sie wieder sauber. Wenn Sie sich überfordert fühlen, konzentrieren Sie sich jeden Tag auf eine davon. Wenn sich eine Gelegenheit ergibt, würde ich Ihnen gerne eine Tasse heiße Schokolade spendieren!

»Danke. Ich weiß das wirklich zu schätzen.«

Ihr war nicht klar gewesen, wie tröstend die Worte von jemandem sein konnten, den sie nicht einmal kannte. Wenn sie das gewusst hätte, hätte sie das Tagebuch im Binggul-Binggul-Waschsalon schon viel früher aufgeschlagen und ihre Sorgen Wort für Wort niedergeschrieben. Wenn ihr Herz nach der Sache mit Kyongho zerbrochen war, so schien es ihr nun, als würde etwas Neues in dieser Lücke sprießen, bis sie sich nach und nach füllte und etwas darin aufblühte. Gab es eine bessere Beratungsstelle als diese? Wann hatte es angefangen? Hatte der Besitzer des Tagebuchs damit begonnen? Auch wenn sie nicht wusste, wie das hellgrüne Tagebuch hier Fuß gefasst hatte, war sie froh, dass sie darin ihre Sorgen aufschreiben konnte.

Yeonwoo fühlte sich anders als beim Betreten des Waschsalons. Wie ein neuer Mensch, als wäre sie selbst aus der Waschmaschine herausgekommen. Heute hatte sie kein schwarzes Kleid dabei, an dem Gefühle von Verrat und unnötigem Selbstmitleid hafteten. Auch die Übelkeit in ihrem Magen war verschwunden. Sie wollte schnell nach Hause und den kleinen Kater streicheln, den der Waschsalon ihr geschenkt hatte.

Am Eingang von Shineville tippte Yeonwoo den Türcode ein, stieg in den Aufzug und drückte den Knopf für den dritten Stock. Gleich würde sie Ari wiedersehen. Sobald sie die Wohnungstür öffnete, würde das kleine Fellknäuel sich an ihren Beinen reiben und schnurren.

Als die Aufzugtüren auseinanderglitten, wartete dort nicht Ari auf sie, sondern Kyeongho. In der Hand hielt er einen schwarzen Regenschirm.

»Hey, Yeonwoo.«

»Was machst du hier?«

»So kann ich es nicht enden lassen. War ich so schlecht zu dir? Nein, es war alles nur ein Missverständnis.«

Yeonwoo sah zur Tür von Wohnung 301, hinter der Ari auf sie wartete, konnte jedoch keinen Schritt tun. Ihre Muskeln versteiften sich und sie brachte die Worte nur schwer heraus: »Du … du riechst nach Alkohol.«

»Ich habe etwas getrunken, weil ich dich so sehr vermisst habe, Yeonwoo. Soll es wirklich so enden? Lass uns reingehen und reden.«

Als Kyeongho mit der Hand über das Türschloss strich, leuchtete die Nummerntafel auf. Erschrocken rief Yeonwoo: »Nicht öffnen!«

»Mir fällt es schwer, überhaupt aufrecht zu stehen. Ich habe echt viel getrunken, weil ich dich nicht vergessen konnte. Also lass uns drinnen reden, ich muss mich kurz hinlegen.«

Als Kyeongho die Zahlenkombination eingab, rief Yeonwoo noch lauter: »Nicht öffnen, habe ich gesagt!«

Kyeonghos Gesichtsausdruck veränderte sich. »Ist da drinnen jemand? Hast du schon einen anderen?«

Yeonwoo schüttelte den Kopf, angewidert von seinen Worten.

»Ha, Jeong Yeonwoo«, sagte er abfällig. »Wir haben

gerade erst Schluss gemacht und du hast schon einen anderen? Mach die Tür auf.«

»Bitte geh einfach.«

Über Yeonwoos Flehen hinweg waren Aris Schreie hinter der Tür zu hören. Er maunzte, als ob er wüsste, dass Yeonwoo auf der anderen Seite war. Der Lautstärke nach stand er direkt hinter der Tür. Sie musste schnell hinein, um ihn zu trösten. Unnachgiebig drückte Kyeongho auf die Tasten des Türschlosses.

Yeonwoo griff nach seiner Hand und zog sie weg. Da kam jemand die Treppe herauf.

»Ich wohne unten in Nummer 201. Ist etwas nicht in Ordnung?« Es war Sewoong, der ein ärmelloses T-Shirt mit Palmenblattmuster trug. Sie erinnerte sich daran, ihn gegrüßt zu haben, als sie sich einmal getroffen hatten.

Während Kyeongho ihn noch verwundert musterte, öffnete sich die Tür zu Yeonwoos Wohnung. Durch den kleinen Spalt sprang Ari heraus.

Kyeongho schrie vor Überraschung auf. »Was ist das denn?! Eine Ratte?«

Ari, erschrocken über den lauten Kyeongho, konnte seinen Füßen gerade noch ausweichen. Yeonwoo bückte sich, aber Ari rannte zur Treppe, um dem zeternden Kyeongho zu entkommen.

»Ari!«

Noch gestern Nacht hatte Yeonwoo von einem YouTuber gelernt, dass Katzen von lauten Geräuschen aufgeschreckt werden können und man sich ihnen deshalb ruhig nähern sollte. Doch nun schrie sie entsetzt auf, als Ari die Treppe hinunterstürmte. Auch Sewoong, der mit halb misstrauischem, halb besorgtem Gesicht auf der Treppe stand, konnte ihn nicht aufhalten. Die Katze huschte davon, auf der Suche nach einem Ort, an dem sie sich verstecken konnte.

Yeonwoo lief ihr nach, aber Ari war schneller. Als Yeonwoo sich dem zitternd vor dem Eingang zur Lobby stehenden Kätzchen näherte, identifizierte der Sensor sie als Mensch und die Tür ging auf.

Ari rannte davon. Yeonwoo folgte ihm nach draußen, aber der Kater sprang auf die Mauer vor dem nächsten Gebäude und von dort auf den Parkplatz nebenan. Yeonwoo lief ihm hinterher, aber es war zwecklos. Nachdem Ari die beiden Gassen vor dem Park überquert hatte, verschwand er spurlos.

»Ari, ich bin's, Yeonwoo. Komm raus, ich gebe dir ein Leckerli. Miau. Komm schon, Ari.«

Draußen war es stockdunkel. Egal wie oft Yeonwoo nach Ari rief, es kam keine Antwort. Sie machte sich Sorgen wegen des kühlen Wetters. Ari war noch so klein, was, wenn er sich erkältete? Oder wenn sie ihn nie wiederfand?

Sie rief nach Ari an dem Ort, wo sie ihn zuletzt gesehen hatte. Wenn er doch nur einen Ton von sich geben würde! Während Yeonwoo die schmalen Spalten in der Wand absuchte, in denen sich ein Kätzchen verstecken könnte, hinterließ das schmutzige Regenwasser, das der Taifun mit sich gebracht hatte, dunkle Flecken auf ihrer Kleidung.

Es war bereits nach Mitternacht. Sie hatte Hunger, jedoch keine Lust, etwas zu essen. Nein, der Gedanke kam ihr nicht einmal. Wo um alles in der Welt war Ari? Sie wollte weinen vor Verzweiflung. Kyeongho war schuld, dass sie Ari verloren hatte. Ihr Kopf schmerzte. Sie hatte nie erwartet, eine Entschuldigung von Kyeongho zu bekommen. Er hatte behauptet, es sei ihre Schuld, dass ihr Jahrestag ruiniert worden war, weil sie seine Nachrichten gelesen hatte. Sie wurde immer wütender und dachte, dass das Erinnerungen an eine Liebesbeziehung waren, die in die Mülltonne gehörten, nicht in eine Waschmaschine.

Als Yeonwoo nach Hause kam, änderte sie als Erstes die Kombination des Türschlosses. Mit dem aufrichtigen Wunsch, dass Ari zurückkommen würde, gab sie das Datum ihres ersten Treffens ein. Wenn sie darüber nachdachte, bekam sie Gänsehaut. Ein Zuhause war ein Ort, der einem allein gehörte, also warum hatte sie den Türcode nicht sofort geändert?

»Du bist wirklich dumm, Jeong Yeonwoo.« Sie schüttelte den Kopf und ließ sich auf das Bett fallen, immer noch in ihren schmutzigen Klamotten. Sie dachte daran, wie Ari zusammengerollt auf dem Kissen gelegen hatte.

»Bitte komm zurück, Ari«, bat Yeonwoo und schloss die Augen.

Als sie sie wieder öffnete, lag sie mit dem Blick zur Wohnungstür auf dem Bett. Etwas fehlte. Der schwarze Regenschirm mit den kaputten Streben war verschwunden. Ihr Telefon vibrierte. Eine Nachricht von Kyeongho.

Da ich schon drin war, habe ich ein paar meiner Sachen mitgenommen. Den Regenschirm, meinen Rasierapparat, die Heißluftfritteuse. Weißt du noch, als du sagtest, du könntest zu Hause keine Pizza backen, und ich meine Heißluftfritteuse mitgebracht habe? Vergessen wir einander und leben unser eigenes Leben. Ich habe gehört, du hast dir eine Auszeit genommen, also ruh dich gut aus.

Was hatte das zu bedeuten? Hatte er nicht gesagt, er würde ihr die Heißluftfritteuse großzügigerweise überlassen? Sie war nicht einmal neu gewesen, er hatte sie schon seit über ein Jahr lang benutzt. Nachdem Yeonwoo das hartnäckige Fett abgeschrubbt hatte, war sie wie neu gewesen, und jetzt hatte er sie einfach mitgenommen. Yeonwoo schüttelte den Kopf. Selbst im Nachhinein betrachtet, war dieser Mann nicht in der Lage, schöne Erinnerungen zu bewahren.

Yeonwoo schnalzte mit der Zunge. In dem einen Jahr, in dem sie zusammen gewesen waren, hatte er nie erbärmlich oder wie ein schlechter Mensch gewirkt. Das war wohl der Grund, warum die Älteren sagten, dass man einen Menschen erst am Ende richtig kennenlernte.

Frustriert begab sie sich ins Internet und trat schließlich einem Katzenforum mit mehr als 700 000 Mitgliedern bei, in der Hoffnung, jemanden zu finden, der Ari gesehen hatte. Aber heute waren noch keine Beiträge gepostet worden. Yeonwoo durchsuchte den Thread für entlaufene Tiere, aber auch hier keine Spur von Ari.

Sie wollte selbst einen Beitrag hochladen, hatte jedoch kein Foto von Ari. In ihrer Verzweiflung machte sie ein Foto von der Zeichnung am Bücherregal und postete es.

Ich habe ein zwei Monate altes Kätzchen mit gelb gefleckem Fell verloren.
 Name: Meari (für gewöhnlich Ari genannt)
 Geschlecht: männlich

Eigenschaften: folgt gut und miaut gerne

Verschwunden: in der Nähe des Yeontral-Parks, in Richtung des Yeonnam-dong-Gemeindezentrums

Wenn Sie ihn gesehen oder aufgelesen haben, melden Sie sich bitte bei mir.

Ich bitte Sie dringendst um Ihre Mithilfe.

Telefon: 010-****-****

Sie schrieb und veröffentlichte den Beitrag den Vorgaben entsprechend. Als sie auf der Seite nach weiteren Informationen zum Finden einer entlaufenen Katze suchte, stieß sie auf einen sogenannten Katzendetektiv. Wenn sie innerhalb von drei Tagen nichts hörte, so nahm sie sich vor, würde sie ihn eventuell kontaktieren.

Auf der Startseite war ein Artikel mit der Schlagzeile Keine Hinweise auf Täter, der streunende Katze gequält und aufgehängt hat veröffentlicht worden. Ihr Herz pochte und sie konnte sich nicht dazu durchringen, auf das verpixelte Foto zu klicken. Plötzlich überkam sie eine Welle der Angst. Die Nachrichten über Katzenquälerei liefen wie ein Film in ihrem Kopf ab und bald verwandelte die Angst sich in eine Flutwelle, die wie ein Tsunami über sie hereinbrach.

Nach jedem Strohhalm greifend, rief Yeonwoo in der Tierklinik an. Glücklicherweise hatte die Klinik eine 24-Stunden-Notaufnahme, sodass auch in den frühen Morgenstunden jemand ans Telefon ging.

»Hallo? Hier spricht Aris Besitzerin. Ich war mit dem Streuner bei Ihnen.«

»Was kann ich für Sie tun?«

»Ähm, ist der Tierarzt, der Ari behandelt hat, zufällig da?«

»Einen Moment. Bitte sagen Sie mir noch einmal Ihren Namen und den Ihres Haustieres.« Der Tonfall der Krankenschwester war sachlicher als bei ihrem ersten Besuch mit Ari.

»Es ist ein junger Kater und der Name ist Meari. Die Besitzerin ist Jeong Yeonwoo.«

Sie hörte das Geräusch der Tastatur am anderen Ende der Leitung. Nach ein paar Mausklicks sagte die Krankenschwester: »Ja, die Katze wurde von Doktor Lim Jaeyun behandelt. Laut Eintrag gab es keine Probleme, braucht sie eine Notfallbehandlung?«

»Nein, das ist es nicht ... Ich wollte ihn um Hilfe bitten.«

»Hilfe wobei?«, fragte die Krankenschwester verwirrt.

»Ari ist weggelaufen.« Yeonwoo musste mehrmals die Tränen zurückhalten, um den Satz herauszubringen.

»Doktor Lim hat Bereitschaftsdienst. Warten Sie, ich stelle Sie durch.«

»Vielen Dank.«

Nun hatte die Krankenschwester besorgt geklungen und verband Yeonwoo mit dem Tierarzt. In der Warteschleife erklang Schumanns *Humoreske*. Yeonwoo überlegte einen Moment lang, was genau sie dem Tierarzt sagen wollte.

»Hier spricht Lim Jaeyun. Sie sind Aris Besitzerin?«

Obwohl sie ihn nur einmal getroffen hatte, erzählte sie dem Tierarzt, dem sie gerade mehr als jedem anderen vertraute, genau, was passiert war. Wie sie Ari verloren hatte und dass sie einen Beitrag im Katzenforum gepostet hatte.

Nachdem sie alles gesagt hatte, was sie sich vorgenommen hatte, herrschte kurz Stille.

»Ich verstehe. Sie waren bestimmt überrascht. Ari ist gerade einmal zwei Monate alt, da sind seine Überlebenschancen natürlich nicht gut. Das Wichtigste ist, ihn so bald wie möglich zu finden.«

»Ja, ich will ihn auch so schnell wie möglich finden, deshalb rufe ich so spät in der Nacht an, um Sie um Hilfe zu bitten. Es tut mir leid.«

»Schon in Ordnung. Es kommt natürlich vor, dass Katzen von selbst nach Hause zurückkommen, doch Ari war ja noch nicht lange bei Ihnen. Allerdings wechseln Katzen ihr Revier auch nicht so oft und laufen meist nicht so weit wie Hunde, daher besteht eine hohe Wahrscheinlichkeit, dass Ari sich in der Nähe des Ortes aufhält, wo er weggelaufen ist oder wo Sie ihn das erste Mal getroffen haben, weil er sich dort am sichersten fühlt.«

»Dort, wo er weggelaufen ist und wo ich ihn das erste Mal getroffen habe?«

»Genau, entlaufene Katzen werden in den meisten Fällen an diesen Orten gefunden.«

»Dann sollte ich mich in der Nähe meiner Wohnung und beim Waschsalon umsehen.«

»Waschsalon?«

»Dort habe ich Ari zum ersten Mal getroffen.«

»Dann sehen Sie sich vor allem dort um. Sie haben auch einen Beitrag im Katzenforum gepostet, sagen Sie?«

»Ja, aber ich hatte kein Foto von Ari, deshalb habe ich stattdessen ein Bild hochgeladen, das ich gezeichnet habe.«

»Gut gemacht. Ich werde ebenfalls eine E-Mail herausschicken und einen Aushang am Schwarzen Brett veröffentlichen. Ari mag Sie sehr gerne, deshalb wird er bestimmt zurückkommen. Machen Sie sich nicht zu viele Sorgen. Seien Sie nicht zu enttäuscht oder entmutigt, wenn Sie ihn nicht gleich finden. Sie sehen sich bestimmt wieder. Und sagen Sie Bescheid, wenn Sie ihn finden.«

»Danke. Haben Sie vielen Dank. Ich war so frustriert und verängstigt, weil ich mit niemandem darüber reden konnte.«

Die freundliche Stimme des Tierarztes hatte sie beruhigt. Sie überlegte, sich gleich wieder auf die Suche zu begeben, aber da die Chancen, Ari in der Dunkelheit zu finden, schlecht standen, beschloss sie, es am nächsten Tag wieder zu versuchen.

Yeonwoo schickte Aris Bild an die E-Mail-Adresse der Tierklinik, die der Arzt ihr gegeben hatte. Sie dachte, dass sie auch einen Flyer im Binggul-Binggul-Waschsalon aufhängen sollte, für den Fall, dass der Kater dorthin zurückkehrte. Yeonwoo raffte sich auf und setzte sich an ihren Schreibtisch, schaltete ihren Laptop ein, öffnete Photoshop und erstellte einen Flyer, beginnend mit den Worten *Katze entlaufen*. Wieder verwendete sie ihre Zeichnung. Während sie den Flyer erstellte, dachte sie bei sich, dass sie, sobald Ari wieder da war, als Erstes ein Foto von ihm machen sollte, das ihn klar und deutlich zeigte, wie ein Passfoto.

Sie druckte fünfzig Exemplare aus. Eigentlich wollte sie den Flyer hundert Mal drucken, doch die Tinte reichte nicht mehr.

Nach etwa sechs Stunden unruhigen Schlafes wachte Yeonwoo auf. Ihr Nacken und Rücken waren feucht vom Schweiß. Sie raffte sich auf und packte Klebeband und die Flyer in einen Rucksack.

»Wie der Tierarzt gesagt hat, sei nicht zu enttäuscht! Kopf hoch! Eines Tages sehen wir uns wieder!«, sagte Yeonwoo zu sich selbst, als würde sie ein Mantra rezitieren. Sie zog die Schnürsenkel ihrer Sneaker fest und verließ das Haus.

Bis zum Binggul-Binggul-Waschsalon war es ein weiter Weg, und als er in Sichtweite kam, hatte sie nur noch drei Flyer übrig. Sie hatte sie zu dicht beieinander aufgehängt, anstatt sie nur an Orten anzubringen, wo Ari gewesen sein könnte. Sie überlegte, in einer Druckerei in Hongdae noch mehr Kopien zu machen, wollte aber nicht in die Nähe der Kunstakademie kommen, weil sie dort jemand Bekanntem begegnen könnte. Sie beschloss, vorerst nur bis zum Waschsalon zu gehen und in der Nähe nach einer Druckerei zu suchen.

»Ari, ich bin's. Ich habe Leckerlis für dich.«

Das war alles, was sie sagen konnte, weil sie noch nicht genug über Aris Vorlieben und Eigenheiten wusste. Während Yeonwoo mit sanfter Stimme nach ihm rief, vibrierte das Handy in ihrer Gesäßtasche. Eine unbekannte Nummer. In der Hoffnung, jemand habe Ari gefunden, hob sie schnell ab.

»Ja, hallo?«

»Ich rufe an, weil ich den Flyer gesehen habe. Sie haben etwas Wichtiges vergessen.« Am anderen Ende war die gelangweilte Stimme einer jungen Frau zu hören.

»Ist Ari bei Ihnen? Oder haben Sie ihn gefunden?«

»Darum geht es nicht. Wie viel ist die Belohnung? Das haben Sie nicht geschrieben.«

Als sie verstand, dass die Anruferin Ari weder gesehen noch bei sich hatte, war Yeonwoo entmutigt, doch das Wort »Belohnung« ließ sie aufhorchen.

»Eine Belohnung? Darüber habe ich noch nicht nachgedacht.«

»Keine Belohnung«, sagte die Frau zu jemandem neben sich, woraufhin eine Männerstimme erwiderte, sie solle einfach auflegen.

»Aber wenn Sie Ari finden, kann ich Ihnen …«

Noch bevor Yeonwoo den Satz beenden konnte, hatte die Frau aufgelegt.

Yeonwoo richtete den Blick auf den Rasen gegenüber der langen Reihe Wassertannen, die den Parkweg säumten. Während sie in dem wuchernden Gras nach Ari suchte, erhielt sie noch drei solcher Anrufe. Die Belohnung war das Problem. Sollte sie einen Betrag auf die Flyer schreiben? Aber sie hatte keine große Summe Geld zur Verfügung.

»Ari, wo bist du?«

Sie rief so sanft wie möglich. Wenn sie nicht mit lauter, eindringlicher Stimme nach ihm gerufen hätte, bevor die automatische Tür sich geöffnet hatte, läge Ari jetzt auf dem Bett und würde mit seinem Spielzeug spielen. Egal was passierte, sie musste Ruhe bewahren. Als sie die Augen schloss, um durchzuatmen, hörte sie ein leises Geräusch.

Miau. Miau.

Es war ein schwacher, aber klarer Ton. Eindeutig Ari!

»Ari, wo bist du? Ich bin ganz in deiner Nähe. Lass mich noch einmal deine Stimme hören.«

Yeonwoo lief zu dem von Gras und Unkraut überwucherten Blumenbeet, weiter nach Ari rufend, aber es war nichts mehr zu hören. Dann hörte sie einen dumpfen Schlag, gefolgt von einem jammernden Katzenschrei. Ein Geräusch, das sie noch nie zuvor von Ari gehört hatte.

»Das bist du, Ari, stimmt's? Wo bist du?«

Yeonwoo, die auf das Blumenbeet fixiert gewesen war, drehte sich um. Etwa zehn Schritte entfernt sah sie einen Mann neben dem Beet hocken, der Steine in das Unkraut warf. Ein Schauer lief über ihren Rücken. Hoffentlich war Ari nicht dort drüben. Und hoffentlich auch keine andere Katze …

Sie rannte auf den Mann zu. Ihr Herz raste, aus Angst, dass Ari oder eine andere Katze sich dort befinden könnte. Die anderen Passanten runzelten nur die Stirn und eilten an dem Mann vorbei. Für Yeonwoo waren es nur ein paar Schritte, doch der Weg schien ihr unglaublich lang. Was, wenn Ari dort war?

Als sie sich dem Mann näherte, hörte sie wieder dieses schreckliche Jammern. Gleichzeitig rief Yeonwoo: »Ari!«

Der Mann schenkte ihr keine Beachtung. Er trug ein schwarzes T-Shirt mit einem bizarren Muster und ein dünnes schwarzes Halsband. Er war so dürr, dass die Ärmel im Wind flatterten. Yeonwoo blickte den Mann an, der eine Kappe trug. Seine Augen waren klein und die Pupillen so schwer zu sehen, dass sie nicht genau erkennen konnte, wohin er sah.

»Du heißt also Ari? Soso.«

Yeonwoo wurde schwindelig und ihr Magen drehte sich um. Sie sah, wie Ari sich zitternd am Rand des Blumenbeets versteckte, um den Steinen auszuweichen, die der Mann warf.

»Ari, komm her.« Vorsichtig betrat Yeonwoo das Beet und nahm Ari in die Arme. Sie tastete seine Vorder- und Hinterpfoten ab, aber da Ari keine Schmerzenslaute von sich gab, war er wohl nicht von einem Stein getroffen worden. Erst jetzt konnte sie aufatmen. »Weißt du, wie lange ich nach dir gesucht habe?«

»Das Vieh heißt also Ari«, wiederholte der Mann, als er sah, wie der Kater zitternd das Gesicht in Yeonwoos Armen vergrub.

Bei der unheimlichen Stimme bekam Yeonwoo Gänsehaut. Der Mann schien kein gewöhnlicher Mensch zu sein. Er hatte eine Trockenheit und Trostlosigkeit an sich, wie man sie nur in der Asche nach einem Feuer finden konnte.

»Warum werfen Sie Steine nach der Katze?«

Der Mann sagte einen Moment lang nichts, dann legte er den Kopf schief und sah Yeonwoo direkt an. »Damit die Zeit vergeht.«

»Wie bitte?«

»Hehe. Sie hört nicht. Wenn man so ein Mistvieh ruft, sollte es kommen, aber es kam nicht. Die Leute lassen überall Schüsseln mit Reis stehen für die Viecher. Heh!« Offensichtlich ein Husten unterdrückend brach er ab.

Yeonwoo blieb unwillkürlich der Mund offen stehen.

Der Mann erhob sich aus der Hocke. Durch seinen mageren Körper wirkte er klein, war aber mindestens einen

Kopf größer als Yeonwoo und blickte auf sie herab. Seine winzigen, unfokussierten Pupillen wirkten kalt.

Yeonwoo wich unbewusst zurück und umarmte Ari fester.

Sie musste etwas sagen. Ihre Beine waren schwach, aber sie wollte tapfer sein. Sie musste etwas für Ari tun, der von dem Mann bedroht worden war. Als sie gerade ansetzen wollte, hob der Mann die Hand. In dem Moment erinnerte Yeonwoo sich an den Regenschirm in Kyeonghos Faust. Ein langer, schwarzer Regenschirm. Sie schloss die Augen. Die Hand des Mannes war dicht vor ihr.

Als Yeonwoo die Augen wieder öffnete, winkte der Mann Ari zu.

»Wir sehen uns wieder, Ari. Heh!«

Der Mann hustete wieder und lächelte. Die Zähne waren dunkel, vielleicht eine Folge von Nikotin.

Bei der Erinnerung an jenen Abend im Regen bekam Yeonwoo Kopfschmerzen. Vor Erleichterung darüber, Ari gefunden zu haben, wurden ihre Beine schlaff. Obwohl sie sich kaum aufrecht halten konnte, entfernte sie sich von dem Mann, wobei sie immer wieder zurückschaute, um sicherzugehen, dass er ihr nicht folgte. Sie hatte zu viel Angst, um nach Hause zu gehen. Die Worte des Mannes, dass er Ari wiedersehen würde, hallten in ihrem Kopf nach. Sie wollte ihn nicht wissen lassen, wo sie wohnte. Sie brauchte einen Ort, an dem sie und Ari sicher waren

Mit dem Kater im Arm beschleunigte Yeonwoo ihre Schritte. Der Mann stand immer noch am selben Fleck und beobachtete sie. In der Reflektion des Sonnenlichts waren seine Pupillen gänzlich verschwunden.

Miau. Miau.

Ari, der sich langsam entspannte, rieb den Kopf an Yeonwoos Körper.

»Ari, hier sind wir sicher, lass uns eine Weile hierbleiben.«

Durch das Glasfenster waren die Waschmaschinen im Waschsalon zu sehen, von denen mehrere in Betrieb waren. Yeonwoo war erleichtert. Es war zwar niemand da, aber die Leute würden zurückkommen, wenn ihre Wäsche fertig war. Selbst wenn der Mann ihnen doch gefolgt war, wären sie hier nicht allein. Und Ari war an Yeonwoos Seite.

Sie setzte ihn auf den Tisch vor dem Fenster. Er gab ein schnurrendes Geräusch von sich, ähnlich dem Rauschen eines Radios. Woher kam dieses Geräusch wohl? Weder aus der Nase noch von den Stimmbändern oder dem Kopf. Vielleicht stimmte das, was sie im Internet gelesen hatte, und Katzen waren tatsächlich außerirdische Lebensformen. Vielleicht stahlen sie die Herzen der Menschen und sendeten über diese Frequenz Mitteilungen an Einwohnerinnen und Einwohner fremder Planeten.

»Lass uns nie wieder getrennt sein.«

Miau. Miau.

Als ob er sie verstanden hätte, rieb Ari den Kopf an Yeonwoos Handrücken. Das fühlte sich jedes Mal wieder gut an. Dann rollte er sich auf dem Tisch zusammen. Der Tag hatte sich lang angefühlt, aber es war gerade erst kurz nach Mittag. Vielleicht lag es an der Anspannung, aber Yeonwoo war überhaupt nicht hungrig.

Sie streckte die Hand aus und zog das lindgrüne Tagebuch zu sich. Inzwischen wusste sie, dass es jemandem, der Trost brauchte, schon half, wenn man sich dessen Geschichte anhörte. So hatte auch sie den Mut gefasst, ihre Gefühle niederzuschreiben. Yeonwoo las langsam alle Einträge, beginnend auf der ersten Seite.

Selbst in dem Feld auf der vordersten Seite, in dem Name, Telefonnummer, Adresse und so weiter eingetragen werden konnten, gab es keinen Hinweis auf den Besitzer. *Eine Welt, in der jeder seine Beine ausstrecken und bequem schlafen kann.* Was bedeutete das nun wieder? Ein paar Seiten weiter fand sie das Porträt eines Mannes mit länglichen, schmalen Augen und dünnen Lippen. Könnte das der Besitzer des Tagebuchs sein? Yeonwoo neigte nachdenklich den Kopf, denn sie erkannte darin das Gesicht das Mannes, der kurz zuvor Steine nach Ari geworfen hatte.

In dem Moment ertönte ein Klingeln und die Tür des Waschsalons ging auf. Das Geräusch schneller Schritte ließ Yeonwoo nervös herumfahren. Sie erstarrte einen Moment, weil sie gedacht hatte, der Mann aus dem Park wäre ihr gefolgt, doch dann erkannte sie den älteren Herrn, den sie in der Tierklinik getroffen hatte.

Als Herr Jang das Porträt im Tagebuch sah, sagte er: »Genau, das ist er! Das ist sein Gesicht!«

Gerade als Yeonwoo Herrn Jang begrüßen wollte, öffnete sich die Tür des Waschsalons erneut. Ein Mann stürmte herein, schwer atmend. Dicke Schweißperlen standen auf seiner Stirn unter der schwarzen Hutkrempe und die lange Narbe auf seiner linken Wange, wie von einem Messer eingeritzt, ließ Yeonwoo unwillkürlich den Blick abwenden. Der Mann durchsuchte die Fundbox. Darin befanden sich verschiedene zurückgelassene Gegenstände, wie Plastikkarten und Haargummis. Der Mann leerte den

Inhalt schließlich auf den Boden, sah sich um, schien aber nicht das zu finden, wonach er suchte. Yeonwoo und Herr Jang beobachteten ihn mit angehaltenem Atem.

Der Mann ging mit einem unlesbaren Gesichtsausdruck auf Yeonwoo zu. Erschrocken nahm sie Ari in den Arm, der leicht zitterte. Der Mann streckte die Hand aus – und hob das lindgrüne Tagebuch auf. »Gefunden!«

Fundgrube

Es war ein außergewöhnlich schöner Tag. Als ob sein jüngerer Bruder Yuyeol vom Himmel zu ihm sprechen würde. Der Wind wehte sanft und warmes Sonnenlicht fiel durch das Wohnzimmerfenster. Jaeyeol ging ruhig zum Fenster und blickte sich um. Eine schmerzhafte Erinnerung ging ihm durch den Kopf – bis das Vibrieren seines Handys die Stille in der Wohnung durchbrach.

Auf dem Display stand Polizeidirektion. Der langersehnte Anruf. Jaeyeols Herz raste. Er holte tief Luft und nahm den Anruf entgegen.

»Guten Tag, spreche ich mit Gu Jaeyeol? Hier ist die Polizeidirektion Seoul. Hören Sie mich?«

»Ja, was kann ich für Sie tun?«

»Mein Name ist Lee Seweon, Prüfer bei der Polizeidirektion Seoul. Sie haben sich für die Polizeibeamtenprüfung angemeldet, richtig? Im Zuge der Überprüfung der Unterlagen führen wir eine Kreditwürdigkeitsprüfung durch, natürlich nicht bei allen Bewerbern, sondern nur für spezielle Positionen. Wir haben jedoch festgestellt, dass mit Ihrem Bankkonto ein falsches Sparbuch eröffnet und für Voice Phishing verwendet wurde. Wissen Sie etwas darüber?«

Das war ihre Masche. Auf diese Weise machten sie sich an Leute heran, die sich darauf vorbereiteten, Polizisten zu werden.

Er musste herausfinden, wie Yuyeols persönliche Daten vor seinem Tod gestohlen worden waren. Er musste sie ködern. Yuyeol, der sich auf die Polizeibeamtenprüfung vorbereitet hatte, hatte keine anderen Orte außer der Schule, seinem Zuhause und der Bibliothek besucht. Deshalb hatte Jaeyeol, genau wie sein jüngerer Bruder, seine Telefonnummer an jenen Orten hinterlassen – und außerdem an einem Stand, der Versicherungen anpries und mit kostenlosen Geschenken lockte, wenn man sich nur die Beratung anhörte.

Der Reiskocher, den Yuyeol, ein paar Tage bevor er betrogen wurde, geschenkt bekommen hatte, nachdem er sich eine Lebensversicherung hatte erklären lassen, stand nun nutzlos in der Küche herum. Nach ein paar Monaten hatte er den Geist aufgegeben. Yuyeol hatte seine persönlichen Daten gegen einen billigen Reiskocher eingetauscht, der weniger als fünfzigtausend Won wert war.

Unzählige Gedanken gingen Jaeyeol durch den Kopf. Die Methode war dieselbe, aber es war nicht die Stimme des Mannes, der Yuyeol angerufen hatte. Jener Mann hatte einen röchelnden Tonfall gehabt, als hätte er sich verschluckt, und hatte jeden Satz mit einem »heh« beendet. Dank der automatischen Anrufaufzeichnung auf Yuyeols Handy hatte Jaeyeol die Stimme dieses Typen bis zum Abwinken gehört. Bei der ersten Aufnahme war Yuyeol auf das Voice Phishing hereingefallen, der zweite Anruf war nach der Überweisung gewesen und der dritte, um Yuyeol zu verhöhnen.

»Hehe, von wegen Polizeibeamter. Du bist auf Voice Phishing hereingefallen, heh. Wenn so ein Einfaltspinsel wie du Polizist wird, ist unser Land dem Untergang geweiht. Zwei Millionen Won, sieh es einfach als Ausbildungsgebühr. Die Welt meint es nicht gut mit dir. Du hast noch viel zu lernen.«

Jeden Tag hörte Jaeyeol sich Yuyeols Seufzen in diesem Gespräch an, in dem er keine Antwort hatte geben können. Ihm war, als hätten sich die Stimme des Typen und Yuyeols Seufzer in sein Herz eingebrannt. Deshalb hatte er den Mann sofort erkannt, als er ihn vor ein paar Monaten an einem stark verschneiten Tag in Yeonnam-dong getroffen hatte. Wegen des eigenartigen Hustens, das sich anhörte, als wären seine Stimmbänder zusammengeklebt.

Jaeyeol hatte die Art und Weise, wie Yuyeol hereingelegt worden war, genau zurückverfolgt. Nachdem er herausgefunden hatte, dass die Täter Caller ID Spoofing verwendeten, hatte er sich in Mapo-gu, wo die Verbrecher hauptsächlich aktiv waren, auf die Suche gemacht. Konkret war es die belebte Gegend Hongdae und dort der Yeontral-Park, deshalb war er jeden Tag dort herumgelaufen. Und war schließlich auf jenen Mann getroffen. Als er gehört hatte, wie der Mann am Telefon zu jemandem sagte, dass er das Geld direkt nach Erhalt nach Chinatown bringen würde, und dabei wegen seiner Hustenanfälle mehrmals innehielt, wusste Jaeyeol sofort: Das war der Mann, der seinen Bruder auf dem Gewissen hatte. Am liebsten hätte er ihm an Ort und Stelle ein Ende bereitet, aber er hatte sich zurückgehalten, indem er die Hände so fest zu Fäusten ballte, dass seine Fingernägel Abdrücke auf seinen Handflächen hinterließen. Weil er wusste, dass Yuyeol, der davon geträumt hatte, Polizist zu werden, das nicht gewollt hätte.

Jaeyeol hatte sich vorgenommen, sich gründlich vorzubereiten, um den Kerl zur Rechenschaft zu ziehen. Deshalb war er an jenem verschneiten Tag in den Binggul-Binggul-Waschsalon in Yeonnam-dong gegangen und hatte das Gesicht jenes Mannes in das Tagebuch gezeichnet. Am Ende hatte er es jedoch nicht mit nach Hause genommen.

»Hören Sie mir zu?«, erklang es am anderen Ende der Leitung.

Jaeyeol räusperte sich ein paarmal, bevor er antwortete. »Ja, ich höre zu. Ich war nur überrascht.«

»Sie müssen einfach nur tun, was wir sagen, dann wird alles gut gehen. Wenn Sie das nicht tun, werden Sie von der Polizeibeamtenprüfung disqualifiziert. Eines Ihrer Dokumente war verdächtig, was sogar zu einer Vorstrafe führen könnte.«

Feige Mistkerle. So hatten sie seinen Bruder eingeschüchtert und getäuscht. Jaeyeol unterdrückte die in ihm aufsteigende Wut und tat so, als ahnte er nichts.

»Was muss ich tun? Kann ich wirklich immer noch Polizist werden?«

Als die Person am anderen Ende ein leises Kichern von sich gab, war Jaeyeol beruhigt. »Natürlich, machen Sie sich keine Sorgen. Sie müssen nur unseren Anweisungen folgen.«

»In Ordnung.«

»Wir glauben, dass Ihr Telefon gehackt und über mobiles Banking ein falsches Bankkonto eröffnet wurde. Sie müssen lediglich die App der Polizeidirektion herunterladen und damit die Schadsoftware entfernen. Zunächst schicken wir Ihnen eine Nachricht mit einem Link zum Herunterladen der App.«

»Alles, was ich tun muss, ist, die Schadsoftware zu entfernen?«

»Übrigens, wie viel Geld haben Sie zurzeit auf Ihrem Bankkonto?«

»Etwa zehn Millionen Won.«

»Dann entfernen Sie bitte die Schadsoftware, und überweisen Sie den Restbetrag auf das Konto der Polizeidirektion, das ich Ihnen im Voraus zuschicke. Andernfalls könnte das Geld in Zusammenhang mit dem falschen Bankkonto von der Polizeidirektion beschlagnahmt oder eingezogen werden.«

»Okay, das werde ich tun.«

»Legen Sie erst mal nicht auf. Ich habe Ihnen eine SMS geschickt. Haben Sie sie bekommen?«

»Ja, aber ich habe in den Nachrichten gehört, dass es in letzter Zeit viele Fälle von Voice Phishing gibt. Ist es sicher, Geld auf dieses Konto zu überweisen?«, fragte Jaeyeol, wohl wissend, dass er Verdacht erregen würde, wenn er den Anweisungen einfach folgte.

»Haha, wahrlich ein angehender Polizeibeamter, weil Sie gleich an Voice Phishing denken. Wenn Sie sich unsicher sind, können Sie das Geld auch direkt bei der Polizeidirektion abgeben, anstatt es zu überweisen. Wäre Ihnen das lieber?«

»Kann ich Ihnen das Geld einfach bringen?«

»Bringen Sie das Bargeld, Ihr Sparbuch, eine Kopie Ihres Ausweises und Ihr persönliches Siegel mit. Möchten Sie es so machen?«

Sobald er fertig gesprochen hatte, tippte der Kerl auf der Tastatur herum. Als ob er tatsächlich im Polizeirevier säße und die Bürger vor Voice Phishing schützen wollte. Als wäre es dumm und lästig, daran zu zweifeln.

»Wo genau befindet sich die Polizeidirektion Seoul?«

»Sie wohnen in Yeongdeungpo-gu, richtig?«

»Ja.«

»Dort gibt es ein Postamt, das an unsere Ermittlungsabteilung angeschlossen ist. Gehen Sie einfach zum Postamt in Mangwon-dong, Mapo-gu, und überlassen Sie die Sache dem Polizeibeamten dort. Seien Sie bitte um Punkt ein Uhr mittags dort.«

Jaeyeol hob erstaunt die Augenbrauen. Das war eine neue Variable. Ein Trick, um die Leute dazu zu bringen, das Geld beim Postamt abzugeben. Was hatte es mit dem Polizeibeamten auf sich? Warum sollte er genau um ein Uhr dort sein? Er musste noch einmal sein Organigramm überprüfen. Ihre Methoden, die er bis ins kleinste Detail aufgeschrieben hatte, waren in seinem Kopf abgespeichert – jedoch schienen sie gerade durcheinandergeraten und unleserlich geworden zu sein wie eine schlampig gezeichnete Landkarte.

»Das Postamt in Mangwon-dong, Mapo-gu?«

»Ja, genau. Bringen Sie die Dinge mit, die ich Ihnen genannt habe. Nehmen Sie keinen Kontakt zu anderen Familienmitgliedern auf. Da wir nicht wissen, in welchem Ausmaß Ihr Telefon gehackt wurde, könnten Sie den Virus dadurch auch auf andere Personen übertragen. Das würde bedeuten, dass Ihre Familienmitglieder zu Strafbeteiligten werden.«

»Ich verstehe. Ich mache mich sofort auf den Weg.«

»Denken Sie daran, Ihr Handy auszuschalten. Die Phisher können Ihren Standort sehen und Ihnen folgen. Da es sich um ein falsches Bankkonto handelt, könnte es sein, dass noch mehr Geld hereinkommt, was den Eindruck erwecken könnte, Sie hätten es gestohlen. Kümmern Sie sich schnell darum. Übergeben Sie das Geld einfach an den Beamten bei der Post. Beeilen Sie sich.«

Jaeyeol tat, als wäre er in Eile.

»Zu Ihrer eigenen Sicherheit sollten Sie Ihr Handy ab jetzt ausschalten und erst wieder einschalten, wenn Sie den Beamten getroffen haben. Wie ich sehe, haben Sie die App noch nicht heruntergeladen?«

»Ich wollte sie herunterladen, nachdem ich aufgelegt habe.«

»Bitte laden Sie sie jetzt herunter.«

Als ob er nichts wüsste, klickte Jaeyeol auf den Link, den er erhalten hatte, und lud die App herunter, die zweifelsohne einen Virus enthielt. Erst dann meldete die Person am anderen Ende sich erleichtert wieder zu Wort.

»Gut, nun sind Sie sicher. Bitte schalten Sie Ihr Handy aus, sobald wir das Gespräch beendet haben.«

Der Anruf hatte etwa eine Viertelstunde gedauert. Nachdem die erste Spannung von ihm abgefallen war, wurde seine Sicht von einem sich einstellenden Schwindelgefühl getrübt. Jaeyeol schloss die Augen. Er dachte zurück an den Tag vor Yuyeols Tod, als der ihm sein strahlendstes Lächeln gezeigt hatte.

...

»Jaeyeol! Wir wollten sowieso einen neuen Reiskocher, also trifft sich das doch gut, oder?« Stolz hielt Yuyeol einen elektronischen Reiskocher hoch, auf dem das Logo eines unbekannten kleinen Unternehmens prangte.

»Du kochst doch nie zu Hause. Stopfst immer nur Ramyeon in dich rein, was willst du mit einem Reiskocher? Stell ihn in die Küche, wir müssen ihn erst einmal waschen«, erwiderte Jaeyeol wie ein typischer Bruder in schroffem Ton, auch wenn er es nicht so meinte. »Wenn du diesmal wieder durchfällst, schicke ich dich zurück nach Yangsan. Dort kannst du Papa beim Apfelpflücken helfen. Wir haben eh zu wenige Arbeiterinnen und Arbeiter, sogar ausländische Arbeitskräfte sind heutzutage schwer zu finden.«

»Red nicht immer vom Durchfallen. Der letzte Test war zum Aufwärmen! Diesmal klappt es. Später wirst du dich bei deinem Polizistenbruder bedanken.«

»Wofür soll sich ein guter Bürger wie ich bedanken? Ich zahle meine Steuern, fahre vorsichtig. Du weißt ja gar nicht, was für ein vorbildlicher Fahrer ich bin.«

»Ja, du hast recht. Ich weiß schon, du bist toll. Hast einen Job, der die Rechnungen zahlt, und lässt deinen Bruder, der für die Polizeiprüfung büffelt, bei dir wohnen. Aber bis du heiratest, werde ich nicht ausziehen!« Yuyeol verließ den Raum und knallte die Tür hinter sich zu.

Jaeyeol lachte, dann öffnete er den Reiskocher, den Yuyeol auf dem Esstisch hatte stehen lassen. War sein Bruder wieder jemandem auf den Leim gegangen? Was hatte er für das billige Gerät wohl bezahlt? Nichts war umsonst.

Es war schwer zu sagen, ob ab dem Tag alles schiefgelaufen war oder schon zuvor. Auf jeden Fall hatten die Probleme mit dem Reiskocher begonnen. Yuyeol war dem Voice Phishing zum Opfer gefallen. Es war zwar nicht viel Geld, aber die zwei Millionen Won, die er angespart hatte, während er wie ein Zombie in Noryangjin büffelte, waren über Nacht verschwunden. Er hatte alles gespart, was ihm nach dem Bezahlen der Studiengebühren von dem Taschengeld seiner Eltern und dem Geld, das Jaeyeol ihm für Bücher gab, übrig geblieben war. Und diese zwei Millionen Won waren für Yuyeol eine Menge Geld.

Das wusste Jaeyeol auch, aber er war dennoch wütend gewesen. Dass ein angehender Polizist auf Voice Phishing hereinfiel! Mehr noch als über den Verlust des Geldes ärgerte er sich darüber, dass sein Bruder ausgenutzt und um seine mühsam zusammengekratzten Ersparnisse gebracht worden war. Und es war frustrierend zu sehen, wie Yuyeol tagein, tagaus am Schreibtisch saß und auf sein Tagebuch starrte, anstatt zur Schule oder in die Bibliothek zu gehen.

Als Jaeyeol an jenem Tag von der Arbeit nach Hause gekommen war, fielen ihm als Erstes Yuyeols Turnschuhe vor der Tür ins Auge. Um sich auf den Fitnesstest vorzubereiten war er gelaufen, bis die Schuhe abgenutzt waren, warum saß er jetzt untätig daheim? Wut stieg in Jaeyeol auf. Er war frustriert, weil Yuyeol zu Hause hockte, anstatt etwas für seine Ausbildung zu tun.

Jaeyeol öffnete die Tür zu Yuyeols Zimmer. »Wie willst du Polizist werden, wenn du so ein Jammerlappen bist!«

Yuyeol reagierte nicht auf Jaeyeols barschen Ton, sondern

starrte nur ausdruckslos auf das Tagebuch auf seinem Schreibtisch.

Es war Jaeyeol, der das lange Schweigen schließlich brach: »Du willst Polizist werden, aber hast so einen schwachen Geist, wie soll das gehen? Die zwei Millionen Won bekommst du von mir, also reiß dich zusammen und fang wieder an zu lernen. Die Prüfung steht kurz bevor, wie lange willst du noch hier rumhängen?«

Yuyeols Augenbrauen zuckten. Er drehte den Kopf, um Jaeyeol anzusehen. »Das Geld … Ich wollte es dir geben, wenn ich die Polizeiprüfung bestanden habe. Meinetwegen kannst du den Fernseher im Wohnzimmer nicht einschalten und musst am frühen Morgen auf Zehenspitzen zur Toilette gehen. Selbst am Wochenende fährst du den ganzen Weg nach Noryangjin, um mich abzuholen, deshalb hast du keine Zeit, dich mit Freunden zu treffen. Ich wollte dir das Geld geben, weil du gesagt hast, du brauchst ein neues Auto. Dafür hätte es zwar nicht gereicht, aber wenigstens für neue Reifen!« Die Worte sprudelten aus Yuyeol heraus, als hätten sie sich in seinem Inneren angestaut.

»Habe ich Geld von dir verlangt? Habe ich dich gebeten, mir ein Auto zu kaufen? Der beste Weg, mir zu helfen, ist Polizist zu werden und aus meiner Wohnung auszuziehen. Also steh auf und geh nach draußen! Zur Schule oder zur Bibliothek, ganz egal! Oder einfach im Park spazieren! Du bist auf Voice Phishing hereingefallen, weil du so naiv bist. Vollkommen ahnungslos!«

»Ja, ich bin ahnungslos. Und dumm. Von wegen Polizist, das kann ich mir abschminken. Wie soll jemand wie ich für die Sicherheit der Bürgerinnen und Bürger garantieren und dafür sorgen, dass sie ihre Beine ausstrecken und bequem schlafen könn…«

Zack. Bevor er zu Ende gesprochen hatte, landete Jaeyeols Hand auf Yuyeols Kopf. Genauer gesagt traf seine große Hand Stirn, Schläfe und Wange seines jüngeren Bruders. Die betreffenden Stellen wurden sofort rot.

»Wenn du nicht noch eine Ohrfeige willst, nimm dich zusammen!«

Jaeyeol verließ das Zimmer mit einem Türknall. Seine Brust wurde heiß. Er ging ins Bad, drehte den Wasserhahn auf und wusch sich das Gesicht mit kaltem Wasser. Er musste sich zusammenreißen, wenn er diesem Schwächling helfen wollte.

Bis zum Morgengrauen kam Yuyeol nicht aus seinem Zimmer. Es war Jaeyeol, der die Tür zugeschlagen hatte, aber Yuyeol hatte sein Herz verschlossen.

Jaeyeol wälzte sich im Bett hin und her und schlief erst spät ein. Kurz darauf erwachte er aus einem schlechten Traum. Er hatte nur etwa eine Stunde geschlafen, aber mehr als fünf Träume gehabt. In einem davon war er von jemandem verfolgt worden, der ihn mit einer scharfen Waffe bedrohte, konnte aber nicht weglaufen, weil seine Füße gefesselt waren und seine Beine sich nicht von der Stelle bewegten.

Kalter Schweiß lief Jaeyeol den Rücken hinunter, als er sich im Bett aufsetzte. Da hörte er ein Rascheln. Es klang, als würde Yuyeol in der Küche nach Ramyeon suchen. Er war immer hungrig und aß fünfmal die Woche Instantnudeln. Jaeyeol grinste. Schon bald waberte der Geruch von Ramyeon durch die Wohnung. Jaeyeols Magen meldete sich ebenfalls, weil er nicht zu Abend gegessen hatte. Als würde er sagen: *Ich will auch Ramyeon.* Aber Jaeyeol konnte sich nicht dazu durchringen, sich bei seinem Bruder zu entschuldigen. Obwohl er sich bei der Arbeit ständig entschuldigte. Zudem befürchtete er, dass Yuyeols Wille dadurch wieder schwächer werden würde. Gegen den Hunger ankämpfend, legte Jaeyeol sich wieder hin. Am Morgen würde alles besser sein.

Die kalte Septemberluft drang durch das Fenster der alten Veranda, und Jaeyeol zog die Decke bis zu den Schultern hoch.

Etwa eine Stunde später klingelte der Wecker. Jaeyeol wachte mit einem Ruck auf. Wegen der vielen lebhaften Träume hatte er sich zunächst hin und her gewälzt, aber nachdem er gehört hatte, wie Yuyeol Ramyeon kochte, hatte er gut geschlafen. Zeit zu duschen, sich zu rasieren und zur Arbeit zu gehen. Als er sich streckte und aus dem Zimmer trat, sah er Yuyeol vor dem halb geöffneten Wohnzimmerfenster stehen.

»Was machst du da?«

Yuyeol drehte den Kopf und sah seinen Bruder direkt an. Sein Gesicht, auf dem sich Panik, Angst und Resignation abzeichneten, war so weiß wie ein Blatt Papier.

»Ich habe gewartet, um dich ein letztes Mal zu sehen. Bruder, es tut mir leid. Ich verlasse jetzt deine Wohnung.«

Bevor Jaeyeol auch nur den Mund öffnen konnte, sprang Yuyeol aus dem Fenster. Die Scheibe zerbarst.

Gleich darauf war ein dumpfer Aufprall zu hören.

Jaeyeol konnte nicht einmal nach Luft schnappen.

Was hatte sich gerade vor seinen Augen abgespielt? Keine Zeit zu reagieren. Es ging so schnell. Eine der wegspringenden Glasscherben hatte eine tiefe Wunde in Jaeyeols Wange gerissen. Einen Moment lang spürte er etwas, fühlte jedoch keinen Schmerz.

Jaeyeol ging wie betäubt zu der Stelle, an der Yuyeol gerade noch gestanden hatte, wobei er mit bloßen Füßen auf die herumliegenden Scherben trat. Vor dem halb zerbrochenen Fenster schloss er fest die Augen. Er hatte nicht den Mut, hinunterzuschauen. Erst als er die Sirene des Krankenwagens hörte, konnte er seine zitternden Augenlider öffnen.

Yuyeol war auf der Stelle tot gewesen.

Zum Schluss hatte er für seinen Bruder Ramyeon gekocht, die er selbst so sehr geliebt hatte.

Das Foto, das er für seinen Prüfungsausweis gemacht hatte, wurde letztendlich sein Beerdigungsporträt. Jaeyeol dachte an die Worte zurück, die er in der Nacht vor seinem Tod zu Yuyeol gesagt hatte. Selbst wenn er versuchte, nicht darüber nachzudenken, kamen sie ihm in der leeren Wohnung automatisch in den Sinn. *Naiv. Ahnungslos.* Er erinnerte sich auch daran, wie Yuyeols Wange nach der Ohrfeige angeschwollen war.

Zack. Jaeyeol schlug sich selbst ins Gesicht. Immer und immer wieder. *Idiot. Erbärmlicher Trottel. Den eigenen Bruder in den Tod zu treiben!* Doch die Schuldgefühle ließen nicht nach.

Während des Eingriffs zum Entfernen der Scherbe aus seiner Wange, beim Vernähen der offenen Wunde und dem Lösen der Nähte aus dem darüber gewachsenen Fleisch verspürte er keinerlei Schmerzen. Als ob das Loch, das Yuyeol im Fenster hinterlassen hatte, auch Jaeyeols Körper einnahm.

Die lange rote Linie, die von seiner Nase fast bis zum linken Ohr reichte, verblasste kaum. Der Arzt schlug Laserbehandlungen vor, doch Jaeyeol lehnte ab. Er würde mit dieser Narbe leben müssen. Das war ihm bewusst. Er wusste, dass es schwer sein würde, seine eigene Stimme von jenem Tag an nicht ständig in seinen Ohren widerhallen zu hören. Die Worte, die Yuyeol zum Äußersten getrieben hatten, würden sich in seiner Brust festsetzen, für den Rest seines Lebens durch seine Adern fließen, sein Gehirn, seine Ohren und sein Herz durchbohren.

...

Der Phishing-Anruf der Männer, die Yuyeol in den Tod getrieben hatten, war überstanden. Jaeyeol atmete langsam und tief ein. Er musste ruhig bleiben, als würde ein Strom kalten Wassers von seinem Kopf bis zu den Zehen fließen. Aber sein Herz schlug immer schneller. Er hatte Hoffnung, den Kerl zu erwischen. In ein paar Tagen war Yuyeols erster Todestag. Bis dahin wollte er Handschellen an den Gelenken des Täters sehen. Wenn er dabei draufging und Yuyeol im Jenseits begegnete, könnte er ihm sagen: Dein Bruder hat den Schurken für dich gefangen. Wenn er nicht dabei draufging, würde er vielleicht endlich Yuyeols Grab besuchen können.

Nun benötigte er das Tagebuch seines Bruders. Darin war eine Zeichnung des Kerls und ein Organigramm über seine Vorgehensweise. Es war bereits in Jaeyeols Kopf eingebrannt, aber er sehnte sich nach der Wärme von Yuyeols Handschrift. Auch die letzten Worte seines Bruders standen dort geschrieben:

Eine Welt, in der jeder seine Beine ausstrecken und bequem schlafen kann.

Er wollte die Seite aufschlagen, die Yuyeol berührt hatte. Er brauchte Mut.

Jaeyeol setzte einen schwarzen Hut auf, verließ das Haus und machte sich auf den Weg zum Binggul-Binggul-Waschsalon. Er wusste, dass das Tagebuch dort war, und war schon mehrmals hingegangen, ohne es wieder mitzunehmen, denn irgendwie schien es der richtige Ort dafür zu sein. Erst hatte er das Erinnerungsstück an seinen Bruder mit nach Hause nehmen wollen, aber dann hatte er aus der Ferne die Leute beobachtet, die darin schrieben. Sie sahen so entspannt aus. Ein Mann hatte sogar geweint und gerufen: »Ab heute werde ich mit ausgestreckten Beinen schlafen!« Bei diesen Worten hatte Jaeyeol sich umgedreht und war mit leeren Händen heimgegangen.

Er konnte sich nicht dazu durchringen, das Tagebuch mitzunehmen, da die Leute, die darin schrieben, zu Yuyeols Freunden zu werden schienen. Er wollte nicht, dass sein Bruder sich einsam fühlte. Es belastete ihn, dass sein einst lebenslustiger jüngerer Bruder so viel seiner Zeit in der Schule in Noryangjin, in einer engen Bibliothek und einer stickigen Wohnung zugebracht hatte. Er hoffte, dass Yuyeol wenigstens im Himmel an einem Ort war, an dem geschäftiges Treiben herrschte.

Im Waschsalon suchte Jaeyeol verzweifelt nach dem Tagebuch, konnte es aber nirgends finden. Er schüttete den Korb mit den Fundsachen aus, aber es fielen nur Karten und Haargummis heraus. Da entdeckte er das lindgrüne Tagebuch auf dem Tisch. Jaeyeol ging darauf zu und nahm es in die Hand.

»Gefunden!«

Gerade als Jaeyeol hinausstürmen wollte, traten Hajun und Yeoreum herein, so aufgeregt, als wären sie auf einem Date. Kurz darauf kamen Mira und Nahi, ein Stoffkaninchen in der Hand, und noch bevor sich die Tür schloss, betrat Sewoong mit einem Laptop und einem Haufen zerknitterter Sommerhemden den Binggul-Binggul-Waschsalon.

Alle sahen Jaeyeol an, der das Tagebuch in der Hand hielt. Beim Anblick der roten langen Narbe wandten sie sich ab und begegneten den Blicken der anderen. Jaeyeol wollte hinauseilen, doch da trat ihm Herr Jang, der Jindols Leine hielt, in den Weg. »Sind Sie der Besitzer dieses Tagebuchs? Es ist der Schatz unseres Waschsalons.«

Alle waren derselben Meinung wie Herr Jang. Ihnen allen war durch das Tagebuch geholfen worden.

»Nun, es gehört nicht mir, sondern meinem Bruder«, sagte Jaeyeol verlegen.

»Also geben Sie es Ihrem Bruder zurück? Es ist schon so lange hier, dass wir dachten, es würde für immer bleiben. Wie schade. Ist diese Zeichnung ein Porträt Ihres Bruders?«

Bei Herrn Jangs freundlicher Stimme füllten sich Jaeyeols Augen mit Tränen. Er wusste nicht, warum, aber er wollte dem alten Mann alles erzählen. Es war erstaunlich. Dass

Leute in einen Waschsalon kamen, um in ein Tagebuch zu schreiben.

»Mein Bruder? Nein, er ist …«

Alle im Waschsalon Anwesenden, einschließlich Jindol und Ari, sahen Jaeyeol mit angehaltenem Atem an.

Und er erzählte ihnen die ganze Geschichte. Sie hörten ruhig zu, von Zeit zu Zeit blinzelnd. Sewoong schniefte, Tränen standen in seinen Augen.

Nachdem er sich die Geschichte mit düsterer Miene angehört hatte, sagte Herr Jang: »Der Kerl ist auch zu mir in die Apotheke gekommen. Ich habe nicht weit entfernt von hier gearbeitet. Er kaufte Hustensaft und wollte bar zahlen, aber ich hatte nicht genug Wechselgeld, weil heutzutage kaum noch jemand bar zahlt. Als ich ihn bat, mit Karte zu zahlen, fing er an zu fluchen, sagte, ich würde auf ihn herabsehen, weil er keine Kreditkarte hat, und trat gegen den Tresen. Als ich ihm drohte, die Polizei zu rufen, ging er einfach. Noch heute wird mir schwindelig, wenn ich daran zurückdenke. Dieser mörderische Blick.«

»Wann war das? Können Sie sich noch erinnern? Es ist so lange her, seit ich ihn gesehen habe, dass ich nicht weiß, wie er jetzt aussieht.«

Auf Jaeyeols eindringliche Frage antwortete Yeonwoo, die Ari im Arm hielt: »Ich habe ihn gerade erst gesehen! Es war definitiv dieser Typ. Bevor wir hierherkamen, hat er Steine nach meiner Katze geworfen. Hier im Yeontral-Park!«

»Sind Sie sicher?«, fragte Jaeyeol aufgeregt.

»Ja, ich studiere Kunst, deshalb kann ich mir Gesichter gut merken. Ich bin mir absolut sicher!«

»Los, schnappen wir uns den Kerl!«, sagte Sewoong und wischte sich Tränen aus den Augen.

»Das geht nicht. Wir brauchen Beweise, um ihm Handschellen anlegen zu lassen.« Jaeyeol schüttelte den Kopf. »Deshalb werde ich den Voice-Phishing-Anruf nutzen, den ich gerade erhalten habe, um ihn auf frischer Tat zu ertappen.«

»Ich weiß nicht, ob ich viel ausrichten kann«, sagte Herr Jang, »aber ich möchte helfen. Lasst ihn uns gemeinsam fangen!«

Und Mira, die ruhig zugehört hatte, sagte mit leiser Stimme: »Ich will auch helfen. Was kann ich tun?«

Nahi, die neben ihr stand, hob ihre Hand und sprang auf und ab: »Ich auch! Ich will helfen, den bösen Mann zu fangen!«

Alle Anwesenden waren einer Meinung. Auch Yeoreum und Hajun, die am Ende des Tisches Platz genommen hatten, nickten bereitwillig. »Dank dieses Tagebuchs habe ich gelernt, mich selbst zu mögen. Und mich in diesen Mann verliebt.« Yeoreum lächelte schüchtern.

Auch Yeonwoo presste die Lippen zusammen und war fest entschlossen.

»Vielen Dank euch allen …« Mehr konnte Jaeyeol, der seinen schwarzen Hut abgenommen und den Kopf gesenkt hatte, nicht sagen.

...

Sewoong, der zum Waschsalon gekommen war, um die Kleidung zu waschen, die er nach Hawaii mitnehmen wollte, klappte den Laptop auf, den er mitgebracht hatte, um Netflix zu schauen. Er war aufgeregt. Anders als im Büro, wo er den ganzen Tag auf den Monitor gestarrt und Zahlen eingegeben hatte, tanzten seine Finger nun regelrecht über die Tastatur. Es war so spannend; als hätte sich sein Traum verwirklicht, Polizist zu werden, wie er es in der Grundschule in das Feld für seinen Traumberuf geschrieben hatte.

»Fürs Erste habt ihr also beschlossen, euch beim Postamt zu treffen. Wir brauchen einen Plan für danach«, sagte Sewoong zu Jaeyeol.

»Richtig. Wenn ich alleine gehe, werde ich ihn bestimmt verlieren. Wenn ich das Geld bei der Post einem als Polizist getarnten Boten übergebe, wird der Kerl es auf jeden Fall in die Finger kriegen. Wir müssen ihn auf frischer Tat ertappen.«

Sewoong sagte: »Dann machen wir es so: Da der Bote dann ja Jaeyeols Gesicht kennt, werden wir von da an die Verfolgung übernehmen. Was meint ihr?«

»Überlasst das mir«, erwiderte Herr Jang. »Ein alter Mann wie ich erregt keinen Verdacht. Und da ich ihn schon einmal gesehen habe, würde ich sein Gesicht wiedererkennen, auch wenn es schon eine Weile her ist.«

»Ich auch!«, warf Yeonwoo ein. »Ich habe ihn gerade erst getroffen, also werde ich ihn auch erkennen. Und ich habe heute meine Laufschuhe an.«

»Dann seid ihr beide das Verfolgungsteam, und Hajun und Yeoreum …«

»Meine Fee und ich werden hier die Stellung halten und sehen, was wir tun können. Im Park sind viele Leute unterwegs, und wenn sie mich erkennen, wird das die Sache erschweren.«

Als Hajun Yeoreum als seine Fee bezeichnete, konnte Sewoong gerade noch ein Lachen unterdrücken. »Pfft. Gut, dann behalten wir drei von hier aus die Lage im Auge.«

»Ich will auch mitkommen.« Mira warf Nahi einen besorgten Blick zu.

»Ich auch!«

»Das geht nicht, Nahi. Du kannst mit den Erwachsenen nicht Schritt halten.«

»Ich will aber auch helfen.«

Yeonwoo verstand Miras Sorge und legte Ari in Nahis Arme. »Nahi, dieses Kätzchen heißt Ari. Kannst du dich um ihn kümmern, während wir den Bösewicht jagen?«

Miau.

Als Ari sein weiches Fell an ihrem Arm rieb, lächelte Nahi über das ganze Gesicht. »Ja, ich werde gut auf Ari aufpassen!«

Mira warf Yeonwoo einen dankbaren Blick zu. »Und welche Rolle werde ich spielen?«

»Willst du dich dem Verfolgungsteam anschließen?«

Auf Sewoongs Vorschlag hin nickte Mira.

»Wenn ich also jetzt zur Post gehe …«, begann Jaeyeol.

Gleichzeitig fragte Sewoong: »Aber wie kommen wir dorthin? Wenn wir dem Boten vom Postamt aus folgen wollen, brauchen wir ein Transportmittel.«

Leider hatte keiner der Anwesenden ein Auto zur Verfügung. Selbst diejenigen, die einen Führerschein hatten, besaßen keinen Wagen. Angesichts der unerwarteten Hürde kratzte Sewoong sich am Kopf. Da öffnete sich die Tür des Waschsalons und Miras Vater trat herein, mit einem

Kissen in der Hand, dem der lange Tag als Stütze eines Taxifahrers anzusehen war.

»Papa! Was machst du hier?« Mira sah Hyunsik überrascht an.

»Ach, du bist noch hier. Du sagtest, du würdest Wäsche waschen, da wollte ich dir das hier auch noch geben. Wenn ich es zu Hause wasche, verschwindet der Geruch nicht. Oh, Sie sind auch da.«

Hyunsik begrüßte Herrn Jang, der ebenfalls den Kopf zum Gruß neigte. Vor dem Fenster stand ein Taxi mit der Anzeige Nicht im Dienst.

»Dann lasst uns loslegen.«

Sewoong nutzte den Waschsalon als Kommandozentrale. Yeonwoo zeichnete schnell ein Bild von dem Kerl, den sie gerade gesehen hatte. Jedes Detail, von den unfokussierten Augen unter seiner Kappe, der Kurzhaarfrisur, dem schwarzen T-Shirt mit geometrischem Muster bis hin zur Halskette. Die Leute machten mit ihren Handys Fotos davon und betrachteten das Gesicht, um es sich einzuprägen.

Sewoong richtete einen digitalen Konferenzraum ein, der es mehreren Leuten erlaubte, sich gleichzeitig zu verbinden, und gab allen das Passwort. Insgesamt acht Personen schalteten sich ein: Sewoong hatte das Kommando, Jang und Jindol, Yeonwoo und Mira übernahmen die Verfolgung, Yeoreum und Hajun waren auf Standby, Hyunsik im Patrouillenteam und Jaeyeol war der Anführer. Yeonwoo und Mira steckten sich Kopfhörer in die Ohren.

»Ah, Herr Jang, die Kopfhörer. Sie haben keine, oder? Hier, nehmen Sie meine. Ich bleibe sowieso hier.«

Sewoong reichte Herrn Jang die kabellosen Kopfhörer, die neben seinem Laptop lagen. Doch Herr Jang lächelte nur und holte etwas aus seiner Tasche.

»Ich habe auch AirPods. AirPods Pro. Die Geräuschunterdrückung ist toll.« Herr Jang grinste breit, als er Sewoong die Kopfhörer zeigte, die noch besser waren als seine eigenen.

Nachdem die drei Personen mit Kopfhörern und Jaeyeol, der sich kurzerhand mit Yuyeols Handy einwählte, die Verbindung getestet hatten, gingen sie mit Hyunsik zur Tür und verließen den Binggul-Binggul-Waschsalon. Dies war der Beginn der *Operation Waschsalon*!

Das grüne Licht des Taxis, das Nicht im Dienst anzeigte, erlosch. Hyunsik startete den Wagen. Jaeyeol saß mit ernstem Gesichtsausdruck auf dem Rücksitz. Er musste den Kerl um jeden Preis erwischen. Sollte er Yuyeol jemals wiedersehen, wenn auch nur im Traum, würde er ihm diese märchenhafte Geschichte mit einem Lächeln erzählen können.

»Waschmaschine 1 startet!«

Hyunsiks durchdringende Stimme sollte nun aus den Lautsprechern des Laptops ertönen, was Sewoong hinter der Scheibe mit einem erhobenen Daumen bestätigte. Die Leute im Waschsalon legten die Hände zusammen. Dann fuhr das Taxi los.

Jaeyeol schaute aus dem Autofenster. Als sie sich vom Waschsalon entfernten, dachte er bei sich, dass es wahrlich ein Glück war, dass er Yuyeols Tagebuch hier zurückgelassen hatte. Seine hängenden Schultern richteten sich ein wenig auf. Wie lange war es her, dass er unter Leute gekommen war? Er fühlte sich erfüllt und warm, als hätte er hausgemachtes Essen bekommen.

Jaeyeol ballte die Hände zu Fäusten und dehnte seinen steifen Nacken. Warum gingen die Typen das Risiko ein, das Geld in bar entgegenzunehmen? Eine Banküberweisung wäre viel einfacher. Damit der Plan nicht schiefging, musste er ihre Handlungen durchschauen.

Dank des geübten Fahrers kamen sie in kürzester Zeit beim Postamt in Mangwon-dong an. Da dies an einer vielbefahrenen Kreuzung lag, war es größer als herkömmliche Postämter. Davor gab es einen Fußgängerübergang und die Ampelschaltung war kompliziert. Jaeyeol verstand, wieso die Typen diesen Ort ausgewählt hatten. Wenn sie die Signale zum Linksabbiegen und Geradeausfahren geschickt nutzten, könnten sie sich das Geld vielleicht sogar von einem Motorrad aus schnappen. Würde es dann gar keinen Boten geben? Jaeyeol überlegte: Warum gingen sie das Risiko ein, sich persönlich zu treffen?

In diesem Moment wurde ein Plakat vom Dach des Postamts ausgebreitet, auf dem stand: Voice-Phishing-Verbrechen können verhindert werden, indem das Bankkonto gesperrt und Abbuchungen um dreißig Minuten verzögert werden! Das war der Grund! Selbst wenn er das Geld überwiesen hätte, würde es nicht abgebucht, wenn er kurz danach eine Kontosperrung beantragen würde. Deshalb mussten sie es riskieren, das Geld von Zweifelnden in bar zu bekommen. Jaeyeols Mundwinkel gingen leicht nach oben.

»Wir sind da. Willst du gleich aussteigen?«

»Ja, ich steige jetzt aus.« Obwohl es noch nicht die

verabredete Zeit war, beschloss Jaeyeol, sich im Postamt umzusehen.

»Ich werde direkt vor der Tür parken, also komm dorthin, wenn du das Geld abgeliefert hast. Dann können wir ihm folgen.«

»Okay, dann bis gleich.«

Hyunsik zog eine Tasche unter dem Armaturenbrett des Beifahrersitzes hervor. Es war eine Einkaufstasche mit einem orangefarbenen Blumenmuster. »Steck das Geld hier rein.«

»Was?«

»So ist es gut zu sehen und wir können ihm leichter folgen. Wenn du es in einen Umschlag gibst, steckt er es vielleicht ein und taucht in der Menge unter.«

Jaeyeol stieg aus dem Taxi, die Tasche mit dem Blumenmuster in der Hand. Nachdem er einige Stufen hinaufgestiegen war, öffnete sich die automatische Tür und Jaeyeol betrat das Postamt.

Drinnen war es angenehm, die kühle Luft der Klimaanlage vermischte sich mit dem Geruch von Papier. Es roch ganz anders als in einer Bank. Jaeyeol sah sich um, auf der Suche nach einem Mann in Polizeiuniform. Meinten die Typen etwa, als Polizisten verkleidet käme man ihnen nicht auf die Schliche? Jaeyeol schnalzte mit der Zunge angesichts der zunehmenden Dreistigkeit der Betrüger.

Um ein Uhr, zur verabredeten Zeit, verließ ein Mann, der wie ein echter Polizist aussah, das Postamt. Kurz darauf betrat ein Mann, der eine medizinische Maske und Polizeiuniform trug, langsam das Postamt. Sie machten sich also die Mittagspause zunutze, während der echte Polizist nicht auf seinem Posten war. Als Jaeyeol sich dem Geldautomaten näherte, kam der Mann auf ihn zu.

»Sind Sie Gu Jaeyeol? Sie haben einen Anruf von der Polizeidirektion erhalten?«

»Ja, das ist richtig.«

»Wenn Sie das gesamte Geld von Ihrem Konto abheben und mir anvertrauen, werde ich es der Polizeidirektion übergeben. Sie könnten immer noch verfolgt werden, deshalb bleiben Sie bitte wachsam, bis Sie zu Hause sind. Aber sobald die Betrügerinnen oder Betrüger wissen, dass Sie uns das Geld übergeben haben, können sie Ihnen nichts mehr anhaben.«

»Ich verstehe.«

Die Aussage, dass ein Betrüger einen Betrüger fangen wollte, war lächerlich, aber Jaeyeol tat so, als wäre er überzeugt, und holte das Geld heraus. Er steckte die zehn Millionen Won in die orangefarbene Einkaufstasche, die Hyunsik ihm gegeben hatte. Um es nach mehr aussehen zu lassen, hatte er absichtlich Bündel mit 10 000-Won-Scheinen vorbereitet. Jaeyeol übergab die Tasche dem Betrüger, der sich als Polizeibeamter ausgab.

»Und wann bekomme ich mein Geld zurück?«

»Sobald wir die Herkunft des Geldes bestätigt haben, schicken wir es Ihnen zu. Machen Sie sich keine Sorgen. Gehen Sie nach Hause und warten Sie auf einen Anruf von der Polizeidirektion. Ich werde mich sofort auf den Weg machen, um das Geld sicher zu übergeben.«

Der Mann verabschiedete sich und ging gemächlich davon. Langsam und mit festen Schritten, als hätte er alle Zeit der Welt. Alles lief wie geplant.

»Hast du das Geld übergeben?«, fragte Hyunsik, nachdem Jaeyeol wieder in das Taxi gestiegen war.

»Ja, jetzt muss nur noch der Drahtzieher auftauchen.«

Hyunsik trat auf das Gaspedal, um dem falschen Polizeibeamten zu folgen. »Auf geht's, den schnappen wir uns! Hier ist Waschmaschine 1, Geldübergabe erfolgreich.« Er sprach in sein Handy, das wie ein Walkie-Talkie in der Halterung steckte.

»Hier spricht Gu Jaeyeol. Die Übergabe ist gut verlaufen. Wir folgen dem Mann in Polizeiuniform.« Jaeyeols Stimme zitterte leicht.

...

Sewoong, der alles über den digitalen Konferenzraum im Waschsalon verfolgte, hatte alle Hände voll zu tun. Während er sprach, schickte er eine Nachricht im Chatfenster:

Bargeld abgehoben, Übergabe abgeschlossen. Hyunsik und Jaeyeol folgen Mann in Polizeiuniform. Verfolgungsteam in Yeonnam-dong bereitmachen. Drahtzieher könnte auftauchen.

»Als wäre er die Cyberpolizei. Ein Naturtalent«, murmelte Yeonwoo beim Anblick des eifrigen Sewoong.

...

Mit Sewoongs Stimme in den Ohren schritten sie zur Tat. Herr Jang mit Jindol an der Leine sowie Yeonwoo und Mira machten sich auf den Weg zum Yeontral-Park, wo sie sich in der Nähe des vermuteten Stützpunkts des Drahtziehers bereithalten würden.

»Da ich den Kerl kenne, werde ich in Richtung Hongjecheon gehen.« Jindol schritt mit einem würdevollen Ausdruck neben Herrn Jang her, als wäre er ein Polizeihund.

Yeonwoo und Mira gingen in die entgegengesetzte Richtung, zum Aekyung Tower.

Am Freitagnachmittag war der Yeontral-Park genauso voller Menschen wie die Station Sindorim zu Stoßzeiten. Es herrschte reges Treiben, doch Jindol ging geschickt zwischen den Beinen der vorwiegend jungen Leute und Touristinnen und Touristen hindurch.

Das Taxi folgte dem Boten, der das Geld bei sich hatte. Der Schlüssel zum Erfolg dieser Operation war es, von den Betrügern nicht bemerkt zu werden. Hyunsik wechselte ganz natürlich die Spur und folgte dem Mann unauffällig. Bald darauf stieg dieser auf ein Motorrad, das wohl entweder gestohlen oder unter falschem Namen eingetragen war. Er fuhr von Mangwon-dong bis zur Kreuzung bei der Hongik-Universität, ohne anzuhalten, aber an der Linksabbiegerspur zum Yeontral-Park wechselte er plötzlich die Richtung, schlängelte sich zwischen den Autos hindurch und bog nach rechts ab.

»Bote unterwegs Richtung Station Hapjeong«, gab Jaeyeol durch.

»Deshalb habe ich auf die mittlere Spur gewechselt!«, sagte Hyunsik. »Okay, rechts abbiegen!«

Er schaltete eilig den Blinker ein, aber die Fußgängerampel sprang auf Grün und Leute überquerten die Straße. Während Hyunsik darauf wartete, dass die Ampel rot wurde, folgte er dem Boten mit Blicken. Dank der orangefarbenen, geblümten Einkaufstasche am Lenker war er leicht zu sehen. Auch Jaeyeol behielt das Motorrad im Auge. Als die Ampel umschaltete, trat Hyunsik aufs Gaspedal. Glücklicherweise staute es sich auf allen Fahrspuren, sodass der Mann nicht weit gekommen war und beim nächsten Fußgängerübergang wartete. An der Kreuzung bog er wieder rechts ab, fuhr durch eine kleine Gasse und kam schließlich zum Yeontral-Park.

Wie erwartet hatte er Yeonnam-dong nicht verlassen. Jaeyeol schluckte schwer. Dennoch konnte das Taxi mit dem flink durch die Gassen fahrenden Motorrad nicht mithalten. Als sie sich dem Gemeindezentrum näherten, beschloss Jaeyeol auszusteigen.

Dann rannte er los. »Hier spricht Gu Jaeyeol. Ich bin vor dem Gemeindezentrum ausgestiegen, weil die Gassen zu eng sind. Ich bin dem Motorrad auf der Spur! Es sind sehr viele Leute unterwegs, aber ich werde durchhalten!«

Nachdem er über den Konferenzraum alle informiert hatte, lief Jaeyeol noch schneller. Das Motorrad raste vom Gemeindezentrum in Richtung der Gegend, wo viele Wohnhäuser zu Cafés und Restaurants umgebaut worden waren. Da so viele Leute unterwegs waren, bemerkte der Mann Jaeyeol zum Glück nicht – allerdings verlor der den Boten in der Menschenmenge aus den Augen.

»Ich habe ihn verloren. Er ist nirgends mehr zu sehen.«

Alle im Konferenzraum lamentierten gleichzeitig: »Er hat sich in Luft aufgelöst.«

Von ihnen allen fühlte Jaeyeol sich am hilflosesten. Aber es war in Ordnung, denn sie hatten den Hobby-Cyberpolizisten Sewoong!

»Schon gut, schon gut. Wir sind schließlich nicht hinter dem Boten her, sondern dem Drahtzieher. Wir werden ihn aus seinem Versteck locken. In der Gegend sind einige neue Gebäude im Bau. Wahrscheinlich wird der Bote das Geld bei einer Baustelle abwerfen, weil es dort keine Überwachungskameras gibt. In der Nähe des Gemeindezentrums gibt es zwei, geht dorthin. Und schalte dein Handy ein, Jaeyeol. Wenn es immer noch aus ist, nachdem du das Geld übergeben hast, könnte er Verdacht schöpfen.«

Yeonwoo murmelte vor sich hin: »Jetzt hab ich's verstanden! Sewoong ist ein CSI-Fanatiker!«

Jaeyeol schaltete das Handy ein, auf dem er den Phishing-Anruf erhalten hatte. Da er das Geld übergeben hatte, würden sie nicht misstrauisch werden. Mit Yuyeols Handy in der einen und seinem Handy in der anderen Hand rannte er zu der Adresse, die Sewoong ihm geschickt hatte. Er sah ein im Bau befindliches Gebäude aus Stahlbeton, aber dort waren keine Motorradspuren. Er machte kehrt und lief zu der zweiten Adresse. Hier sah es aus, als wäre der Zement erst kürzlich in den Gebäuderahmen gegossen worden. Vielleicht hatten die Kerle diesen Ort für die Übergabe gewählt, weil sie wussten, dass die Bauarbeiten während der Aushärtungszeit stilllagen und weder Arbeiter noch Beamte vorbeikommen würden. Als er die Baustelle betrat, fühlte sich der Untergrund matschig an. Jaeyeols Füße hinterließen Abdrücke in dem noch feuchten Zement. Er trat hastig zurück. Außer seinen eigenen Fußabdrücken gab es keine weiteren Spuren, also war das auch nicht der richtige Ort.

Jaeyeol war erschöpft, aber er konnte nicht aufgeben.

Der Geschmack von Blut breitete sich in seinem Mund aus, und er schluckte ihn hinunter. Gerade als er wieder loslaufen wollte, sah er hinter einem Fass die orangefarbene Tasche mit Blumenmuster. Er öffnete sie. Leer. Offensichtlich hatte der Bote das Geld hierhergebracht. Der Kerl, mit dem Jaeyeol telefoniert hatte, musste hier gewesen sein. Obwohl er die Übergabe verpasst hatte, rannte Jaeyeol voller Hoffnung erneut los. Er informierte den Konferenzraum und fügte hinzu, dass er dem Betrüger dicht auf den Fersen sei.

Herr Jang, Yeonwoo und Mira, die in der Nähe des Parks gewartet hatten, sprangen gleichzeitig auf die Beine.

»Los geht's, Jindol!«

Herr Jang nahm ein Taschentuch aus seiner Hemdtasche, um sich die Schweißperlen von der Stirn zu wischen. Jindol blieb mit leuchtenden schwarzen Augen an seiner Seite, während sie durch die engen Gassen liefen.

»Die Choker-Halskette ist der Schlüssel«, sagte Yeonwoo, als sie Mira noch einmal die Zeichnung des Kerls zeigte.

»Prominente tragen oft solche Ketten, oder? Ein schwarzes Band, wie ein Hundehalsband.«

»Genau! Der Anhänger ist so klein, dass ich die Form nicht erkennen konnte, aber Männer tragen solche Halsketten normalerweise nicht, deshalb werden wir ihn auf den ersten Blick erkennen.«

Yeonwoo und Mira sahen sich die Menschen auf dem Weg vom Waschsalon zum Aekyung Tower genau an, aber unter all den vielen Leuten war es schwierig, jemanden mit einer Choker-Halskette auszumachen. Zudem waren viele von ihnen schwarz gekleidet. Die verzweifelte Mira hinterließ eine Nachricht im Konferenzraum:

Heute sind besonders viele Leute unterwegs. Vielleicht weil gerade Festivals an den Unis laufen. Man kann sie kaum voneinander unterscheiden.

Sewoongs Augen leuchteten, als er die Nachricht sah. Er warf Yeoreum und Hajun im Waschsalon einen Blick zu.

»Ich werde auftreten!«, verkündete Hajun. »Wenn wir YouTube Live einschalten und eine Ankündigung machen, können wir die Leute an einer Stelle versammeln.«

Auf Hajuns Vorschlag hin nickte Yeoreum. »Ich gehe mit! Um dir zu helfen, mehr Leute zu versammeln.«

Hajun öffnete seinen YouTube-Kanal und kündigte an, dass er in Yeonnam-dong auftreten würde. Sobald die Liveübertragung startete, schalteten sich immer mehr Abonnenten ein. Hajun aktivierte seine Handykamera und verließ den Waschsalon. Während er durch den Park lief, forderte er seine Fans auf, zu dem spontanen Event zu kommen.

Schließlich standen er und Yeoreum am Eingang zum Park, von wo aus sie den Aekyung Tower sehen konnten. Auf dem Weg hatten mehrere Leute Hajun erkannt. Yeoreum übernahm das Filmen ihres Freundes.

Anstelle eines Lautsprechers nahm der seine Hände zu Hilfe: »Hallo zusammen! Ich bin's, Hajun! Könnt ihr mich hören? Mein Auftritt beginnt gleich. Bitte helft mir, mehr Leute zu versammeln.«

Im Nu bildete sich eine Traube von Menschen um Hajun und Yeoreum. Wie Bienen, die sich um einen Honigtopf sammeln, war der Park schnell menschenleer. Auch Mira und Yeonwoo traten hinzu.

betrachtete die Leute, die herankamen, so aufmerksam, als würde sie ein Stillleben malen. *Unfokussierte Augen, schmächtiger Körper mit flatternden kurzen Ärmeln, Choker-Halskette, schwarze Kappe.* Während sie im Kopf die Merkmale des Kerls aufzählte, entdeckte sie ihn. Er war es definitiv! Der einzige Unterschied zu vorhin war, dass er nun eine schwarze Hüfttasche trug.

»Dort! Dort drüben ist er!« Erst rief Yeonwoo laut, dann senkte sie die Stimme zu einem Flüstern und stieß Mira mit dem Ellbogen an. »Ich bin mir sicher. Er trägt das Hundehalsband.«

Mira schrieb eine Nachricht im Konferenzraum: Zielobjekt vor einem Fotogeschäft Nähe Aekyung Tower entdeckt! Unterwegs in Richtung Hongjecheon. Trägt eine Bauchtasche, in der vermutlich das Geld ist.

Yeonwoo und Mira folgten dem Mann, der die gleiche Kleidung trug wie vorhin, als er Steine nach Ari geworfen hatte. Herr Jang, der ebenfalls in die Richtung unterwegs war, antwortete, dass er sich ihnen anschließen würde, und Jaeyeol war auch auf dem Weg. Sie folgten dem Mann vorsichtig, damit er sie nicht bemerkte, aber Yeonwoo fiel auf, dass er gelegentlich zurückblickte.

Mira wischte sich den kalten Schweiß vom Nacken. Sie hatte gedacht, Geld wäre das Einzige, das ihr noch mehr Angst machte als Kindererziehung, aber nun hatte sie das Gefühl, dass es da noch etwas anderes gab. Und zwar der unfokussierte, mordlüsterne Ausdruck in den Augen des Mannes.

Mehrmals wechselte er die Richtung, als hätte er etwas

gemerkt. Er bog vom Parkweg ab und führte Mira und Yeonwoo in eine verlassene Gasse. Zum Glück waren sie jedoch mit der Gegend vertraut. Yeonwoo lebte schon seit einiger Zeit in Yeonnam-dong und Mira bereits seit Kindheitstagen. Er hatte sich wohl bewusst für einen Ort mit nur wenigen Menschen entschieden und so entfernten sie sich immer weiter von dem Waschsalon in Yeonnam-dong, in dem sich ihre Kommandozentrale befand.

Mira und Yeonwoo plauderten beiläufig miteinander, damit der Typ keinen Verdacht schöpfte.

»Was wollen wir heute Abend essen? Scharfes Hühnchen? Ist schon eine Weile her, dass du bei mir warst.«

Mira schloss kurz die Augen. »Klingt gut. Und Kuchen zum Nachtisch. Vielleicht sollten wir auch ein paar Kerzen anzünden.«

»Heheh. Hmm.« Der Typ, der ihr Gespräch mitangehört hatte, lachte und hustete.

Das Geräusch seines trockenen Hustens jagte Yeonwoo einen Schauer über den Rücken.

Er blieb stehen und drehte sich um. Er warf Yeonwoo und Mira einen kurzen Blick zu, wobei sich seine Mundwinkel leicht nach oben zogen, und lief dann weiter. Nachdem er ihre Gesichter gesehen hatte, schienen seine Schritte leichter, als stellten die Frauen keine Gefahr für ihn dar.

Nach einer weiteren Nachricht von Mira, die immer wieder ihren Standort im Konferenzraum mitteilte, traf auch Herr Jang ein. Er war erschöpft und schweißgebadet. Ohne ein Wort zu Yeonwoo und Mira zu sagen, folgten er und Jindol dem Kerl.

Nachdem dieser an einem Requisitenladen vorbeigegangen war, in dessen Schaufenster ein rosa Traumfänger mit Federn hing, rannte er los. »Wenn ihr euch traut, folgt mir! Heh.«

Mit einem spöttischen Schnalzen der Zunge verschwand er.

In Panik rannten Yeonwoo und Mira ihm nach.

Herr Jang lief ebenfalls los, konnte jedoch nicht mithalten, und nach ein paar Schritten blieb er stehen. Als Jindol, der weitergelaufen war, von der Leine zurückgehalten wurde, schlug er mit den Vorderfüßen in die Luft.

»Hier spricht Gu Jaeyeol! Ich bin ihm auf den Fersen! Es könnte gefährlich werden, also seid vorsichtig. Wartet hier.«

Jaeyeols Stimme schallte aus den Lautsprechern des Laptops. Sewoongs Hände hielten auf der Tastatur inne. Für Yeonwoo und Mira könnte es gefährlich werden, aber das galt natürlich auch für Jaeyeol. Wenn der Kerl eine Waffe hatte und gewalttätig wurde, könnte er verletzt werden.

»Lasst uns ruhig bleiben. Ruhig bleiben …« Sewoong stieß einen tiefen Seufzer aus. Es sah wie ein tiefes Durchatmen aus, aber es war eine Mischung aus Unruhe und Angst. »Mira, kannst du mir mit deiner Handykamera die Umgebung zeigen? Oder mir sagen, was auf den Adresstafeln steht?«

Kurz darauf schickte sie ein Video, das zwar verwackelt vom Laufen war, aber Sewoong konnte sofort erkennen, wo sie war.

»Jaeyeol, ich habe dir die Adresse geschickt«, gab Sewoong durch. »Geh dorthin! Wir müssen ihn fangen, bevor er das Geld irgendwo versteckt. Es ist unser Beweismittel!«

Bei der Vorstellung des Kerls in Handschellen gewann Jaeyeol an Energie. Er biss die Zähne zusammen und rannte weiter. Da ging ein Anruf auf Yuyeols Handy ein.

»Hallo?«

»Hehe. Du bist das, oder? Der Bruder des Möchtegernpolizisten, der sich umgebracht hat, richtig? Sein großer Bruder Gu Jaeyeol. Ich hab's im Fernsehen gesehen. Dank deines Bruders waren die Nachrichten mal wieder interessant. Ach, wegen dir habe ich wieder dieselbe Nummer gewählt. Du bringst mich in Schwierigkeiten.«

»Stell dich. Ich gebe dir eine Chance. Oder nein, tu es nicht. Wir fangen dich selbst.«

»Ich frage mich nur: Hast du dein Auto gewechselt? Dein Bruder hat geheult, weil er dir mit dem Geld ein Auto kaufen wollte. Meinte, er würde nicht die Polizei rufen, wenn ich ihm das Geld zurückgäbe. Er war so erbärmlich, dass ich sogar darüber nachgedacht habe. Wer hätte gedacht, dass zwei Millionen Won das bewirken könnten. Heh.«

Jaeyeol dachte, sein Blut würde kochen, aber dann war ihm, als ob das Blut kalt durch seine Adern floss, und sein Geist wurde immer klarer. Er ballte die Hände zu Fäusten. Er musste den Kerl um jeden Preis schnappen.

Am anderen Ende herrschte Stille, dann war erneut ein Husten zu hören.

»Heh. Sag, hast du etwa auch eine Schwester? Wie amüsant. Der Opa und die Kleine haben aufgegeben, aber sie ist eine gute Läuferin.«

...

Der Mann stand vor einer grauen Wand, die Risse aufwies, als wäre ein Auto dagegen gefahren. Es war eine Sackgasse, aus der es keinen Ausweg gab. Die Augen des Mannes zuckten, er lächelte. Während er mit Jaeyeol telefonierte, schweifte sein Blick über Mira.

Der Mann hieß Go Hwapyeong. Mit zweiundzwanzig Jahren hatte er seinen Job in einem Handyladen verloren. Er war dabei erwischt worden, wie er die persönlichen Daten eines Kunden nutzte, um ein neues Mobiltelefon zu aktivieren und damit Zahlungen vorzunehmen. Es war zwar kein großer Betrag gewesen, aber als er dem Geschäftsinhaber gestand, dass er fünfzigtausend Won für Items in Videospielen ausgegeben hatte, wurde er auf der Stelle entlassen.

Hwapyeong war ein Opfer der sogenannten Joseon-Hölle, der Generation junger Koreanerinnen und Koreaner, die keinen Job fanden, und selbst wenn, konnten sie sich kein Wohneigentum leisten und blieben meistens unverheiratet. Da sie nicht einmal eines dieser drei Dinge erreichten, standen sie am untersten Ende der sozialen Hierarchie und wurden als abnormal abgestempelt.

Hwapyeong wollte dem entkommen.

Als er nach China gegangen war, um sich neue Fähigkeiten anzueignen, und in Casinos herumschnüffelte, kümmerte es seine Eltern nicht. Sie nahmen an, nichts von ihm zu hören, wäre ein gutes Zeichen. Mit dem Geld, das er von seiner Arbeit gespart hatte, war er in ein schickes Casino gegangen, hatte all sein Vermögen riskiert, am Ende verloren und Schulden in Höhe von zehn Millionen Won.

Und nachdem ihm gesagt wurde, dass es einen Job gäbe, mit dem er in einem Monat alles abbezahlen könnte, hatte er angefangen, für eine Voice-Phishing-Organisation zu arbeiten.

Anfangs war er nervös gewesen, und obwohl er sich an das Skript hielt, juckten die Worte in seinem Hals und er musste husten. Aber je mehr Leute er austrickste, desto mehr hatte er das Gefühl, aufzusteigen. Er wurde sogar wütend, wenn sein Gegenüber nicht darauf hereinfiel oder kein Geld schickte. Seine Siegermentalität erwachte. Wenn er ein Telefonat erfolglos beendete, überkam ihn ein Minderwertigkeitsgefühl. Sobald er am Telefon war, versuchte er, sich in die andere Person hineinzuversetzen, sie in einem Würgegriff zu halten und dazu zu bringen, das Geld zu überweisen. Ob es eine Million war oder zehn Millionen, er war erst zufrieden, wenn er das Geld besaß. Und nachdem er seine Schulden abbezahlt hatte, wollte er nicht nach Korea zurückkehren.

Die Phishing-Arbeit machte ihm Spaß und strengte ihn nicht an. Allerdings wurde sein Husten immer schlimmer, sodass er schließlich einen Arzt aufsuchte, der eine Speiseröhrenverengung diagnostizierte. Hwapyeong wurde abhängig von Medikamenten. Nachdem ihm gesagt worden war, dass er seine Stimme verlieren könnte, wenn er sich nicht umfassend behandeln ließe, stieg er in ein Flugzeug nach Incheon.

Nach seiner Rückkehr nach Korea hatte er nicht mehr Telefondienst, sondern arbeitete als Geldeintreiber. Seine Aufgabe bestand darin, das Geld von Boten einzusammeln, umzutauschen, zu waschen und nach China zu schicken.

Doch als die Telefonstelle diesmal Jaeyeol angerufen hatte, war es zu einer seltsamen Wendung gekommen und er war aufgeflogen.

Miras Handy klingelte. Ohne dem Blick des Mannes vor sich auszuweichen, holte sie langsam ihr Handy aus der Tasche. Es war Sewoong.

»Alles in Ordnung? Gib mir deinen Standort durch, sofort!«

»Ich schicke ihn gleich.«

Sie legte auf und öffnete die Karten-App, die ihren aktuellen Standort zeigte. Der Blick in Hwapyeongs Augen war furchteinflößend. Gerade als Mira ihren Standort teilen wollte, schaltete sich ihr Handy aus. »Nein!«

Sie hatte gewusst, dass der Akku ihres mehr als fünf Jahre alten Handys nicht mehr lange halten würde, aber warum ausgerechnet jetzt?

»Hehe. Fang mich, wenn du kannst.« Als Hwapyeong Miras erschrockenes Gesicht sah, beendete er den Anruf mit Jaeyeol.

...

Sewoong, der mit verschwitzten Händen im Waschsalon auf eine Nachricht wartete, rief Mira an. Was er hörte, ließ ihn schier verzweifeln. »Der gewünschte Teilnehmer ist gerade nicht erreichbar.«

»Nein!«

Er teilte den anderen mit, dass ihre Tarnung aufgeflogen war.

Jegliche Kraft wich aus Herrn Jang und Yeonwoo.

Auch Jindol ließ die Zunge hängen und schnappte nach Luft. Sie beschlossen, sich auf die Suche nach Mira zu machen.

Sewoong war ebenfalls außer Atem, als wäre er mit ihnen durch die Gassen gerannt. Zur Sicherheit erstattete er Anzeige bei der Polizei und bat um eine Patrouille in der Umgebung.

...

Mira ließ sich nicht von Hwapyeong einschüchtern. Sie blieb standfest, und dafür gab es einen guten Grund. In der Sackgasse, in der er stand, befand sich zufällig auch die Weonjin-Villa, in der sie bis vor Kurzem gewohnt hatte. Eine abgelegene Gasse, in der der Bus des Kindergartens nicht einmal wenden konnte. Mira war mit der Geografie dieses Ortes vertraut, aber ihre Gedanken rasten. Wie gut standen ihre Chancen, einen Kampf gegen diesen dürren Kerl zu gewinnen? Hatte er in der Hüfttasche vielleicht auch eine Waffe versteckt? Kalter Schweiß lief ihr den Rücken hinunter. Das Gesicht von Nahi, die im Waschsalon mit der Katze spielte, tauchte vor ihrem geistigen Auge auf.

Beim Anblick von Miras besorgtem Gesichtsausdruck lachte Hwapyeong. Wie der Joker in dem Film *The Dark Knight*. »Du hast Angst, oder? Geh einfach aus dem Weg. Heh.«

»Ich habe keine Angst. Meine Unterarme sind dicker als deine Oberschenkel. Du schüchterst mich nicht ein. Das Einzige, wovor ich Angst habe, ist Geld.«

»Du magst also Geld. Heh. Wenn du mit mir zusammenarbeitest, kann ich dir viel davon geben. Mehr als du denkst. Hehe.«

Hwapyeong, der bereit war, jeden Moment wegzulaufen, stand Mira gegenüber, die nicht einmal einen Tropfen Wasser vorbeilassen würde.

»Vergiss es. Wenn ich mit dir gemeinsame Sache mache, lande ich im Gefängnis und sehe meine Familie nie wieder.«

»Vor lauter Angst redest du schon Unsinn.«

Mira sprach absichtlich lauter, um entspannt zu klingen. »Weißt du, was wirklich beängstigend ist? Wenn man einen Tiefpunkt erreicht. Deshalb zittere ich, aber ich habe keine Angst. Man muss erst ganz unten ankommen, um wieder aufsteigen zu können.«

Der höhnisch lächelnde Mann holte etwas aus seiner Hüfttasche. Es war ein kleines Messer. Die Klinge blitzte im Sonnenlicht auf. Sie war zwar kurz, aber scharf genug, um jemanden zu verletzen.

Mira kämpfte gegen die aufsteigende Panik an und beschloss, sich nicht von der Stelle zu rühren, bis jemand kam.

»Hehe, halt die Klappe, sonst zerschneide ich dir den Mund.«

Gerade als er sich auf Mira stürzen wollte, öffnete sich die Tür der Weonjin-Villa. Zwei Arbeiter trugen die kaputte Waschmaschine aus Miras ehemaliger Wohnung. Die Arbeiter, die nicht wussten, was vor sich ging, bemerkten das Messer in Hwapyeongs Hand. Als sie den Ausdruck in Miras Gesicht sahen, stellten sie die große, schwere Waschmaschine direkt vor dem Mann ab, um ihm damit den Weg zu versperren.

»Weg damit!«, keifte Hwapyeong. »Auf der Stelle!«

In dem Moment bog Jindol in die Gasse. Als er Mira erblickte, wedelte er mit dem Schwanz und bellte laut. Seinem Bellen folgend, trafen kurz darauf auch Herr Jang, Yeonwoo und Jaeyeol ein.

Hwapyeong sah eine Gelegenheit und sprang schnell über die Waschmaschine.

Jaeyeol lief auf ihn zu und packte ihn mit aller Kraft an der Schulter. Hwapyeong wehrte sich und schwang das Messer in seiner Hand. Eine rote Blutspur lief über Jaeyeols linke Wange, aber er ließ nicht los, während Hwapyeong wild mit dem Messer um sich schlug. Jaeyeol wich aus und ließ dabei Hwapyeongs Schulter los, streckte aber schnell den Arm aus und packte die Hüfttasche mit dem Geld darin.

»Lass los! Loslassen, sag ich! Ich gebe dir dein Geld zurück, also lass mich gehen!«

»Das reicht nicht. Du musst für deine Taten bezahlen.«

Jaeyeol zog mit aller Kraft an der Hüfttasche. Hwapyeong fiel zu Boden. Als er sich aufrappelte, um zu fliehen, stürzte Jaeyeol sich auf ihn. Ein Streifenwagen hielt vor der Gasse, und gleich darauf wurden Hwapyeong Handschellen angelegt.

Jaeyeol holte tief Luft. »Wir haben ihn erwischt. Vielen Dank für alles«, teilte er über den Konferenzraum mit.

Sewoong, der im Waschsalon die Stellung hielt; Herr Jang, Yeonwoo und Mira, die vor Ort waren; Yeoreum und Hajun, der gerade seinen Auftritt beendete; und Hyunsik, der für den Fall der Fälle im Taxi gewartet hatte, ließen erleichtert die Schultern sinken.

Obwohl Go Hwapyeong auf frischer Tat ertappt und in Gewahrsam genommen worden war, sagte er noch zu Yeonwoo: »Hehe. Dir gehört doch diese Katze. Ich habe deine Telefonnummer. Von dem Flyer. Hehe. Hmm.«

Erschrocken wollte Yeonwoo den Blick abwenden, doch dann schaute sie ihn direkt an und zeigte ihm den erhobenen Mittelfinger. Sie war nicht mehr dieselbe wie noch vor einer Woche. Sie wusste, dass sie stark sein musste, um das zu schützen, was ihr wichtig war.

Ein stetiger Blutstrom lief über Jaeyeols linke Wange. Seine Hände zitterten vor Anspannung. Tränen stiegen ihm in die Augen. Endlich konnte er zu seinem Bruder gehen. War es schon zu spät? 25. November. Der Jahrestag von Yuyeols Tod. Er würde auf jeden Fall Ramyeon zum Grab bringen.

»Ich komme bald zu dir, Bruder. Jetzt kann ich es.«

Sanft legte sich ein Taschentuch auf Jaeyeols Wange, um die Blutung zu stoppen. »Mein Sohn ist plastischer Chirurg an einer nahegelegenen Universitätsklinik«, sagte Herr Jang. »Auch wenn er mich nicht sehr gut versteht, seine Arbeit macht er gut. Du solltest diese Narbe entfernen lassen. Die Verletzung von heute können wir auch gleich behandeln lassen. Ich komme mit dir.«

Erst da grinste Jaeyeol und enthüllte seine gepflegten Zähne. Er hob den Kopf und schaute in den Himmel. Er war so blau und schön. Eine sanfte Brise strich über seine Nasenspitze. Er dachte an den Binggul-Binggul-Waschsalon. Es war ein guter Tag, um ein zerknittertes Herz reinzuwaschen. Wenn Yuyeol auch von diesem Ort gewusst hätte, wäre er sicher nicht gesprungen …

Ein unsichtbarer Wind hüllte Jaeyeol ein. Ihm war, als würde Yuyeol ihn umarmen. Jaeyeol hielt still und schloss die Augen. Von irgendwoher kam der warme, schwache Duft, den er gerochen hatte, als er zum ersten Mal den Binggul-Binggul-Waschsalon in Yeonnam-dong betreten hatte.

Jujube-Ssanghwatang

Daeju wartete auf einen Anruf von Suchan, der am anderen Ende der Welt und siebzehn Stunden hinterher war. Es war sechs Minuten nach fünf Uhr morgens. In ein paar Minuten musste er aufstehen und ins Krankenhaus gehen, aber sein Körper bewegte sich nicht. Die plötzliche Kältewelle schien ihm all seine Energie geraubt zu haben.

»Nach dem Mittagessen hätte er sich melden sollen, warum kommt kein Anruf?« Daeju blickte erneut auf sein Handy. Um Suchan zu helfen, schneller Englisch zu lernen, befolgten sie seit Monaten die Regel seiner Frau, dass Suchan nur einmal am Tag Koreanisch sprechen durfte, wenn er mit seinem Vater telefonierte. Dank dieser Regel sei seine Aussprache schon viel besser geworden.

Für andere mochte seine Position als behandelnder Arzt an einem Universitätskrankenhaus und als anerkannter plastischer Chirurg beneidenswert erscheinen, aber Daeju verstand nun, dass sein Leben gar nicht so besonders war. Einige seiner Kollegen konnten wegen Unfruchtbarkeit keine Kinder bekommen, aber Suchan, den Daeju und seine Frau in ihrem zweiten Ehejahr bekommen hatten, war gesund und klug. Schon früh wurde bei ihm eine Hochbegabung festgestellt, und nun war er mit seiner Mutter nach Orange County in Kalifornien gezogen, wo er sich mit der englischen Sprache herumschlug und mit einem Minderwertigkeitsgefühl gegenüber Kindern aus reicheren Familien aufwuchs.

Auch als die Sonne durch die Wolken brach, kam kein Anruf. Gerade als Daeju anfing, sich Sorgen zu machen, ging eine Nachricht seiner Frau ein.

Schatz, tut mir leid. Heute wird der Anruf nicht klappen. Suchan hat noch so viel vorzubereiten für das Pferdecamp.

Er richtete sich im Bett auf. Um den heutigen OP-Plan zu bewältigen, musste er nun schnell frühstücken. Mit über vierzig fiel es ihm schwer, auf das Frühstück zu verzichten.

Auf dem Esstisch für vier Personen standen einige halb leere Plastikbehälter. Ein Sonderangebot aus einem kleinen Laden im Wohnkomplex: Geschmortes Rindfleisch, gebratenes Kimchi und Sardellen mit getrockneten Jujuben im Dreierpack für zehntausend Won. Daeju, der es inzwischen gewohnt war, allein zu essen, betrachtete die Beilagen stirnrunzelnd.

Gestern Abend nach seiner letzten Operation war er in den Laden gegangen, hatte willkürlich ins Kühlregal gegriffen und wer hätte es gedacht: Unter den Sonderangeboten waren auch Jujuben.

Als Kind war er wegen seines Namens gehänselt und Juju genannt worden, und so hatte er eine Abneigung gegen Jujuben entwickelt. Auch jetzt, wo er über vierzig war, mochte er sie nicht und sah sie lediglich bei der Ahnenzeremonie für seine Mutter. Vielleicht störten ihn deshalb die gebratenen Sardellen mit getrockneten Jujuben.

Piep, piep, piep.
Die Mikrowelle signalisierte, dass der Instantreis fertig war. Er überlegte, den Reis in eine Schüssel zu geben, aber es erschien ihm wie Luxus, sich für eine Mahlzeit, die er allein aß, Mühe zu geben. Er hatte auch nicht die Zeit dafür. Als er zum ersten Mal Instantreis gegessen hatte, hatte er den schwachen Geruch von Plastik gehasst, aber jetzt war essen für ihn etwas, durch das er wie ein Roboter seine Batterien auflud.

»Guten Morgen, Herr Doktor!«
Als Daeju aus seinem Büro trat, warteten die Praktikanten und Ärztinnen, die ihn auf seiner Visite begleiten würden, bereits frisch und ausgeschlafen auf ihn, obwohl einige von ihnen wahrscheinlich die ganze Nacht durchgemacht hatten. Früher war er auch so gewesen. Er schaute in die Gesichter der Assistenzärztinnen und -ärzte, denen der Stolz, Mediziner in weißem Kittel und gebügelter Kleidung zu sein, anzusehen war. Er beneidete sie. *Ich werde wohl alt, weil ich neidisch auf ihre Jugend bin*, dachte er bei sich.

Nach einer kurzen Begrüßung begann er seine Runde. Wie üblich verschrieb er Patientinnen und Patienten, die über Schmerzen klagten, Injektionen und stärkere Antibiotika, und forderte jene, die sich den Krankenhausaufenthalt nicht mehr leisten konnten, auf, ihre Zimmer zu räumen.

In der Abteilung für plastische Chirurgie an der Universitätsklinik gab es viele Patientinnen, die sich nach einer Brustkrebsoperation einer Brustrekonstruktion unterzogen, und die meisten wurden von ihren Töchtern gepflegt. Er fragte sich, ob die Leute deshalb sagten, dass eine Tochter besser sei als ein Sohn, aber sein Bankkonto war zu weit im Minus, um über ein zweites Kind nachzudenken.

Als er in seinem Büro eine kurze Pause machte, klingelte sein Handy. Seine Frau.

Er nahm ab. »Wie laufen die Vorbereitungen für das Camp?«

»Hallo, Schatz. Du hast heute Morgen auf den Anruf gewartet, oder? Tut mir leid. Es gibt so viel vorzubereiten. Da Suchan als Einziger nicht regulär beim Reitprogramm mitmacht, müssen wir die ganze Ausrüstung und Kleidung ausleihen.«

»Nur Suchan?«

»Ja, nur unser Suchan.« Ihre Stimme klang traurig und nervös.

»In Korea hat er nie reiten gelernt.«

»In Korea haben Golf und Eishockey gereicht, aber hier ist Reiten ein Muss. Er wird es brauchen, wenn er aufs College geht. Hat dein Vater immer noch nicht vor, das Haus zu renovieren?«

»Reicht das Geld nicht? Ich weiß nicht, wo ich noch welches zusammenkratzen soll.«

»Nur Suchan trägt geliehene Kleidung. Die anderen Kinder haben sogar eigene Pferde, dann sollte zumindest die Ausrüstung ähnlich sein. Ich schäme mich dafür, ihm geliehene Sachen zu geben. Ich habe gelogen, dass die maßgeschneiderten Kleider noch nicht angekommen sind, aber irgendwann werden sie es merken. Die Mütter hier sind anders als die in Daechi-dong. Manche haben sogar Babysitter aus Korea.«

Daeju wollte das alles nicht hören. Er pochte auf den Tisch, um ein Klopfen an der Tür vorzutäuschen, und sagte, er habe einen wichtigen Termin. Dann legte er auf und öffnete die Mobile-Banking-App, um sein Guthaben zu überprüfen, aber er konnte nicht mehr Geld herbeizaubern. Wenn er seinen Vater letztes Mal überredet hätte oder wenn dieser nicht zusammengebrochen wäre, hätte er Suchan mit der Miete von dem renovierten Haus in Yeonnam-dong ein besseres Leben ermöglichen können.

Den Traum von einem baldigen Sabbatjahr hatte er schon lange aufgegeben. Er hatte gehofft, ein Jahr mit Suchan verbringen zu können, aber dann würde er nicht befördert werden, und mit einem Job auf einer Farm in Orange County würden sie den Lebensunterhalt nicht decken können. »Nur unser Suchan« – die Worte seiner Frau gingen ihm nicht aus dem Kopf.

Das Telefon klingelte wieder, aber diesmal war es nicht seine Frau, sondern ein Studienkollege, der in Apgujeong eine Klinik für plastische Chirurgie eröffnet hatte, die recht gut lief. Er bat Daeju, am Wochenende auszuhelfen. Eine Operation in einer anderen Klinik durchzuführen, während er an einem Universitätskrankenhaus angestellt war, war ein Vertragsverstoß. Wenn er erwischt würde, wäre das ein Grund zur Entlassung. Aber als Daeju hörte, dass der Tageslohn eine Million Won betrug, galoppierte ein braunes Pferd vor seinem geistigen Auge vorbei. Wenn er jedes Wochenende arbeitete, wären das acht Millionen im

Monat. Jetzt winkte das braune Pferd, das mit Suchan über die Wiese lief, Daeju zu.

Er sagte zu. »Gut, ich mach's. Aber nur Operationen im OP-Saal.«

Nach Feierabend fuhr er von Sinchon zu seiner Wohnung in Banpo, einem Stadtteil von Gangnam. Sein Körper zitterte, als hätte er Schüttelfrost. Bei dem Bericht, dass Suchan als Einziger geliehene Reitausrüstung trug, war sein Mund trocken geworden, was wohl ein Zeichen war, dass er krank wurde, weil er auch kaum etwas gegessen und ohne Unterbrechung operiert hatte. Er ging in den Lebensmittelladen am Eingang des Wohnkomplexes und kaufte eilig ein Erkältungsmedikament. Er musste selbst darüber lachen, dass er als Arzt in einem Universitätskrankenhaus keine Notfallmedikamente zu Hause hatte, aber da Suchan nicht da war, bestand keine Notwendigkeit dafür. *Ich muss nur heiß duschen und mich ausschlafen, dann kann ich morgen wieder arbeiten.*

Beim Öffnen der Eingangstür streifte ein kühler Hauch seine Nase. Auf dem kalten Boden wurden seine Füße taub. Er überprüfte den Heizkessel. Die blauen Zahlen auf der Anzeige flackerten. Er drückte fest auf den Einschaltknopf des Thermostats, woraufhin die Meldung Fehlercode 08 erschien. Er ging ins Badezimmer und drehte das Warmwasserhahn auf, aber das Wasser war eiskalt.

Als er bei der Hausverwaltung anrief, sagte man ihm, dass nach dem Kälteeinbruch allein heute mehr als zehn Haushalte dasselbe Problem gemeldet hätten. Für die Reparatur solle er sich direkt an die Heizungsfirma wenden. Er suchte im Internet nach einer Reparaturfirma und bat um den frühestmöglichen Termin, aber selbst der war erst eine Woche später. »Verdammt, wo soll ich bis dahin bleiben?«, grummelte er. »In dieser Eishöhle kann ich unmöglich schlafen.«

Wenn er im Haus seines Vaters in Yeonnam-dong Zuflucht suchte, würde dieser nur nörgeln, weil er in einer teuren, aber nutzlosen Wohnung in Gangnam lebte. Aber es gab keine andere Möglichkeit. Er rief an, bevor es noch später wurde.

»Was ist los, um diese Zeit?«

»Vater, ich bin's …«

»Drucks nicht herum, raus mit der Sprache, ich will mit Jindol spazieren gehen.«

»Der Heizkessel ist kaputt, deshalb muss ich wohl ein paar Tage bei dir in Yeonnam-dong wohnen.«

»Herrje, diese überteuerte Wohnung. Dann komm jetzt gleich, in einer eiskalten Wohnung kannst du doch nicht schlafen. Zum Krankenhaus ist es auch nicht weit. Bring einfach ein paar Klamotten mit.« Nach diesen Worten legte Herr Jang auf.

Daeju seufzte, verstaute sein Gepäck im Kofferraum und machte sich auf den Weg zum Haus seines Vaters. In den Gassen von Yeonnam-dong wurde das Fahren schwieriger. Es war gegen Ende des Jahres und viele Leute feierten oder torkelten betrunken herum. Daeju hatte Angst, dass jemand gegen seinen kostbaren Porsche stoßen könnte, den er gerade erst abbezahlt hatte.

Endlich erreichte er das blaue Tor. Das Haus, in dem er von klein auf bis zu seiner Hochzeit gelebt hatte. Nun war dieser Ort für ihn so fremd, unbehaglich, ungewohnt und manchmal sogar lästig. Im Scheinwerferlicht sah er, wie sein Vater mit Jindol an der Leine vor dem Tor auf und ab ging.

»Egal wie teuer die Wohnung in Gangnam ist, der Heizkessel gibt in der Kälte genauso den Geist auf. Ich verstehe nicht, warum du unbedingt so eine Wohnung wolltest«, sagte Herr Jang wie zu sich selbst, sobald Daeju den Koffer im Wohnzimmer abgestellt hatte.

Daeju stieß hörbar die Luft aus und schob den Koffer beiseite. Da fiel ihm eine säuberlich abgelegte Urkunde ins Auge, die seinen Vater als tapferen Bürger auszeichnete. Er wollte mit seinem Vater schimpfen, weil er so kurz nach seinem Krankenhausaufenthalt auf die Jagd nach einem Verbrecher gegangen war, aber er hielt sich zurück.

Herr Jang deutete auf das große Schlafzimmer und sagte: »Du kannst dort schlafen. Ich bleibe lieber im Wohnzimmer bei Jindol.«

»Okay.«

Daeju folgte den Worten seines Vaters ohne Einwand. Er hatte keine Energie zum Streiten. Die Wirkung der Medizin reichte bis in seine Fingerspitzen, sein Körper war müde und seine Augenlider waren schwer. Alles, was er wollte, war sich hinlegen. Er nahm eine ausgiebige Dusche, bevor er ins Bett ging. Es war das Bett, das seine Mutter, Kim Gilye, und sein Vater sich bis zu ihrem Tod geteilt hatten, und dieser Raum war dreißig Jahre lang Daejus Schlafzimmer gewesen. Es war ein seltsames Gefühl. Gerade als er versuchte, sich das Gesicht seiner Mutter in Erinnerung zu rufen, hörte er über sich ein paar dumpfe Schläge, gefolgt von Gelächter. *Das muss die Familie sein, die Vater geholfen hat, als er zusammengebrochen ist. Was ist wohl so lustig?*

Jedes Mal, wenn er einschlief, weckte ihn das Lachen wieder auf. Hatte Suchan in Kalifornien auch so viel Spaß? Daeju, der seine Familie vermisste, kuschelte sich in die Bettdecke, fühlte jedoch immer noch einen kühlen Windhauch, als wäre irgendwo ein Loch in der Wand. Warum war es heute überall so kalt?

»Hast du gut geschlafen?«, fragte Daeju zur Begrüßung, als er sich Herrn Jang gegenübersetzte, der gerade Salz in die Rindsuppe rührte.

Jindol lag auf dem Bauch, das Kinn auf die Pfoten gestützt.

»Komm, lass uns essen. Das Krankenhaus ist nicht weit weg, also hast du genug Zeit.«

Der Dampf der Rindsuppe stieg zwischen dem unbeholfenen Vater und seinem Sohn auf. Bald war nur noch das Klirren von Löffeln auf Porzellan zu hören, unterbrochen von Schritten aus dem oberen Stockwerk.

»Die Schallisolation ist nicht gut. Vielleicht ging der Umbau zu schnell. Ist es immer so laut? Selbst in der Nacht hab ich sie gehört.« Daeju runzelte die Stirn und legte seinen Löffel ab.

»Die Tochter ist sehr aktiv und lacht viel. Es ist schön, die Geräusche eines bewohnten Hauses zu hören. Wenn die Familie nicht wäre, wäre ich jetzt nicht mehr da. Hm, und wie geht es dir?«

Menschen änderten manchmal schon allein beim Gang auf die Toilette ihre Meinung, aber wie hatte sein Vater, der so lange darauf beharrt hatte, allein wohnen zu wollen, ihm so in den Rücken fallen können? Daeju war dankbar dafür, dass Mira seinen Vater schnell gefunden und ins Krankenhaus gebracht hatte, und auch sein Vater schien ihr zu Dank verpflichtet zu sein. Deshalb hatte er ihr das halbe Haus zu so einem niedrigen Preis vermietet. Er fühlte sich schlechter als eine diebische Elster, weil er in letzter Zeit jeden Pfennig zwei Mal umdrehte.

Als sich die Frustration in Daejus Gesicht abzeichnete, sagte Herr Jang zu ihm: »Dein Stöhnen war sogar durch die Tür zu hören. Ein Arzt sollte doch auch auf sich selbst achtgeben.«

»Ärzte sind auch nur Menschen. Sie können genauso krank werden.«

»Wenn es mit der Reparatur des Heizkessels zu lange dauert, soll ich mit den Bewohnern des oberen Stockwerks reden? Der Vater ist Heizungsinstallateur, vielleicht kann er es persönlich machen.«

»Lass gut sein. Ich habe schon einen Termin. Nicht dass das Problem noch schlimmer wird.«

»Er ist professioneller Ingenieur, er könnte ihn sicher reparieren. Wenn ich ihn sehe, werde ich ihn darauf ansprechen.«

»Ich sagte, lass es bleiben. Ich will ihm nichts schulden müssen!«

»Wenn du jemandem etwas schuldest, zahlst du es ihm zurück. So leben die Menschen, in einem Kreislauf. Wenn du alleine leben und zurechtkommen willst, warum baust du dir nicht ein Haus auf dem Rücken wie eine Schnecke?«

»Wie lange werden sie denn den oberen Stock mieten? Sie werden wohl nicht bloß zwei Jahr bleiben oder ausziehen, wenn ihre Situation sich bessert. Wie lange willst du sie hierbehalten und Miete zahlen lassen, die nicht einmal den Namen verdient?«

»Wenn du meinst, es wäre Verschwendung, dann sieh es als den Preis für das Leben deines Vaters an. Wie ich schon sagte, wenn diese Familie nicht gewesen wäre … Oder wäre es dir lieber, wenn ich gestorben wäre?«

»Hör auf!«

Bei Daejus lautem Ton erhob sich Jindol, der zu Herrn Jangs Füßen gelegen hatte. Herr Jang stand ebenfalls auf und ging zum Waschbecken, wo er ein sauberes Glasfläschchen hochhob, das in heißem Wasser sterilisiert worden war.

»Geh schon, deine Patienten warten. Komm nicht zu spät.«

Als er Herrn Jangs niedergeschlagene Stimme hörte, fühlte Daeju sich noch unwohler. »Wofür sind all die Fläschchen?«

»Ich werde Jujube-Ssanghwatang aus den Früchten zubereiten, die ich im Herbst von den Jujuben gepflückt habe.«

»So viel?«

»Ich will mehr machen, damit ich auch etwas zum Waschsalon bringen kann.«

»Dieser verdammte Waschsalon … Bleib zu Hause. Die Straßen sind rutschig, was, wenn du hinfällst und dich verletzt?«

Er war wütend, dass sein Vater sich mehr um die Leute im Waschsalon kümmerte als um sich selbst und seinen Enkel Suchan.

»Ich kann schon auf mich aufpassen. Jetzt geh schon, anstatt hier herumzuzetern.«

Während Daeju den Mantel anzog, wandte er sich noch einmal an seinen Vater: »Ich habe dir gesagt, du sollst nicht rausgehen. Die Straßen sind rutschig. Ist der Waschsalon ein Gemeinschaftsraum für die ganze Nachbarschaft oder so was? Wo man jeden Tag Essen hinbringt und Freunde trifft? Die Leute haben zu viel Zeit. Lass dich nicht wieder in so gefährliche Machenschaften verwickeln.«

Herr Jang, der mit einem Messer getrocknete Jujuben schnitt, drehte sich um und erwiderte: »Es war gefährlich, aber der Verbrecher wurde gefasst, Sewoong hat seinen Traumjob gefunden und bereitet sich auf die Polizeiprüfung vor. Jaeyeol hat mir erzählt, dass er wieder in den Spiegel schauen und lächeln kann, nachdem du seine Narbe behandelt hast. Er lebt endlich wieder wie ein normaler Mensch. Es ist ein Ort, an den man nicht nur zum Wäschewaschen geht.«

»Ja ja, schon klar. Ich gehe dann mal.« Daeju schüttelte den Kopf, als wollte er nichts mehr hören, und verließ das Haus.

Als Herr Jang mit ausdruckslosem Gesicht auf die Tür starrte, durch die Daeju gegangen war, rieb Jindol seinen Kopf an Herrn Jangs Bein. »Der Junge ist wirklich … Ich wünschte, du wärst als mein Sohn geboren worden, Jindol.«

»Wenn man zum Wäschewaschen hingeht, sollte man danach einfach wieder gehen. Alle haben es leicht im Leben, nur ich nicht. Und alle tun so mitfühlend!«

Daeju schlug die Autotür zu.

Beim Betreten des Krankenhauses nahm er den vertrauten Geruch von Desinfektionsmittel und trockener Luft wahr.

Als er nach der Arbeit in sein Büro zurückkehrte, neigte sich der kurze Wintertag vor dem Fenster bereits dem Ende zu. Selbst nachdem er die ambulanten Behandlungen abgeschlossen und einen Notfallpatienten mit Verbrennungen versorgt hatte, hatte er seltsamerweise keinen Hunger. Als ob die heiße Suppe, die er zum Frühstück gegessen hatte, ihn ausreichend gestärkt hätte.

Bevor er Feierabend machte, nahm er sich etwas Zeit, um mit dem Studienkollegen zu sprechen, bei dem er morgen aushelfen würde. Dieser sagte, die Arbeit sei leicht, lediglich Routinebrustoperationen. Ort und Zeit würde er ihm per SMS mitteilen. Nach der morgendlichen Diskussion mit seinem Vater wollte Daeju nicht in das Haus zurückkehren, aber er konnte nirgendwo anders hin. Es blieb noch eine Woche, bis ein Kostenvoranschlag für die Reparatur des Heizkessels in seiner eiskalten Wohnung kommen würde. Am Ende war der einzige Ort, an den er gehen konnte, das Haus mit dem blauen Tor in Yeonnam-dong, in dem Herr Jang und Jindol wohnten.

Während er vor dem Haus herumstand, öffnete sich das Tor.

Woocheol trat heraus, in dem Overall einer Heizkesselfirma. »Guten Tag. Lange nicht gesehen.«

Anders als Woocheol, der freundlich grüßte, neigte Daeju nur mürrisch den Kopf.

Die Wohnung war leer. Herr Jang und Jindol waren

nirgends zu sehen. *Die Straßen sind rutschig. Wahrscheinlich ist er trotzdem in den Waschsalon gegangen, um Jujubetee oder so hinzubringen.* Wie schön es doch wäre, wenn er sich so fürsorglich um Suchan kümmern würde, der versuchte, sich in einem fernen Land durchzuschlagen. Wieder stieg Enttäuschung in Daeju auf. Auf dem Tisch lag eine aufgeschlagene Zeitung mit der Schlagzeile: Privatunterricht ist eine Qual! Vertrauen Sie auf die Autonomie Ihres Kindes! Daeju, dessen Magen sich bereits wie eine Brezel verdreht hatte, wurde wütend auf den Reporter, dessen Namen er nicht einmal kannte.

In diesem Moment ging die Tür auf. Herr Jang und Jindol betraten das Haus. »Ah, du bist zurück.«

»Wo bist du gewesen? Es gibt eine Kältewarnung.«

Herr Jang humpelte zum Sofa und setzte sich hin. Jindol ließ sich neben ihm nieder. »Ich habe es dir heute Morgen gesagt. Dass ich Ssanghwatang will …«

»Hast du dir das Bein verletzt?«

Herr Jang stieß einen schweren Seufzer aus. »Bring mir zuerst einmal ein Glas Wasser.«

Daeju ging auf ihn zu und drängte: »Also hast du dich verletzt! Ich habe dir doch gesagt, du sollst heute nicht rausgehen.«

»Ich bin nicht gestürzt! Es ist nur so kalt, dass mein Rücken steif ist und meine Knöchel wehtun. Mach keine große Sache draus. Es ist nichts.«

»An Tagen wie heute kommen haufenweise alte Menschen nach Stürzen in die Notaufnahme.«

»Ich bin nicht verletzt, sag ich! Vergiss es, ich hole mir selbst Wasser.« Herr Jang hievte sich hoch und ging in die

Küche, trank gierig und war verärgert über Daejus Nörgelei, der offenbar einen Streit vom Zaun brechen wollte.

Er hörte, wie sich die Schlafzimmertür hinter seinem Sohn schloss.

Daeju wälzte sich ein paarmal auf dem Bett hin und her, bevor er einschlief. Ob es an dem Bandscheibenvorfall lag, den er sich als Praktikant zugezogen hatte, oder an etwas anderem – er war ein empfindlicher Schläfer. Er hatte die besten Matratzen ausprobiert, aber keine half. Erstaunlicherweise konnte er auf der mehr als fünfzehn Jahre alten Matratze in diesem Zimmer jedoch gut schlafen.

Jindol kratzte an der Haustür.

»Du willst spazieren gehen. Das ist bestimmt frustrierend. Wir sollten rausgehen …«

Als Herr Jang vom Sofa aufstand und sich seine schmerzenden Knie rieb, kam Daeju aus dem Zimmer.

»Hast du heute nicht frei?«

Daeju, der bereits Mantel und Schal trug, öffnete die Kühlschranktür. »Ich treffe mich mit einem Studienkollegen.«

»So früh?«

»Ja. Haben wir sonst nichts zu trinken?«

Im Kühlschrank war nichts außer dem schwarzen, nach traditioneller Medizin riechenden Jujubeextrakt.

»Gib es einfach für zwanzig Minuten in die Mikrowelle. Es ist sehr sättigend und gut.«

Als Herr Jang gerade in die Küche gehen wollte, schloss

Daeju hastig die Kühlschranktür. »Ich mag Jujube nicht. Ich geh dann mal. Ruh dich aus.«

»So warst du schon als Kind und auch mit über vierzig isst du keine Jujuben? Dabei sind die Früchte so süß und wärmen von innen.«

Am Wochenende konnte Daeju mit seinem Porsche über die Gangbyeon-Schnellstraße rasen. Er genoss die reibungslose Fahrt und summte mit glücklichem Gesichtsausdruck ein Lied. Wenn er allein fuhr, konnte er die Freiheit genießen, dem Alltag zu entfliehen. Als er das Schild für die Ausfahrt zur Hannam-Brücke sah, schaltete er den rechten Blinker ein und wechselte die Spur. Sein Telefon, das mit dem CarPlay-System verbunden war, klingelte.

»Papa!«, erklang es aus dem Lautsprecher.

»Hey, Suchan. Wie war das Pferdecamp?«

»Mein Pferd hieß Zelda und es hat echt Spaß gemacht. Ich will weiter auf Zelda reiten, aber nächstes Mal bekomme ich ein anderes Pferd.«

»Warum?«

»Weil sie nicht mein Pferd ist. Was machst du, Papa?«

»Ah, ich habe ein paar Besorgungen zu erledigen. Aber du mochtest Zelda?«

»Ja, wir passen gut zueinander. Als ich das erste Mal auf Sunny geritten bin, war sie so aufgeregt, dass ich fast aus dem Sattel gefallen wäre. Der Lehrer sagte, wenn ich vom Pferd gefallen wäre, hätte ich sterben können. Deshalb hat er mir Zelda gegeben, wir verstehen uns gut und sie ist sehr ruhig. Und hört auf mich.«

»Du wärst fast runtergefallen?«

»So gefährlich war es nicht. Der Lehrer war dabei, um Sunny zu beruhigen. Er hat sich nicht wehgetan, also mach dir keine Sorgen.«

»Beim Reiten kann man sich wirklich schwer verletzen! Ist das Training mit Sunny vorbei?«

Nun meldete sich seine Frau zu Wort. »Nun ja … Das Training mit Zelda dauert länger und ist teurer. Wir haben uns für Sunny entschieden, weil sie am günstigsten ist, aber ich wusste nicht, dass so etwas passieren würde.«

»Ist der Preisunterschied so groß?«

»Etwa fünfhundert Dollar.«

»Dann soll er ab jetzt nur noch auf Zelda reiten. Du meintest, er hat als Einziger kein eigenes Pferd, also beantragt eines. Für ein Jahr können wir uns das schon leisten.«

»Wie denn? Will dein Vater das Haus renovieren? Die Mieter wohnen noch nicht einmal ein Jahr dort.«

»Wie auch immer, nehmt Zelda, damit Suchan nicht mehr in Gefahr ist.«

Beide Straßenseiten von der Station Sinsa bis Apgujeong waren von Krankenhausschildern gesäumt, als wären hier alle Kliniken für Schönheitschirurgie und Dermatologie in Korea versammelt.

»Ein elegantes Schlachtfeld«, murmelte Daeju. »Der Kampf ums Überleben wird blutig sein.«

An der Adresse, die sein Studienkollege ihm gegeben hatte, trat ein Mann um die vierzig aus der Parkgarage. Er sagte Daeju, er solle die Autoschlüssel stecken lassen und aussteigen. Daeju wollte nicht, dass jemand anderer das Lenkrad berührte, also bezahlte er den Parkservice und parkte das Auto selbst. Der Porsche war wie ein zweiter Sohn für ihn, sodass er ihn auch zu Hause stehen ließ, wenn er mit Freunden trinken ging.

Als er das Krankenhaus betrat, saßen auf dem Sofa mehrere Patientinnen, die auf eine Brustoperation warteten. Sowohl junge als auch Frauen mittleren Alters. Die Empfangsdame klopfte an das Büro des Direktors, auf dem der Name seines Studienkollegen stand.

»Genau pünktlich«, grüßte sein Kollege.

»Es warten so viele Patientinnen. Gut, dass du hier eine Klinik eröffnet hast.«

»Die beruht auf Schulden. Bis ich sie abbezahlt habe und Gewinne machen kann, ist es noch ein langer Weg. Es reicht nicht mehr, einfach nur sein Herzblut in etwas zu stecken.«

»Was braucht man denn noch?«

»Ich habe das alles mit dem *Herzblut* meiner Eltern und Schwiegereltern aufgebaut.«

»Ich beneide dich dafür, dass deine Eltern dich so unterstützen. Mein Vater …« Daeju schüttelte den Kopf. »Reden wir nicht darüber.«

Sein Kollege gab ihm eine Liste von Patientinnen, die er operieren sollte. Eine Frau in den Dreißigern, deren Brüste aufgrund des Stillens nach der Geburt erschlafft waren, und eine Frau in den Zwanzigern, die ihre Brüste einfach nur vergrößern lassen wollte. Da es keine Reaktionen auf Medikamente und auch keine Allergien gab, der Blutdruck in Ordnung war und die Patientinnen klar formulierte Ziele hatten, war Daeju erleichtert.

Er freute sich, dass er mehr Operationen durchführen

und höhere Behandlungsgebühren erhalten konnte, weil die Operationen nicht so kompliziert waren wie die Brustrekonstruktionen in der Universitätsklinik. Gleichzeitig stellte er sich vor, wie Suchan auf Zelda ritt, deren Fell braun und golden schimmerte. Dann kam ihm plötzlich die Klausel im Arbeitsvertrag des Universitätskrankenhauses in den Sinn, die besagte, dass die Ausübung ärztlicher Tätigkeit in anderen Krankenhäusern zu disziplinarischen Maßnahmen und zur Entlassung führen konnte. Aber wenn sie im OP-Saal alle dieselben Kittel und Masken trugen, wer würde dann schon wissen, ob er ein Arzt von hier oder von einer Universitätsklinik war?

An diesem Tag führte er drei Operationen durch. Danach gab ihm sein Kollege einen Umschlag. Daejus Brust schwoll an, als er sah, dass er ihm den Tageslohn ohne Abzug von Steuern ausgezahlt hatte.

»Soll ich morgen um dieselbe Zeit kommen?«

»Ja. Ich weiß, dass ich mich auf dich verlassen kann.«

Daeju steckte den Umschlag in seine Manteltasche und verließ die Klinik. Sein Rücken, der während der Operation gekrümmt gewesen war, richtete sich auf, und seine Bandscheiben schienen entlastet. Das war wohl die sogenannte Finanztherapie.

Am nächsten Tag war Daeju wieder im Operationssaal der Klinik in Apgujeong. Doch an diesem Tag lief nicht alles glatt. Ein Kollege, der im Wettstreit um die Position an der Universitätsklinik von Daeju ausgestochen worden war, das Krankenhaus verlassen und eine Privatklinik eröffnet hatte, kam vorbei. Daeju trug zwar eine Maske, aber sein Kollege, der ihn während seiner Assistenzzeit im

Operationssaal öfter mit Maske gesehen hatte als ohne, erkannte ihn und verließ das Krankenhaus mit einem finsteren Lächeln im Gesicht.

Nachdem er zwei Geldumschläge erhalten hatte, wurde im Universitätskrankenhaus, in dem Daeju arbeitete, ein Disziplinarverfahren eingeleitet. Wegen Vertragsbruch und Schädigung des Rufes des Krankenhauses wurde er zu einer sechsmonatigen Gehaltskürzung verurteilt.

Bei diesem Urteil ließ Daeju den Kopf hängen. Sechs Monate Lohnkürzung! In der Nacht träumte er davon, dass Suchan auf Zelda mit ihren ausgesprochen langen Beinen ritt und herunterfiel.

Es klopfte an der Tür.

»Schläfst du noch?«, hörte er die besorgte Stimme seines Vaters durch die Tür. »Was hast du geträumt, dass du so schreist? Da ist es besser, schnell aufzuwachen. Komm, steh auf.«

Der Heizungsmontcur in Daejus Wohnung stellte fest, dass es sich nicht um ein Problem mit dem Thermostat handelte, sondern dass die Fußbodenheizung repariert werden musste. Irgendwo unter dem Boden war eine Versorgungslinie blockiert, was zu einem Wasserschaden in der darunterliegenden Wohnung führen könnte. Wenn er das Problem nicht beheben und tatsächlich ein Leck entstehen würde, müsste Daeju eine Entschädigung zahlen. Daeju bat ihn, so schnell wie möglich einen Kostenvoranschlag für die Reparaturarbeiten zu erstellen, aber da viele Häuser aufgrund der Kältewelle Probleme mit den

Heizkesseln hatten, war die Wartezeit lang. Was bedeutete, dass sich auch die Zeit des ungemütlichen Zusammenlebens in dem Haus mit dem blauen Tor in Yeonnam-dong verlängern würde.

Es gab viele Löcher, in die das Geld fließen konnte. Keine, aus denen es kam, aber unzählige, in denen es versank. Er musste Suchan und seiner Frau so bald wie möglich Geld für den Lebensunterhalt schicken, aber wegen der Gehaltskürzung diesen Monat war es knapp. Sein Bankkonto konnte nicht mehr weiter ins Minus, und angesichts der steigenden Kosten für die Wohnung in Gangnam und des Kredits, mit dem sie das Haus in Kalifornien gekauft hatten, steckte er in einer tiefen finanziellen Krise. Seine Frau, die nicht wusste, wie ernst die Lage war, hatte Zelda bereits für ein Jahr beantragt und fragte jedes Mal, bevor sie den Anruf beendete, wann Daeju das Geld schicken würde.

Er musste zur Arbeit gehen, auch wenn es ihm unangenehm war, den Praktikantinnen und Assistenzärzten gegenüberzutreten, nachdem er dabei erwischt worden war, wie er illegal Geld verdient hatte. Manchmal flüsterte jemand hinter ihm im Aufzug oder er wurde in der Kantine angestarrt. »Das ist dieser Arzt, der heimlich in Apgujeong Operationen durchgeführt hat.« Ihm wurde gesagt, er solle sich geehrt fühlen, dass er weiterhin in der Universitätsklinik arbeiten durfte, aber er hatte das Gefühl, seine Ehre bereits verkauft zu haben.

Die Praktikanten in ihren steifen Kitteln verbeugten sich nach wie vor höflich und brachten ihm sogar ein Glas Wasser an den Tisch. Richtig, für sie war er immer noch ein ehrenwerter Chirurg. Mit diesem Gedanken im Hinterkopf gab er bei den ambulanten Behandlungen sein Bestes. Er hörte den Patientinnen und Patienten aufmerksam zu, die sich unsicher waren, weil ihre Versicherung die Operation nicht abdeckte. Er hatte so oft gehört, dass die Liebe Menschen veränderte, aber Daeju hatte erkannt, dass es Geld war, das die Menschen veränderte!

Die morgendlichen Anrufe von Suchan waren stets wie der Weckruf eines Engels, aber jetzt waren sie auch belastend, weil sie ihn an seine Schulden und Pflichten erinnerten. Seine Frau sagte, sie habe eine Anzahlung für Zelda geleistet, aber das Geld für die Lebenshaltungskosten in diesem Monat noch nicht erhalten. Er konnte es nicht länger hinauszögern. Er musste ihr die Wahrheit sagen oder seine Seele verkaufen, um das Geheimnis zu wahren.

»Diesen Monat, also, mein Gehalt wurde …«

»Was ist mit dem Gehalt?« Als er die gedämpfte Stimme seiner Frau hörte, konnte er sich ihren Gesichtsausdruck bildlich vorstellen.

»Mein Gehalt kommt etwas später. Es gibt ein Problem mit dem Computersystem des Krankenhauses.«

»Puh, ich dachte schon …«

»Mach dir keine Sorgen. Spätestens bis Ende des Monats schicke ich das Geld.«

Daeju hatte just in dem Moment beschlossen, seine Seele zu verkaufen. Er konnte die Erwartungen von Suchan und seiner Frau, die den weiten Weg in die Ferne auf sich genommen hatten, nicht enttäuschen. Nachdem er den Anruf beendet und sich aufs Bett gelegt hatte, klopfte es wieder an der Tür.

»Immer noch im Bett? Steh auf. Wenn du schlecht geträumt hast, ist es am besten, einfach aufzustehen, anstatt faul herumzuliegen.«

»Ich stehe gleich auf.«

Er hatte so stark geschwitzt, dass das Leintuch schweißgetränkt war. Er setzte sich auf und schaute wieder auf sein Handy. Bis Ende des Monats blieb nicht mehr viel Zeit. Er musste die Reparatur des Heizkessels bezahlen, die Tilgungs- und Zinsraten für die Hypothek, die Kreditkartenrechnungen, die Raten für das Auto, die Verwaltungsgebühren für die Wohnung, die Telefonrechnung, Kreditkosten, das Schulgeld für Suchan, Lebenshaltungskosten, Krankenversicherung … Er konnte nicht einfach aufgeben. Er musste irgendwie Geld verdienen.

Herr Jang klopfte erneut an die Tür. »Komm raus, die Suppe wird kalt.«

»Ja.«

Als er die Tür öffnete, wehte ihm der würzige Duft von scharfer Rindfleischsuppe entgegen. Der Geruch von Yukgaejang, einer Mischung aus scharfem Chilipulver, Rindfleisch und Adlerfarn, ließ ihm das Wasser im Mund zusammenlaufen. Herr Jang und Daeju saßen einander mit jeweils einer Schüssel Suppe gegenüber. Dank der Suppe, die auch sehr gut gegen Kater half, löste sich die Anspannung in seinem Magen.

»Was hast du geträumt, dass du so geschrien hast? Nein, es ist noch nicht einmal zwölf Uhr, also lass uns nicht über Träume reden.«

»Glaubst du an solche Dinge?« Daeju steckte sich eine Adlerfarnspitze in den Mund.

»Ich habe nie daran geglaubt, dass es Unglück bringt, wenn man von ausfallenden Zähnen träumt, seinen Namen in Rot schreibt oder vor einer Prüfung Seetangsuppe isst. Aber seit du geboren wurdest, glaube ich daran. Ich hatte Angst, dass du durchfallen würdest, wenn du vor einer Prüfung Seetangsuppe isst, oder dass dir etwas zustoßen würde, wenn ich deinen Namen in Rot schreibe. Nachdem ich geträumt habe, dass mir die Zähne ausfallen, habe ich mir den ganzen Tag Sorgen gemacht, dass dir etwas passieren könnte. Lustig, oder? Man sagt, je mehr Dinge einem am Herzen liegen, desto schwächer wird man.«

Daeju legte den Löffel beiseite und blickte in Herrn Jangs Gesicht, der lächelnd in den Garten schaute.

»Habt ihr deshalb zu meinem Geburtstag keine Seetangsuppe gekocht, als ich im dritten Jahr der Oberstufe war?«

»Nicht nur zu deinem Geburtstag. Ein Jahr lang haben weder du, ich, noch deine Mutter Seetangsuppe gegessen. Vielleicht wurdest du deshalb gleich beim ersten Versuch zum Medizinstudium angenommen, haha.«

Herr Jang blickte immer noch auf den Garten, als wäre er in Gedanken versunken, und in seinen Augen lag Sehnsucht.

»Ich hätte nicht Medizin studieren sollen. Ich verdiene nicht einmal gut. Ich hätte auf die Ingenieurschule gehen und Münzen herstellen sollen.«

Glücklicherweise hörte Herr Jang Daejus Beschwerden nicht. Er betrachtete ein Spatzenpaar, das in der Kälte auf einem Ast saß, und dachte an seine Frau, die vor ihm diese Welt verlassen hatte. Er fragte sich, warum sie es so eilig gehabt hatte, wenn sie stattdessen mehr Zeit miteinander verbringen und gemeinsam hätten gehen können.

Daeju schaltete den Fernseher lauter. In den Nachrichten ging es um die Einnahmen von Lieferanten, ein heiß diskutiertes Thema. Es hieß, dass sogar Manager großer Unternehmen sich mit einem Nebenjob als Lieferant nach Feierabend etwas dazuverdienten. Er schnappte sich sein Handy und recherchierte den Verdienst von Teilzeitlieferanten, gefolgt von den Arbeitsbedingungen. Es würde ausreichen, um sein gekürztes Gehalt aufzustocken. Und ihm gefiel, dass er je nach Leistung mehr verdienen konnte. *Wenn ich so viel verdienen kann, wie ich will, kann ich weitermachen, solange ich die Kraft dazu habe*, dachte er bei sich.

Auch den Motorradführerschein hatte Daeju beim ersten Versuch bestanden. Er ging zu einem Motorladen in Toegye-ro und mietete einen gebrauchten Roller mit einer Lieferbox auf dem Rücksitz. Er war zwar noch nie mit einem solchen Modell gefahren, aber dennoch zuversichtlich, dass er damit umgehen könnte. Der Motorroller sprang leicht an, die Bremsen funktionierten und das Fahrzeug ließ sich gut lenken. Mit ein paar einfachen Klicks registrierte sich Daeju als Fahrer bei einem Lieferunternehmen und schon kam der erste Auftrag herein.

Das unangenehme Zusammenleben von Daeju und Herrn Jang dauerte zwar länger, hatte aber auch seine Vorteile. In Yeonnam-dong, wo viele Leute allein lebten, gab es reichlich Bestellungen. Da Geschäfte und Lieferorte oft nah beieinanderlagen, musste er nur kurze Strecken zurücklegen.

Die erste Bestellung waren Reisnudeln mit Innereien. Er war noch nie in dem Laden gewesen, aber er lag in der Nähe seines Elternhauses, auf dem Heimweg hatte er das Schild gesehen. Er befand sich gegenüber dem Binggul-Binggul-Waschsalon, den Herr Jang jeden zweiten Tag aufsuchte. Vorsichtig lenkte Daeju den Roller, mit dem er noch nicht ganz vertraut war, durch die Seitenstraßen neben dem Yeontral-Park.

Es war ein Abend am Wochenende, daher waren viele Leute unterwegs. Obwohl eine weitere Kältewelle angekündigt war, gingen sie lächelnd im Park spazieren. Als Daeju bei dem Restaurant ankam, sah er Herrn Jang aus dem Waschsalon kommen. Natürlich war Jindol bei ihm. Daeju fragte sich, was er wohl wieder dorthin gebracht hatte, aber aus Angst, sie könnten sich begegnen, drehte er schnell das Lenkrad und bog in eine enge Gasse ein. Wenn sein Vater herausfand, dass er erwischt und mit einer Gehaltskürzung bestraft worden war, weil er in einem Privatkrankenhaus gearbeitet hatte, um mehr Geld zu verdienen, das er an Suchan schicken konnte, würde er ein regelrechtes Sperrfeuer an Beschimpfungen über sich ergehen lassen müssen.

Er nahm die getrennt verpackten Nudeln und die Brühe entgegen und stellte sie vorsichtig, damit die Suppe nicht auslief, in die Box auf dem Rücksitz des Rollers. Sein Ziel lag im dritten Stock eines Gebäudes ohne Aufzug. Als er es die Treppe hinaufgeschafft hatte, war er außer Atem, aber beim Heruntergehen waren seine Schritte leicht vor Stolz. An dem Sprichwort, dass einfache Arbeit einem Vitalität verleihe, schien etwas dran zu sein.

Kaum war die Aufgabe erledigt, erhielt er den nächsten Auftrag. Waffeln. Nachdem er auch diese Lieferung bewältigt hatte, ohne dass die Schlagsahne schmolz, kam ein weiterer Auftrag. Hühnchen. Der beste Snack zu später Stunde. Im Laufe des Abends gingen die Bestellungen von warmen Mahlzeiten zu Nachspeisen und Snacks über. Daejus Debüt als Lieferant war ein Erfolg, mit erstaunlichen fünfundzwanzig Lieferungen.

Als er das blaue Tor öffnete, traf er Herrn Jang und Jindol im Garten an. Daeju war überrascht, seinen Vater kurz vor Mitternacht noch draußen zu sehen.

»Was machst du hier?«, fragte er.

»Wo bist du gewesen?«

»Ich habe ein paar alte Freunde getroffen.«

»Du hast dein Auto hiergelassen.«

»Für den Fall, dass ich trinken will.«

»Du kannst nicht trinken, wenn du morgen arbeiten musst. Wie sollen die Patienten ihrem Arzt vertrauen, wenn er nach Alkohol riecht?«

»Ich habe nicht getrunken. Es ist kalt, lass uns reingehen.«

In der Überzeugung, dass sein Vater nur an ihm herumnörgeln wollte, schüttelte Daeju den Kopf. Er wollte sich so schnell wie möglich unter die heiße Dusche stellen. Es war das erste Mal, dass er in der Kälte draußen gearbeitet hatte, deshalb hatte er sich nicht warm genug angezogen, seine Hände waren rot und seine Knie kalt vom Wind, der durch seine Hose gedrungen war.

Als er nach dem Duschen aus dem Badezimmer kam, hörte er wieder Herrn Jangs nörgelnde Stimme, aber sie wurde vom Geräusch der Waschmaschine übertönt.

Erschöpft legte er sich aufs Bett. Plötzlich erinnerte er sich an seine erste Operation. Den Tag, als er die Latexhandschuhe angezogen, seinen vor Anspannung steifen Nacken und seine kalten Hände massiert hatte. Heute schlief er besser als nach seiner ersten Operation. Es war merkwürdig. Wenn er sich auf das Bett im Schlafzimmer legte, konnte er ohne Weiteres einschlafen. *Liegt es an dem Geruch der Bettdecke …?* Noch bevor er den Gedanken beenden konnte, schlief er ein.

Am Morgen schmerzte sein Körper. Nach Feierabend Lieferungen zu erledigen, erforderte Ausdauer. Er brauchte eine ordentliche Mahlzeit, um seinen Körper zu stärken. Als er die Tür öffnete, war der Tisch bereits gedeckt. Ein vertrauter Anblick: Herr Jang, der am Herd stand und Suppe zubereitete, Jindol neben ihm.

»Du bist wach?«, grüßte Herr Jang.

»Ja, hast du gut geschlafen?«

»Gomtang ist in Ordnung, oder? Gestern kam ein Anruf von meinem Stammrestaurant im Mangwon-Markt, deshalb bin ich vorbeigegangen, um welche zu holen.«

»Gomtang klingt gut.«

Bei diesen Worten erschien ein Lächeln auf Herrn Jangs Lippen. »Du solltest auch einmal Jujube-Ssanghwatang probieren.«

»Du weißt doch, dass ich keine Jujuben esse.«

»Hast du mit Suchan gesprochen?«

»Ach ja!«

Daeju setzte sich an den Tisch und überprüfte sein Handy. Drei verpasste Anrufe von Suchan, weil er letzte

Nacht fast wie im Koma geschlafen hatte. Er drückte die Anruftaste, prüfte die Uhrzeit und legte schnell auf. Zeit für Suchan, zum Unterricht zu gehen.

Er fühlte sich schuldig Suchan gegenüber, aber er schob sich einen großen Löffel Reis in den Mund und dachte, dass er seinen Körper für sein Kind opferte. Auch heute würde er nach der Arbeit mit dem Roller unterwegs sein.

Herr Jang aß einen Löffel heiße Suppe. »Im Sommer kommt er her?«

»Ja.«

»Ein Paar sollte nicht zu lange getrennt sein, und von den Kindern auch nicht. Eine Familie sollte nicht wie leeres Gonggal-Brot leben.«

Es ging schon wieder los. Daeju schaufelte sich Reis und Suppe in den Mund. Als er fast den Boden der Schüssel erreicht hatte, nahm er sie in die Hand und leerte sich den Rest in den Mund.

»Willst du ihn tatsächlich dort aufs College schicken? Du kannst ihn auch hier großziehen …«

»Bist du mit allem, was ich tue, unzufrieden? Willst du schon frühmorgens an deinem Sohn herumnörgeln, bevor er zur Arbeit geht? Ich bin kein Kind mehr, und wir kümmern uns schon um Suchans Erziehung. Ich habe dich nicht um Geld gebeten, ich schaffe das allein! Wegen wem habe ich es denn jetzt so schwer? Hör auf, an mir herumzumeckern.«

Mit einem lauten Geräusch traf die Porzellanschale auf den Glastisch. Daeju sprang auf, schnappte sich die Daunenjacke vom Stuhl und ging zur Tür hinaus.

»Dieser undankbare Junge …«, hörte er noch leise hinter sich.

Während der ambulanten Behandlungen war Daejus ganzer Körper steif. Vielleicht schmerzten seine Muskeln, weil er bei seinem ersten Einsatz mit dem Roller zu angespannt gewesen war. Sein Nacken und seine Schultern waren so fest, dass er kaum die Arme heben konnte, aber trotzdem musste er operieren. Wegen der Sache mit der Klinik in Apgujeong war er noch immer auf der schwarzen Liste und konnte sich keine Fehler leisten. Weder zu Hause noch im Krankenhaus.

Er saß in der Kantine und aß allein ein spätes Mittagessen. Oder vielmehr schlang er sein Essen hinunter. Anstatt Stäbchen zu verwenden, löffelte er es einfach in den Mund. Nachdem er seine Mahlzeit hastig beendet hatte, wurde ein Becher mit Wasser auf den Tisch gestellt, von einem Praktikanten in einem gut gebügelten weißen Kittel.

»Guten Appetit, Herr Doktor.«

Die meisten Medizinstudierenden hatten helle Haut, aber die des jungen Mannes vor ihm war besonders blass. Vielleicht lag es an seinem anstrengenden Leben als Praktikant. Im Krankenhaus war es schwer, jemanden mit dunkler Haut zu finden. Gelegentlich gingen Ärztinnen und Ärzte auf eine Runde Golf und kamen braun gebrannt zurück, aber das kam nur im Frühling und Herbst vor, sodass die meisten Leute, die in diesen weißen Hallen umhergingen, kaum Sonnenlicht abbekamen und daher blass aussahen. Das traf auch auf Daeju zu. Seit Beginn seines Medizinstudiums hatte er nie mehr eine gesunde, kupferfarbene Haut gehabt.

»Danke. Wie war dein Name?«
»Jang Yeonseong!«

»Jang Yeonseong. Gute Arbeit.«

»Vielen Dank. Einen schönen Tag noch, Doktor!«

Er beneidete Yeonseong um seine Jugend, seinen Enthusiasmus und Ehrgeiz. Daeju blickte ihm hinterher, als er durch die Tür der Kantine hinausging.

Auch heute bereitete Daeju sich auf die Schicht als Lieferant vor. Nach der gestrigen Erfahrung wusste er, dass er sich dicker anziehen musste. Nachdem er sich umgesehen hatte, betrat er die Toilette im Foyer des Krankenhauses und holte die Thermounterwäsche aus seiner Tasche. Sich in einer engen Toilettenkabine umzuziehen war kein leichtes Unterfangen. Sobald er seinen rechten Fuß in ein Hosenbein gesteckt hatte, fiel er nach hinten und landete mit dem Hintern auf der Toilette. Auf dem linken Fuß konnte er das Gleichgewicht nicht halten. Zum Glück war der Toilettensitz heruntergeklappt, sodass er nicht komplett nass wurde.

Über die Thermounterwäsche zog er eine Thermoweste, einen Fleece-Trainingsanzug und schließlich die Daunenjacke. Er öffnete die Tür wie ein General auf dem Weg in die Schlacht, fest entschlossen, keinen einzigen Luftzug durchzulassen.

Aus Gewohnheit wusch er sich die Hände im Waschbecken. Wegen der dicken Kleidung streckte er unbeholfen die Arme aus. Er fühlte sich lächerlich in dieser Kleidung, die nicht zu ihm passte. Sein Spiegelbild war wahrlich unansehnlich. Er wischte sich das restliche Wasser von den Händen und verließ die Toilette.

Beim Haus in Yeonnam-dong angekommen, startete er

den hinter dem Porsche geparkten Roller. Er blickte sich um, um Herrn Jang nicht über den Weg zu laufen, da öffnete sich knarrend das blaue Tor.

»Jindol, es ist kalt. Ich muss dir dickere Kleidung kaufen«, sagte Herr Jang in liebevollem Ton. Er trug eine Daunenjacke in derselben Farbe wie Daeju.

In einer Hand hielt er eine Plastiktüte mit der Bettdecke aus dem Schlafzimmer. Daeju, der sich hinter dem Auto versteckte, schaute ihm nach. Heute sah er noch mehr wie ein Einzelgänger aus.

Schon bald erhielt Daeju einen Auftrag. Wieder einmal Hühnchen. Er hätte ein Hühnchenrestaurant eröffnen sollen. Wenn er die Mühe und Entschlossenheit während seines Medizinstudiums dafür verwendet hätte, ein Rezept für Hühnchen in Sojasoße zu erfinden, hätte er zehntausendmal besser leben können als jetzt.

Er wusste nicht, warum, aber von klein auf hatte er den Drang gehabt, ausgezeichnet in etwas zu sein, und genau gewusst, was er werden wollte. Er war besonders gut in Mathe. Dadurch war er in der Lage gewesen, den Arztberuf zu wählen, den viele Leute anstrebten. Mit einem Apotheker als Vater hatte er keine Scheu vor Naturwissenschaften und alles hatte sich ganz natürlich entwickelt. Das Lernen ging ihm leicht von der Hand. Als Student musste er nicht viel tun, außer zu studieren, und so wurde er an der medizinischen Fakultät aufgenommen und schließlich Arzt. Es fiel ihm nicht schwer, mit einem Messer in einen Körper zu schneiden und Blut zu sehen. Nach seiner erstem Seminar in Sezieren hatte er eine Zeit lang Schlafstörungen gehabt, aber das kam danach nicht wieder vor. Deshalb hatte er gedacht, dass der Beruf gut zu ihm passte. Kurz vor der Facharztprüfung hatte er seine Frau kennengelernt.

Während er das Hähnchen auslieferte, gingen ihm viele Gedanken durch den Kopf. Als ihm klar wurde, dass er mit dem Messer Hühner hätte zerschneiden sollen, anstatt Menschenleben zu retten, kam er bei einem Gebäude an der Kreuzung in Donggyo-dong an. Er stellte den Motorroller in der Tiefgarage ab und überprüfte noch einmal den Lieferschein. Wohnung 1505. Er läutete und die automatische Tür wurde geöffnet, ohne dass jemand fragte, wer da sei. So weit, so gut, aber als er zum Aufzug kam, sah er ein rotes Schild mit der Aufschrift Wartungsarbeiten.

»Oh nein, was soll ich jetzt tun?« Er wollte nicht die Treppen in den fünfzehnten Stock hinauf- und wieder hinuntergehen.

Obwohl er ein unerfahrener Lieferbote war, geriet Daeju nicht in Panik, sondern rief den Besteller an. Nachdem es ein paarmal geklingelt hatte, ging ein junger Mann ans Telefon.

»Hallo?«

»Hallo. Sie haben Hühnchen bestellt, oder? Ich bin der Lieferant, aber der Aufzug ist wegen Wartungsarbeiten außer Betrieb. Sie müssten also runterkommen, um es abzuholen.«

Unwillkürlich begann er zu schwitzen. Er schluckte und wartete auf die Antwort am anderen Ende der Leitung.

»Oh, ich muss nach unten kommen?«

»Ja, das wäre wohl am besten.«

Einen Moment lang herrschte Stille, bevor der junge Mann sagte: »Ich gebe Ihnen dreitausend Won mehr als

Liefergebühr. Können Sie raufkommen? Ich bin gerade beschäftigt und kann nicht runterkommen.«

»Dreitausend Won?«

»Das ursprüngliche Trinkgeld beträgt dreitausend Won, aber ich gebe Ihnen noch mal dreitausend dazu.«

»Ich verstehe. Aber trotzdem, die Treppen bis in den fünfzehnten Stock zu nehmen …«

»Dann gebe ich Ihnen viertausend Won.«

Daeju nickte und dachte, da er den ganzen Weg hergekommen war, würde er es einfach als Work-out betrachten und viertausend Won dazuverdienen.

»In Ordnung, ich komme nach oben!«

Wann war er das letzte Mal so viele Treppen hochgestiegen? Daejus schwere Atemgeräusche hallten im Haus wider. Die Müdigkeit von gestern war noch nicht verflogen und jeder Schritt fühlte sich an, als würde er einen riesigen Bären auf dem Rücken tragen. Die Stufen in dem Gebäude schienen ihm auch außergewöhnlich hoch.

»Warum sind die Treppen so unangenehm? Im wievielten Stock bin ich?«

Er suchte nach der Nummerierung und ließ den Kopf hängen, als er feststellte, dass er gerade erst den neunten Stock erreicht hatte. Dennoch lief er weiter. Wenn er hier zu viel Zeit verlor, würde er während der Stoßzeiten am Abend weniger Aufträge entgegennehmen können. Er setzte einen Fuß vor den anderen und kam schließlich im fünfzehnten Stock an.

Er klingelte bei Apartment 1505. Auf dem Lieferschein stand: *Einfach vor der Tür abstellen und klopfen*, aber er musste das Trinkgeld von viertausend Won im Austausch für seine beinahe explodierenden Oberschenkel persönlich entgegennehmen.

Kurz darauf öffnete sich die Tür zu Apartment 1505.

»Herr Doktor?«

Der Mann, der mit viertausend Won in der Hand vor Daeju stand, der kaum die Augen öffnen konnte, weil ihm der Schweiß in Strömen über das Gesicht lief, war niemand anderer als der Praktikant Jang Yeonseong.

Daeju wollte ihm das Hühnchen übergeben und weglaufen, brachte aber kein Wort heraus. Dem Praktikanten ging es genauso. Als er Daeju sah, mit einer Plastiktüte in der Hand, die nach Hühnchen roch, wusste er nicht, wohin er schauen sollte.

»Doktor … warum …«, fragte er vorsichtig.

»Kein Trinkgeld nötig. Guten Appetit.« Daeju übergab Yeonseong die Tüte und wandte sich ab.

Yeonseong blickte dem Arzt hinterher, wie er in seiner dicken Bekleidung davonschlurfte. Die Wartungsarbeiten am Aufzug waren mittlerweile beendet.

Als Daeju in den Aufzug stieg und sein Spiegelbild betrachtete, hatte er den gleichen Gesichtsausdruck wie Yeonseong. Genau der Ausdruck, den man hat, wenn man einem entstellten Helden gegenübersteht.

Es war Stoßzeit und sein Handy vibrierte ununterbrochen. Daeju wusste, dass er seine Quote für den Tag erfüllen musste, aber er konnte sich nicht dazu durchringen, eine weitere Lieferung anzunehmen. Es fühlte sich an, als wäre ihm das Herz aus der Brust gerissen worden. Als hätte etwas seinen Körper durchdrungen. War das Scham? Er spürte dieses Gefühl zum ersten Mal in seinem Leben.

Sorgen füllten seinen Kopf: Was, wenn sich herumsprach, dass ein Chirurg nach Feierabend als Lieferbote arbeitete? War das ebenfalls rufschädigend? Was, wenn er zusätzlich zu der Gehaltskürzung auch noch suspendiert wurde? Viele Fragezeichen schwirrten ihm durch den Kopf, wurden jedoch von einem Ausrufezeichen verdrängt. Suchan!

Daeju kam zur Besinnung und zückte sein Handy. Er nahm den nächsten Auftrag entgegen. Schweinshaxen. »Ja, das Rad muss sich drehen. Nur so verdiene ich Geld und kann es an meine Familie schicken.«

Er nahm die Schweinshaxen, fein säuberlich in Einwegverpackungen gehüllt, von einem Restaurant entgegen, das seit drei Generationen bestand. Für einen Moment kam ihm Yeonseongs Gesicht in den Sinn, aber er schüttelte es aus seinem Kopf. Er war das Oberhaupt der Familie und musste an Suchan denken.

Daeju startete den Motorroller. Beim Linksabbiegen von der Station Sinchon zum Haupteingang der Hongdae-Universität bildete sich Feuchtigkeit in seinem Helm, als er den leuchtenden Christbaum vor der Kirche sah. Er wischte mit der Handfläche über das Visier, aber die Feuchtigkeit verschwand nicht. Er konnte nur den funkelnden Stern auf der Baumspitze deutlich erkennen. Und als er Mira, Woocheol und Nahi sah, die vor der Kirche Selfies machten, wurde ihm klar, warum seine Sicht verschwommen war: Tränen liefen ihm übers Gesicht.

Die Ampel schaltete um und hinter ihm ertönte ein Hupen. Wegen der Feuchtigkeit konnte er nicht klar sehen. Er zwinkerte die Tränen weg und fuhr los. In dem Moment, als er nach links abbog, kam er aus dem Gleichgewicht und geriet ins Rutschen, verlor die Kontrolle über den Roller und schlitterte letztendlich in den Rinnstein. Als der Roller auf der Seite lag, fielen die Einwegverpackungen aus der Lieferbox. Daeju rappelte sich auf, um die Schweinshaxen aus dem Durcheinander von Nudeln, gesalzenen Garnelen und Ssamjang zu holen, aber seine linke Hand gehorchte ihm nicht. Er versuchte es noch einmal, doch seine Hand hing nur schlaff herunter. Kalter Schweiß brach ihm aus. Das war nicht normal. Ärztliche Intuition. Er versuchte, den Roller aufzurichten, hatte jedoch keine Kraft in den Händen. Er fühlte sich, als hätte ihm jemand einen Schlag auf den Kopf verpasst. Er nahm sein Handy und wählte den Notruf.

»Ich bin am Sinchon-Kreisverkehr links zum Haupteingang der Hongdae-Universität abgebogen und hatte einen Unfall mit dem Motorroller. Ich kann meine linke Hand nicht bewegen ... Bitte kommen Sie schnell.«

Der Sanitäter fragte ihn, ob er in das Severance Hospital in Sinchon oder in die Notaufnahme eines nahegelegenen Krankenhauses gebracht werden wolle. Daeju sagte, er wolle in ein Krankenhaus in der Nähe. In diesem lächerlichen Zustand, bedeckt mit Soße und dem Geruch von Schweinshaxen, konnte er unmöglich in das Krankenhaus gehen, in dem er als Chirurg arbeitete.

Im Krankenhaus angekommen, legte Daeju gemäß den Anweisungen des Radiologen seine linke Hand auf das Röntgengerät. Nachdem er seine Hand geöffnet, nach links und rechts gedreht und einige Male die Position gewechselt hatte, war die Röntgenaufnahme fertig.

Der müde wirkende Arzt sagte, dass der Knochen zum Glück nicht gebrochen, aber ein feiner Riss zu sehen sei. Wegen der Bänderverletzung müsse er etwa anderthalb Monate einen Gips tragen und dann erneut eine Untersuchung machen lassen.

»Verdammt. Eineinhalb Monate! So lange darf ich nicht in den Operationssaal. Das wird dem Krankenhaus nicht gefallen.« Sein Rücken versteifte sich bei dem Gedanken an das, was ihm bevorstand, mehr noch als wegen der Schmerzen in seinem Handgelenk.

Er verließ die Notaufnahme mit einem Gips am linken Arm. Sein Roller war an der Kreuzung geparkt, wo der Unfall passiert war. Er musste schnell dorthin. Wenn er gestohlen würde, hätte er ein noch größeres Problem.

»Ach, ich kann nicht damit fahren und ich kann niemanden darum bitten, ihn abzuholen. Wenn ich ihn hierlasse, wird er bestimmt abgeschleppt und ich muss ein Bußgeld zahlen.«

Er versuchte, den Roller mit seinem Gewicht zu schieben, aber der ließ sich nicht bewegen. Daeju hatte das Gefühl, sein ganzes Leben vergeudet zu haben, weil er niemanden hatte, den er anrufen konnte. Er hatte weder das Selbstvertrauen noch den Mut, sich bei seinen Studienkollegen zu melden. Ein wahrer Freund war wohl jemand, dem man auch seine schlimmsten und verletzlichsten Momente zeigen konnte, doch die Menschen, die er kannte, zählten nicht dazu.

Daeju stemmte sich mit aller Kraft gegen den Roller, aber der bewegte sich nicht vom Fleck. Allein schaffte er es nicht. Egal wie sehr er sich den Kopf zerbrach, ihm fiel nur eine Person ein, die ihm vielleicht helfen würde. Woocheol, den er ab und zu getroffen hatte, seit er bei seinem Vater wohnte, und der immer den Overall einer Heizkesselfirma trug. Daeju kannte nicht einmal seinen Nachnamen.

Er zögerte, während er auf Miras Telefonnummer starrte, die er eingespeichert hatte, als sein Vater zusammengebrochen war. Daejus Seufzer, der auf die kalte Luft traf, stieg auf wie Zigarettenrauch.

»Herrje, soll ich anrufen? Es ist zum Verrücktwerden.«

Woocheols Gesicht kam ihm in den Sinn und ihm fiel nichts ein, was er sagen konnte. Er hatte ihn immer nur halbherzig gegrüßt, wie sollte er anfangen? Er konnte sich nicht aus dem Nichts melden und um Hilfe bitten.

»Nein, ich lass es bleiben. Ich schaffe das schon!«

Daeju legte seinen linken Arm mit dem Gips auf das Lenkrad und schob, bis sein Körper beinahe in der Waagerechten war. Da begannen die Räder langsam zu rollen. Mit aller Kraft, die er aufbringen konnte, schob er weiter.

Schließlich parkte er den Roller hinter seinem Porsche vor dem Haus mit dem blauen Tor. Sein rechter Arm war noch gefühlloser als der linke mit dem Gips.

Als Daeju seine Daunenjacke abklopfte, stieg ihm der Geruch von Schweinefleisch und gesalzenen Garnelen in die Nase. In diesem Zustand konnte er auf keinen Fall ins Haus gehen. Auch wenn er an seiner Aufmachung nichts ändern konnte, musste er die Daunenjacke, die mit Schweinefett und Soße verschmiert war, waschen. Sonst würde sein Vater ihn sofort durchschauen. *Um diese Zeit kann ich nirgends neue Kleidung kaufen. Was soll ich tun?*, dachte Daeju. *Ah, soll ich dorthin gehen? Wie war der Name? Binggul-Binggul-Waschsalon?*

Erschöpft kam Daeju beim Waschsalon in Yeonnam-dong an. Noch bevor er die Tür öffnete, nahm er einen vertrauten Duft wahr. Der Geruch der Steppdecke in seinem alten Schlafzimmer. Hier kam dieser wohlig warme Duft also her. Als Daeju, der zum ersten Mal in seinem Leben in einem Waschsalon war, sich unruhig umsah, fiel ihm als Erstes der Ssanghwatang neben der Kaffeemaschine auf. Derselbe Jujube-Ssanghwatang, von dem Herr Jang unbedingt wollte, dass er ihn probiere.

Seit dem Mittagessen in der Krankenhauskantine hatte er nichts mehr gegessen, und so lief ihm das Wasser im Mund zusammen, aber er hasste Jujube. Er wollte die Frucht, die seinem Namen ähnelte, nicht einmal sehen. Stattdessen öffnete er die Tüte mit Mangogelee daneben und steckte sich etwas davon in den Mund. Es war so süß, dass sein Blutzucker in die Höhe schoss, hinterließ aber dennoch eine bittere Note auf Daejus Zunge. Als das zugleich süße, saure und bittere Gelee seinen Magen erreichte, wurde ihm wegen der abgesonderten Magensäure wieder schlecht.

Er wollte schleunigst die schmutzige Kleidung loswerden. Im Gegensatz zu Herrn Jang, der mit dem Automaten des Waschsalons gut vertraut war, zögerte Daeju, bevor er einen Waschtrockner auswählte, das Programm eingab und seine Daunenjacke in die Maschine steckte. Bald floss Wasser hinein und die Trommel begann sich zu drehen.

Selbst ohne Jacke war es im Waschsalon nicht kalt. Vielleicht wegen der Kältewarnung war die Heizung aufgedreht worden und blies heiße Luft von der Decke. Daeju setzte sich an den Tisch und blickte aus dem Fenster. Sonst gab es nicht viel zu tun.

Selbst an kalten Tagen lächelten die Menschen. Ihr Atem, der nicht wie stickiger Zigarettenrauch, sondern wie sauberer Wasserdampf aussah, bedeckte ihr Lächeln und verschwand. Während Daeju aus dem Fenster schaute, ging Woocheols Familie am Waschsalon vorbei. Mira und Woocheol hielten Nahis Hände und lachten.

Sein Handy vibrierte. Ein Videoanruf von Suchan, aber er nahm ihn nicht an. Weder seinem Sohn noch seiner Frau konnte er sein vom Wind gerötetes Gesicht zeigen. So gern er es auch wollte, er konnte den Annahmeknopf nicht drücken.

»Warum lebe ich so …«

Er hatte es nie bereut und sich noch nie diese Frage gestellt. Aber als wären die Worte, die aus seinem Mund kamen, der Auslöser, stiegen ihm Tränen in die Augen, wie das Wasser in der Waschmaschine, das sich über seine schmutzige Jacke ergoss.

Zuerst zitterten seine Schultern, dann bebte sein Körper und er schluchzte. Sein Handy auf dem Tisch vibrierte weiter. Suchan, der auf die Stimme seines Vaters wartete.

»Warum leben wir so?«

Er konnte sich niemandem anvertrauen. Er wusste, dass die Leute sich hinter seinem Rücken über ihn lustig machen würden, wenn er sich als Chirurg an einer Universitätsklinik darüber beschwerte, dass er seinen Sohn und seine Frau zum Studium in die USA geschickt hatte. Ein Kind, das so aufwuchs, würde seinen Eltern nie Liebe und Fürsorge entgegenbringen.

Das Handy klingelte nicht mehr. Daeju nahm es in die Hand und durchsuchte seine gespeicherten Kontakte. Er ging die Liste von Anfang bis Ende durch, aber es gab niemanden, mit dem er jetzt hätte reden wollen. Doch vielleicht kannte er die Lösung für das Problem bereits. Niemand würde verstehen, wie es war, allein über ein leeres Feld zu gehen, wo ein kalter Wind wehte, und zu zittern, aber er wollte es jemandem sagen, und wenn es nur die Luft war.

Daeju schaute wieder aus dem Fenster und seufzte. Das Glas war beschlagen und es hatte zu schneien begonnen. Weiße Flocken schwebten wie Seidenpapier vom violett gefärbten Himmel. Die Spaziergänger zückten ihre Handykameras und machten Fotos von dem Schneegestöber auf den Straßen des Yeontral-Parks. Als wollten sie diesen wunderbaren Moment für lange Zeit festhalten. Daeju steckte sein Handy ein und schluchzte. Als er sich mit dem Ärmel seiner Thermounterwäsche den Rotz wegwischte, bemerkte er das hellgrüne Tagebuch auf dem Tisch. Er erinnerte sich an die Worte seines Vaters, dass es im Waschsalon ein Buch gab, in dem man seine Sorgen hinterlassen konnte. Er schlug es auf und nahm einen Stift zur Hand. Auf eine leere Seite schrieb er:

Was ist das für ein Leben? Ist das normal für das Oberhaupt einer Familie? Warum lebe ich so?

Er fühlte sich erleichtert. Nachdem er die Worte niedergeschrieben hatte, die er niemandem hatte sagen können, schien die Traurigkeit in seinem Herzen ein wenig gelindert.

Daeju holte die warme Daunenjacke aus dem Trockner und setzte sich wieder hin. Ein vertrauter Geruch. Der Duft von sauberer, sonnengetrockneter Baumwolle. Der Geruch der Bettdecke im Schlafzimmer, der ihn in den Schlaf gewiegt hatte. Mit der warmen Daunenjacke im Arm schlief Daeju ein.

Brr, brr.
Daeju öffnete die Augen, als sein Handy in der Hosentasche vibrierte, und schaute auf das Display. Sein Vater. *Schon ein Uhr nachts. Ich muss morgen zur Arbeit. Und wie soll ich ihm das mit dem Gips erklären?* Daeju kratzte sich am Kopf. Er hörte beinahe schon, wie sein Vater an ihm herumnörgeln würde, deshalb konnte er ihm nicht sagen, dass er sich bei seinem Job als Lieferbote verletzt hatte.

Auf dem Heimweg lief er über den Schnee, der immer noch lautlos fiel. Nach reiflicher Überlegung beschloss er: *Ich werde ihm sagen, ich hatte einfach einen schlechten Tag, bin gestolpert und die Treppe hinuntergefallen.*

»Wieso kommst du erst jetzt zurück? Wenn es so stark schneit, solltest du so schnell wie möglich nach Hause kommen.« Herrn Jangs Blick fiel auf Daejus eingegipsten linken Arm. »Du hast dich verletzt? Und was hast du überhaupt an?«

Überwältigt von Scham und Traurigkeit hatte Daeju vergessen, sich im Auto umzuziehen. Er räusperte sich.

»Na ja, es ist so …« Nachdem er sich gesammelt hatte, sagte er mit leiser Stimme: »Ich bin hingefallen. In letzter Zeit habe ich mich schwach gefühlt, also habe ich mich so angezogen, um nach der Arbeit einen Spaziergang auf dem Hügel hinter dem Krankenhaus zu machen.«

»Was sollen die Patienten machen, wenn ihr Arzt sich die Hand verletzt? Geh und ruh dich aus.«

Daeju fragte sich, was er von seinem Vater erwartet hatte, der sich selbst in dieser Situation mehr Sorgen um die Patientinnen und Patienten machte als um seinen eigenen Sohn, war aber überrascht, dass er nicht mehr mit ihm schimpfte. Er dachte, das sei noch mal gut gegangen, und ging in sein altes Zimmer. So gern er sich auch unter die heiße Dusche stellen wollte, der Gips machte das unmöglich, und so löste sich seine einzige Freude dieser Tage in Luft auf.

Es war nicht leicht, sich mit dem verletzten Arm aus der dicken, enganliegenden Thermounterwäsche herauszuschälen. Wie eine Raupe, die sich aus ihrem Kokon zwängte, um zu einem Schmetterling zu werden. Als er sich nach viel Jammern endlich ausgezogen hatte, kratzte Jindol an der geschlossenen Schlafzimmertür und winselte.

»Uns ist beiden zum Heulen zumute. Hast du auch Schmerzen? Ist Vater rausgegangen?«

Daeju öffnete die Tür, aber Herr Jang war nirgends zu sehen. Er hatte nicht einmal seine Bettwäsche ausgebreitet. Von der Decke des leeren Wohnzimmers war das Lachen von Miras Familie zu hören.

»Jetzt, wo ich drüber nachdenke, habe ich heute kein einziges Mal mit Suchan gesprochen.«

Jindol rieb seinen Kopf an Daejus Knie.

»Bist du krank?«

Jindol winselte und ging zur Haustür. Daeju, der verstand, was er wollte, nachdem sie ein paar Tage zusammengelebt hatten, öffnete die Tür. Prompt lief Jindol zum Blumenbeet, hob sein rechtes Hinterbein und erleichterte sich. Dann ließ er sich in einer Ecke des Hofes nieder. Ein Topf kochte auf einem tragbaren Gasbrenner mit blauer Flamme. Davor saß Herr Jang. Er sah viel dünner aus als in Daejus Kindheit, wo er ihn öfter im Garten gesehen hatte.

»Vater, was machst du da so spät in der Nacht?«

»Schon gut. Geh wieder rein, es ist kalt hier draußen.«

»Jindol hat gewinselt.«

»Ah, die Tür war zu. Tut mir leid, Jindol. Alles in Ordnung? Geh wieder rein!«

Wenn er sich nur halb so viele Sorgen um ihn machen würde wie um den Hund ... Daeju schnalzte mit der Zunge und ging zurück ins Haus. Der Geruch von Rinderknochenbrühe stieg ihm in die Nase.

Auf dem Frühstückstisch stand die Rinderknochenbrühe. Herr Jang hatte sie über Nacht im Garten gekocht, das Öl abgeschöpft und die Suppe weiter kochen lassen, bis nur noch eine klare Brühe übrig war.

»Das hast du also nachts im Garten gekocht?«

»Es war zu spät, um im Restaurant am Mangwon-Markt anzurufen, und ich hatte Rinderknochen zu Hause, also habe ich sie einfach zubereitet. Iss schnell und dann geh zur Arbeit. Die Patienten warten auf dich.« Herr Jang rührte Salz in die Suppe, während er auf Daejus Reaktion wartete. »Iss sie lieber ohne Salz.«

»Ohne Salz ist sie nicht unbedingt gesünder.«

»Meinst du?«

»Es ist nur wässrige Suppe.«

»Ich habe die ganze Nacht daran gesessen.«

Plötzlich verspürte Daeju eine innerliche Wut. Dieser Garten und dieses Haus in Yeonnam-dong mit dem blauen Tor waren der Grund für seine jetzige Situation. Wenn der Vater es in ein Geschäftsgebäude umgewandelt und die Miete an Suchan geschickt hätte, könnte Daeju wie gewohnt weiterleben. Alles schien auf die nutzlose Sturheit seines Vaters und sein Beharren auf der Bewahrung von Erinnerungen zurückzuführen zu sein.

»Habe ich dich gebeten, Gomtang für mich zu kochen?«, fuhr er ihn an. »Habe ich gesagt, du sollst die Knochen die ganze Nacht schmoren lassen?«

»Was redest du da?« Herr Jang legte den Löffel ab und sah seinen Sohn an.

»Wer hat dich gebeten, so etwas zu kochen?«, rief Daeju. »Du hast keine Ahnung, wie ich lebe! Dich kümmern nur die Patienten! Denkst du überhaupt an mich? Nicht so sehr wie an die Leute, die über uns wohnen. Wenn du dich nur so um Suchan kümmern könntest, wie du dich bemühst, Jujube zu kochen und in den Waschsalon zu bringen. Denkst du jemals an unseren Suchan, der an einem weit entfernten Ort leidet, weil du dich um diese Leute kümmerst, deren Gesichter du nicht einmal kennst?«

»Was willst du damit sagen?«

»Er ist zu einem Reitkurs gegangen, hat das billigste Pferd genommen, das er finden konnte, und wäre fast runtergefallen und gestorben.«

»Was? Ist er verletzt?«

»Wegen fünfhundert Dollar ist er ein solches Risiko eingegangen und muss an so einem weit entfernten Ort leiden. Er ist dein Enkelsohn!«

»Wer hat dir gesagt, du sollst ihn dorthin schicken?« Auch Herr Jang gab nicht nach. »Wer hat gesagt, ihr sollt ihn wegbringen? Ich habe dir gesagt, was passiert, wenn du versuchst, jemand zu sein, der du nicht bist. Am Ende ist Suchan derjenige, der darunter leidet! Du hast ihn dorthin geschickt! Und wem gibst du jetzt die Schuld? Deinem Vater?«

»Warum hast du mich dann so zur Welt gebracht? Warum wurde ich so geboren? Warum hast du deinen einzigen Sohn nicht als jemanden zur Welt gebracht, der wie alle anderen eine Klinik in Gangnam eröffnen und deine Enkelkinder zum Studium ins Ausland schicken kann? In meinem nächsten Leben möchte ich so einen Vater haben. Kann ein Vater, der kein Interesse an seinem Sohn hat, überhaupt verstehen, wie erbärmlich es ist, sich nur ein billiges, ungezähmtes Pferd für den eigenen Sohn leisten zu können?«

Zack!

Nachdem Herr Jang Daeju eine Ohrfeige verpasst hatte, herrschte Stille.

Herr Jang sagte kein weiteres Wort mehr. Daeju legte nur seine Hand auf die rote, geschwollene Wange. Noch nie zuvor hatte sein Vater ihn geschlagen. Nicht einmal, als er in der Oberstufe vor dem blauen Tor beim Rauchen erwischt worden war. Kein einziges Mal, aber nun schon zweimal wegen diesem Haus. Damals, als Jindol sich am Bein verletzt hatte, und jetzt wieder. Das blaue Tor wurde Daeju endgültig zuwider.

»Mein Vater, der Einzelgänger. Er lebt bestimmt noch dreißig Jahre. Selbst mit hundert wird er noch guter Dinge sein«, brummte Daeju, als er das Busfenster öffnete, um sich den Fahrtwind auf die brennende Wange wehen zu lassen. Wegen wem hatte er es jetzt so schwer? Wie er es auch drehte und wendete, Herr Jang war nicht der Grund für seine Misere. Vielleicht wusste Daeju ganz genau, wer ihm tatsächlich das Leben schwer machte, und trotzdem gab er immer wieder seinen Eltern die Schuld. So wie alle Kinder es tun. Schamlos.

Das Krankenhaus beurlaubte ihn für zwei Monate. Offenbar hielten sie es nicht für nötig, ihm weiterhin das Gehalt eines Chirurgen zu zahlen, da er bereits beim Arbeiten in einer anderen Klinik erwischt wurde, auf der schwarzen Liste stand und noch dazu nicht operieren konnte. Es war eine halb erzwungene Beurlaubung, mit der Ausrede, dass man ihm Ruhe gönnen wolle, bis sein Arm verheilt sei. Jetzt bekam er nicht einmal mehr sein gekürztes Gehalt. Die ganze Sache war außer Kontrolle, wie ein Wirrwarr von Kabeln an einem alten Strommast. Woher sollte er jetzt Geld bekommen?

Beim Verlassen des Büros begegnete er Yeonseong, der vor der Tür stand.

»Doktor, es tut mir leid. Ich hätte nicht im Traum gedacht, dass Sie …«

Natürlich hätte er nie gedacht, dass der Lieferant, der sich für viertausend Won die Stufen raufschleppte, sein leitender Oberarzt wäre. Daeju hätte selbst nicht gedacht, dass ein paar Tausend-Won-Scheine solch eine Wirkung auf ihn haben könnten. Es fiel ihm schwer, Yeonseong in die Augen zu sehen. Sein Blick sank immer wieder zu Boden.

»Doktor, es tut mir wirklich leid.«

»Gib dein Bestes, bis wir uns wiedersehen. Und trag immer einen sauber und ordentlich gebügelten Kittel. Das macht einen guten Eindruck.«

Daeju klopfte Yeonseong, der nur auf den Gips starrte, auf die Schulter und ging.

Im Bus auf dem Weg nach Yeonnam-dong erhielt er einen Anruf von der Heizungsfirma.

»Wir haben einen Kostenvoranschlag für die Reparatur. Ich schicke ihn Ihnen per E-Mail.«

»Wann können Sie voraussichtlich mit der Arbeit beginnen?«

»Bevor wir anfangen, müssen Sie sich den Kostenvoranschlag ansehen und eine Anzahlung leisten.«

»In Ordnung.«

»Ich habe die Nachricht geschickt, also überprüfen Sie sie bitte und melden Sie sich bei mir.«

Ding.

Er hatte Angst davor, sich den Kostenvoranschlag anzusehen. Wie viel würde es kosten? Wenn er zu lange wartete, könnte im Untergeschoss ein Wasserschaden entstehen und er müsste eine Entschädigung zahlen. Dennoch konnte er es kaum erwarten, dieses lästige Zusammenleben so schnell wie möglich zu beenden. Nachdem er die E-Mail geöffnet hatte, schnappte er nach Luft.

»Wie kann das so teuer sein?«

Er rief die Heizungsfirma an. Der Techniker sagte, es

würde auf jeden Fall zehn Millionen Won kosten, den gesamten Boden aufzureißen, um das Leck zu finden und einen neuen Heizkessel zu installieren. Und er fügte hinzu, dass das bei den gestiegenen Arbeitskosten noch recht günstig sei. Daeju hatte nicht einmal das Geld für Suchans Lebenshaltungskosten, deshalb konnte er nicht ohne Weiteres zusagen.

»Was wollen Sie tun? Wenn Sie nicht bald etwas unternehmen, wird das Wasser ins Untergeschoss fließen, dann müssen Sie für die Kosten auch noch aufkommen. Die letzten Mieter, bei denen ich war, haben so lange gezögert, bis es im Untergeschoss einen Wasserschaden gab und sie eine ordentliche Entschädigung zahlen mussten. Zusätzlich zu den Reparatur- und Hotelkosten. Leute, die in solch vornehmen Apartments wohnen, gehen nicht einfach in ein Motel. Allein die Hotelkosten für eine Woche … entscheiden Sie sich besser schnell.«

Ja, was sollte er tun? Das Drängen des Angestellten machte ihn nervös. Er kam sich wie ein Narr vor und machte sich Vorwürfe.

»Ich muss jetzt in den OP-Saal. Ich werde es mir überlegen und mich morgen bei Ihnen melden.« Nach dieser vagen Antwort legte er auf. Er hatte keine Operation, aber die Ansage für die nächste Haltestelle stand kurz bevor.

Daeju stieg an der Yeonhui-Kreuzung aus. Er bog in eine Seitenstraße ein und kam nach Yeonnam-dong. Der Wind war bitterkalt, seine linke Hand war taub, weil er sie wegen des Gipses nicht in die Manteltasche stecken konnte, und eine kalte Brise drang an seine Brust. Aber die Kälte war ihm egal. Er musste zehn Millionen Won auftreiben und zusätzlich für den Lebensunterhalt von Suchan und seiner Frau aufkommen. Hilflos blickte er zwischen den Menschen umher, die im Park spazieren gingen. Wann hatte er das letzte Mal so sorgenfrei gelacht? Er stieß eine Reihe von Seufzern aus, die wie Zigarettenrauch in der kalten Luft aussahen.

Als Daeju vor dem blauen Tor ankam, zögerte er. Sein Stolz war verletzt. Nachdem er am Morgen von seinem Vater geohrfeigt worden war, konnte er am Ende doch wieder nur hierher zurückkommen. Während er mit den Füßen stampfte, blickte er auf seinen geliebten Porsche. »Ja, lass uns hierbleiben«, sagte er und machte es sich in dem Auto gemütlich, das immer noch wie neu roch. Allein beim Anblick der roten Sitze und Gurte, dem eingeprägten Porsche-Schriftzug auf den Kopfstützen und der Uhr in der Mitte des Armaturenbretts fühlte er sich besser. Er ließ sich in den Fahrersitz sinken und schloss die Augen.

Obwohl er vor Kälte zitterte, konnte er das Auto nicht starten. Der Kraftstoffverbrauch war so erschreckend wie das Geräusch des Auspuffs, ähnlich dem Brüllen eines Tigers. Selbst das Anlassen des Motors verbrauchte Benzin. Außerdem musste er hochwertiges Benzin tanken, sodass er in seiner jetzigen Lage keinen einzigen Tropfen verschwenden konnte. Die Sitze waren kalt, aber Daeju war zufrieden. Dies war der einzige Ort, an dem er sich ausruhen konnte.

Daeju wachte auf, als er hörte, wie sich das blaue Tor schloss. Woocheol, der wie immer seinen Arbeitsoverall trug, trat heraus. Bevor er sich's versah, öffnete Daeju die Autotür.

»Entschuldigen Sie …«

»Oh, guten Tag.« Woocheol blieb stehen und blickte Daeju, der aus dem Auto gestiegen war, neugierig an.

»Es ist so …«, begann Daeju.

»Stimmt etwas nicht?«

»Könnten Sie sich vielleicht mal etwas ansehen? Der Heizkessel in meiner Wohnung ist kaputt, und ich habe einen Kostenvoranschlag von einer Firma bekommen, die ich im Internet gefunden habe, aber es ist teurer als gedacht.« Weil es seinen Stolz verletzte, brauchte Daeju eine Weile, um zuzugeben, dass er die Reparatur hinauszögerte, weil sie zu teuer war, aber dann kam er zur Sache.

»Schauen wir es uns mal an.« Als Woocheol den Kostenvoranschlag überflog, legte seine Stirn sich in Falten.

»Denken Sie, das stimmt so?«

»Was für eine Bande von Betrügern.«

»Betrüger?«

»Was für eine Firma ist das? Solche Halsabschneider.«

»Ja, so viel kann es doch nicht kosten, oder?« Daejus Stimme wurde lauter in der Hoffnung, auch nur ein wenig sparen zu können, und aus Erleichterung, dass er nicht auf den Betrug hereingefallen war.

»Ich werde es mir einmal genauer ansehen. Vor allem im Winter gibt es viele solcher Betrugsversuche. Sie jagen den Leuten Angst ein, indem sie sagen, die Wohnung darunter könnte beschädigt werden, und verlangen eine Anzahlung. Und wenn sie am Ende sagen, dass es kein Problem gibt, kann man nicht wissen, ob sie ihre Arbeit tatsächlich gemacht haben oder nicht. Ich komme am besten vorbei und werfe einen Blick darauf.«

»Danke.«

»Kein Problem, wir müssen alle füreinander da sein.«

Woocheols Worte berührten Daeju. Woocheol verabschiedete sich mit einem knappen Gruß. Daeju stieg wieder ins Auto. Bald würde der Anruf aus Kalifornien kommen. Er fürchtete sich vor dem Klingeln des Handys. Er wusste nicht, wie er seiner Frau sagen sollte, dass er vom Krankenhaus beurlaubt worden war.

Wie sollte er den Lebensunterhalt für die beiden bezahlen? Er starrte auf seinen linken Arm und öffnete schließlich die Banking-App. Er hatte nicht genug Geld, um ein Ziel für Phishing oder Hacking zu werden, warum hatte er dann so ein kompliziertes Passwort ausgewählt? Nach ein paar Fehlversuchen, weil er nur seine rechte Hand verwenden konnte, hatte er sich erfolgreich eingeloggt. Das Guthaben reichte kaum aus, um die Kreditkartenabbuchung für den nächsten Monat zu decken.

»Herrje …«

Daeju, der immer zu den besten seiner Klasse gehört hatte, rechnete schnell nach. Das Geld für die Lebenshaltungskosten, das er in die USA schicken musste, Studiengebühren, die direkt an die Schule zu überweisen waren, sowie die Schulden für den Wohnungskredit. Sollte er zuerst das Geld überweisen oder den Kredit abbezahlen? Wenn er mit dem Kredit in Verzug geriet, musste er zusätzlich Zinsen zahlen. Er wusste nicht, wo er seine Prioritäten setzen sollte.

In diesem Moment sah er vor seinem geistigen Auge ein Pferd mit erhobenen Vorderbeinen, bereit zum Galoppieren. Es war nicht das braune Pferd, das Daeju in

Apgujeong in den Sinn gekommen war, nicht Zelda, die es Suchan so angetan hatte, sondern das schwarze Pferd auf dem Lenkrad des Porsche, dem einzigen Platz, an dem Daeju sich entspannen konnte, selbst wenn die Sitze eiskalt waren.

»Am Ende muss ich dich doch gehen lassen.«

Von einer Rezession konnte keine Rede sein. Zwei Stunden nachdem das Auto im Wert von über hundert Millionen Won als Gebrauchtwagen inseriert worden war, fand sich ein neuer Besitzer. Aufgrund der weltweiten Halbleiterkrise musste man derzeit zwei Jahre auf einen Porsche warten, aber als die Leute mit dem nötigen Kleingeld sahen, dass sie sofort einen bekommen konnten, meldeten sie sich, um ihn direkt bar zu zahlen.

Daeju hatte zwar beschlossen, sein Auto zu verkaufen, aber als er den Anruf vom Händler erhielt, dass sich ein Käufer gefunden habe, war es dennoch bitter für ihn. Der Händler sagte, er würde das Auto abholen, da Daeju aufgrund seines verletzten Armes nicht fahren könne. Er würde in einer Stunde da sein und Daeju solle sein Siegel bereithalten.

Er ging zum Gemeindezentrum und holte ein Siegelabdruckzertifikat für den Verkauf eines Autos. Zurück beim Porsche, nahm er den Fahrzeugschein und die erforderlichen Dokumente heraus, die er auf dem Armaturenbrett abgelegt hatte. Da erhielt er eine Nachricht des Händlers, dass dieser in zehn Minuten eintreffen würde. Mit Bedauern blickte er auf das schwarze Pferdelogo in der Mitte des Lenkrads. »Mach's gut.«

Am Ende hatte er beschlossen, das schwarze Pferd

loszulassen. Damit es endlich durch die Wildnis laufen konnte.

Nachdem er dem Händler die zwei Autoschlüssel und die Papiere überreicht hatte, ritt dieser mit einem Lächeln im Gesicht auf Daejus schwarzem Pferd davon.

»Ja, nicht immer nur dieselbe Strecke von zu Hause ins Krankenhaus und zurück auf der Gangbyeon-Schnellstraße. Du wirst an Orte kommen, wo man mit röhrendem Auspuff bei voller Geschwindigkeit fahren kann. Nicht mit einem Jockey, der beim Anblick von hochwertigem Benzin zögert und sich Sorgen um die monatlichen Ratenzahlungen macht, sondern jemandem, der hundert Millionen Won in bar ausgeben und nach Herzenslust fahren kann. Es tut mir leid. Entfessle die Kraft, die du meinetwegen zurückgehalten hast. Lebe wohl, mein schwarzer Hengst.«

Jetzt, wo der Porsche weg war, war der Platz vor dem blauen Tor leer. Das einzige Geräusch war das des kalten Winterwindes, der auf die Wand traf. Es war an der Zeit, das Tor zu öffnen und hineinzugehen. Er musste seinem Vater gegenübertreten.

Daeju hasste die Tatsache, dass er nirgendwo anders hingehen konnte. Wenn sein Vater schon früh schlafen gegangen wäre, könnte er sich hineinschleichen, ohne ihm zu begegnen. Und sich im Zimmer so leise verhalten, als wäre er gar nicht da.

Die Vordertür, die wegen Jindol fast immer offen stand, war geschlossen. Daeju öffnete sie langsam und trat ein. Die kastanienbraunen Turnschuhe, die Herr Jang am liebsten trug, waren nicht da. Daejus vorsichtige Schritte wurden mutiger. Auch das Wohnzimmer war leer. Nicht wissend, dass sein Vater das Haus verlassen hatte, nachdem er gesehen hatte, wie sein Sohn im Auto schlief und zitterte, weil er den Motor nicht anmachen wollte, betrat Daeju das Schlafzimmer.

Er brach auf dem Bett regelrecht zusammen. Dann öffnete er die Banking-App auf seinem Handy und überprüfte den Kontostand. Das Geld war noch nicht eingetroffen. Er wusste, dass es etwas dauern würde, das Auto umzuschreiben, deshalb musste er noch etwas warten, aber er wurde unweigerlich nervös. Er machte sich Sorgen, dass das Eigentumsübertragungsverfahren nicht ordentlich durchgeführt werden könnte. Seine Nerven lagen blank, denn heutzutage konnte man nichts mehr auf die leichte Schulter nehmen. Nachdem er alle zehn Minuten auf den Aktualisierungsknopf gedrückt hatte, wurde ihm der Preis für den Gebrauchtwagen gutgeschrieben. Nach Abzahlung der laufenden Kosten blieben noch etwa fünfzig Millionen Won übrig.

Mit dem Geld aus dem Verkauf seines schwarzen Hengstes konnte Daeju die Anmeldegebühr für Suchans Zelda und die Lebenshaltungskosten bezahlen. Sein Bankkonto wurde wieder leichter. »Ich muss durchhalten, bis ich meinen Job wiederhabe. Dann wird es schon irgendwie klappen.« Er fühlte sich innerlich leer, aber der Schlaf überkam ihn dennoch. Vielleicht weil er im Auto vor Kälte gezittert hatte, schien die Bettdecke, die seine Mutter gemacht hatte, heute noch wärmer und der Geruch des Binggul-Binggul-Waschsalons noch beruhigender.

Der Kissenbezug war feucht. Er konnte sich nicht erinnern, was er geträumt hatte, aber es war ein trauriger Traum gewesen. Er versuchte nicht, sich daran zu erinnern. Warum sich an einen traurigen Traum erinnern, wenn die Realität schlimm genug war?

Als Daeju die Tür öffnete, sah er Herrn Jang und Jindol auf dem Sofa sitzen. Er war so durstig, dass seine Kehle schmerzte, aber er konnte keinen Fuß in den Flur setzen. Was ihm noch mehr zu schaffen machte, war die Tatsache, dass er seinen Porsche, den er wie einen zweiten Sohn geliebt hatte, hergegeben hatte. So etwas würde er Suchan niemals antun. Wie konnte ein Vater so kaltherzig sein? In dem Konflikt zwischen Vater und Sohn, der nun zu einem Kampf des Stolzes geworden war, fühlte sich nur Jindol, der Daeju direkt ansah, fehl am Platz.

Daeju trat mit einer Daunenjacke aus dem Zimmer. Normalerweise hätte Herr Jang ihn gefragt, wo er so spätnachts noch hingehe, aber sein Mund blieb fest verschlossen. Er starrte lediglich auf die Haustür, die Daeju hinter sich geschlossen hatte.

Daeju, der in diesem Haus nicht einmal entspannt ein Glas Wasser trinken konnte, lief durch die Straßen von Yeonnam-dong. Die Kältewarnung war nicht aufgehoben worden und es wehte immer noch ein bitterer Wind. Es war ein besonders kalter Winter.

Soll ich in einen Mini-Markt gehen und ein paar Ramyeon essen? Das kostet auch Geld. Besser einfach etwas Luft schnappen.

Er erinnerte sich an die Gomtang, die er zum Frühstück gegessen hatte, aber er lief einfach weiter. Um diese

Zeit am Han-Fluss entlangzulaufen wäre sicher beruhigend. Jetzt, wo sein Magen so verknotet war, dass er kaum atmen konnte, hatte er nicht einmal mehr ein Auto, mit dem er eine Spritztour machen konnte. Daeju wusste, dass sein schwarzer Hengst niemals zurückkehren würde.

Der Ort, an dem er anhielt, war der hell erleuchtete Binggul-Binggul-Waschsalon am Ende des Parkweges. Drinnen war es warm. In der Stille des verlassenen Waschsalons drehten sich nur zwei Waschmaschinen, mit weißem Schaum und dem Geräusch schwappender Wellen. Neben der Kaffeemaschine stand nach wie vor Herrn Jangs frisch gebrühter Jujube-Ssanghwatang mit seiner tiefbraunen Farbe. Daeju runzelte die Stirn angesichts des Geruchs von Jujube, der aus der Flasche zu sickern schien.

Er überlegte, sich einen Kaffee zu machen, setzte sich dann aber mit leeren Händen an den Tisch. Beim Gedanken, dass jemand eine Antwort auf seine Sorgen hinterlassen haben könnte, lächelte er. Er hatte das Gefühl, vierzig Jahre seines Lebens vergeudet zu haben, da dies der einzige Ort war, an dem er seinen Problemen Luft machen konnte.

Er klappte das lindgrüne Tagebuch in der Mitte auf. »Ich glaube, hier irgendwo habe ich geschrieben …«

Nachdem er ein paar Seiten weitergeblättert hatte, kam er zu der Seite mit seinem Eintrag und las, was darunter stand.

Ich dachte, ich schreibe ein paar Worte über mich und meinen Sohn. Als er über hundert Tage alt war, staunten die Leute darüber, dass er zuerst nach seinem Vater rief, statt nach seiner Mutter. Aber jetzt ruft er nicht mehr nach mir. Er scheint mich nur noch für einen alten, sturen Mann zu halten, der an ihm herumnörgelt. Ich dachte, ich hätte hart gearbeitet, um meine Aufgabe als Familienoberhaupt zu erfüllen, aber am Ende bin ich ihm nur auf die Nerven gegangen. Ich weiß nicht, wann mein Sohn und ich uns voneinander entfernt haben. War es, als er anfing, Medizin zu studieren? Als er heiratete? Oder nachdem er selbst einen Sohn bekam? Ich weiß es nicht. Irgendwann haben wir uns voneinander distanziert.

Während er die Antwort las, legte Daeju den Kopf schief. Die Geschichte kam ihm bekannt vor. Er konnte den Blick nicht abwenden von den Worten, die zu ihm zu sprechen schienen.

Aber was mir die Kraft gibt, weiterzuleben, sind unsere gemeinsamen Erinnerungen. Die Wärme meines Sohnes, als er mit seinen winzigen, pummeligen Füßen über das Blumenbeet seiner Mutter rannte und mir in die Arme lief; der Tag, an dem er seinen ersten Zahn verlor und ihn unter Tränen auf das Dach warf; die Linien an der Gartenmauer, die immer weiter oben eingeritzt wurden, auch wenn er nicht mehr zu wachsen schien; die Unschuld, mit der er hinauslief, um die Bäume im Garten zu gießen, und sich dabei die Kleider durchnässte; wie er einen Schneemann baute, sobald es schneite, und den Schal seiner Mutter um ihn wickelte, damit ihm nicht kalt wurde ... Diese Zeit wird nie wiederkommen und fehlt mir schrecklich, aber die Erinnerungen bewahren mich vor der Einsamkeit.

Deshalb werde ich als störrischer alter Mann dieses Haus beschützen.

Mein Sohn, solltest du noch einmal hierherkommen und das lesen, oder auch wenn du es nicht liest, möchte ich dir Folgendes sagen: Es tat mir so leid, dass du dein Kind weggeschickt und diese Zeit aufgegeben hast. Deshalb war ich so sehr dagegen.

Diese Zeit wird nie wiederkommen. Das weiß ich aus eigener Erfahrung. Du wirst wahrscheinlich denken, dass ich wieder nur herumnörgle, aber das wollte ich dir sagen. Ich wollte dir beibringen, wie du besser leben und den ärmlichen Verhältnissen deiner Geburt entkommen kannst, und es tut mir leid, dass ich das nicht konnte.

Aber trotzdem, bis ich nicht mehr auf dieser Welt bin … nein, auch danach noch … Ich liebe dich so sehr …

Die gerade, würdevolle Handschrift war die, die er als Kind auf Postkarten an die Familie, auf Zeugnissen und in dem Brief, den er erhielt, als er an der medizinischen Fakultät angenommen wurde, gesehen hatte. Die Handschrift seines Vaters, Jangs. Daejus Hals war wie zugeschnürt. Erinnerungen, die tief in seinem Gedächtnis vergraben gewesen waren, zogen wie ein Film durch seinen Kopf.

Das Haus mit dem blauen Tor in Yeonnam-dong, das für ihn nun fremd und ungemütlich war, hielt Momente fest, die nie wiederkommen würden.

Er fuhr mit den Fingerspitzen über den Eintrag im Tagebuch und verweilte bei den Worten *Ich liebe dich.*

Suchans Gesicht zeichnete sich in der Spiegelung im

Glasfenster ab. Wie groß war er jetzt wohl? Wahrscheinlich reichte er Daeju noch nicht bis zu den Schultern.

Herr Jang wusste bereits Bescheid. Als er den alten Roller entdeckt hatte, der hinter dem Porsche geparkt war, als er die schwarze, nach Essen riechende Thermounterwäsche fand, die tief im Wäschekorb vergraben worden war, als er hörte, dass Daeju Woocheol wegen der Heizkesselreparatur angesprochen hatte, als er seinen Sohn weinend im Waschsalon sitzen gesehen hatte, wusste er es.

Eltern wissen es, wenn ihre Kinder schwere Zeiten durchmachen. Allein wenn sie auf den hängenden Kopf oder die gebeugten Schultern ihrer Kinder schauen, wissen sie, was ihnen Sorgen bereitet.

Daeju schlug das hellgrüne Tagebuch, das von vielen Menschen berührt worden war, am Anfang auf. Herrn Jangs ernste Handschrift unter herkömmlichen Beschwerden wie *Ich habe Hunger* oder *Mir ist langweilig* trieb ihm Tränen in die Augen. Sein Vater quälte sich mit den Sorgen von Menschen, deren Gesichter er nicht einmal kannte. Um einen Ort zu schaffen, an den jeder kommen konnte, hatte sein Vater alte Decken herausgeholt, Jujube-Ssanghwatang gemacht und war trotz Kältewarnung mit Jindol an der Leine hergekommen. Er war einsam gewesen.

Daeju zückte sein Handy und schickte eine Nachricht an seine Frau: Ich liebe dich, Schatz. Ich liebe dich, Suchan. Ihr fehlt mir. Als die Botschaft am anderen Ende der Welt ankam, waren seine Augen rot und feucht. Mit der rechten Hand fasste er sich an den Kopf und kämpfte gegen die Tränen an. Es schien, als wollte etwas Heißes in ihm jeden Moment herausplatzen. Er ballte seine Faust fester. Schließlich öffnete er die Flasche mit Jujube-Ssanghwatang, die Herr Jang mitgebracht hatte. Vorsichtig führte er sie an den Mund, um nichts zu verschütten. Mit Tränen in den Augen nahm er einen Schluck.

Der süße Geschmack von Jujube und das bittere medizinische Aroma rannen seine Kehle hinunter. Der süßeste Geschmack, den er je in seinem Leben gekostet hatte. So süß, dass er bitter war. Als der bittersüße Geschmack seine Brust erreichte, flossen die Tränen, die er bis dahin zurückgehalten hatte. Obwohl er sich den Mund zuhielt, kam ein Geräusch heraus. Die Momente, in denen er so getan hatte, als könnte er seinen Vater nicht hören, und jene, als er die Tür hinter sich zugeschlagen hatte, schossen ihm durch den Kopf. Ein Mensch, der sein ganzes Leben lang nur auf ihn geschaut hatte … Sein Vater. Daeju schluchzte so stark, dass sein Körper zitterte.

In der Waschmaschine, die sich hinter Daeju drehte, schwappte das Wasser. Als das Geräusch abebbte, schlugen die Wellen in der anderen Maschine noch lauter. Wie das nie endende Rauschen der Wellen ließen auch Daejus Tränen nicht nach. Nach einer Weile, als das Geräusch verstummte, nahm er einen vertrauten Geruch wahr. Daejus geschwollene Augen schlossen sich bei dem beruhigenden, tröstenden Duft. Er verschränkte die Arme und legte den Kopf auf das hellgrüne Tagebuch. Es war so beruhigend wie damals, als er auf dem Arm seines Vaters geschlafen hatte.

Hinter Daejus Rücken lief ununterbrochen eine Waschmaschine. Die weiße Wäsche drehte sich, fiel herab, wurde wieder hochgeworfen und erzeugte das gleichmäßige Geräusch plätschernder Wellen. Eine weitere Ladung Wäsche, beschmutzt mit den Sorgen von jemandem, wurde hier gewaschen.

Jeder braucht seinen eigenen Ozean, in dem er sich ausweinen kann. In Yeonnam-dong gibt es ein kleines Meer, in dem weiße, schäumende Wellen Tränen und Kummer fortspülen.

Epilog

»Schon gut, Yeoreum. Kein Grund, nervös zu sein. Wenn sie anrufen, ist es gut, wenn nicht, versuchst du es nächstes Jahr noch mal. Schon okay!«

Heute war der Tag, an dem die Gewinner des Wettbewerbs bekannt gegeben wurden. Yeoreum, die vor lauter Herzklopfen nicht still sitzen konnte, hatte das Büro mit einem Kissen in der Hand verlassen. Die Nervosität, die ihr anzusehen war, war so frisch wie das Grün der Jugend. In diesem Moment sah sie, wie Sewoong in einer Polizeiuniform den Waschsalon betrat.

»Bist du wieder hier, um nach einer Antwort zu suchen?«, fragte er.

»Sprich mich nicht an, sonst höre ich das Telefon nicht klingeln.«

»Wie redest du mit dem Beschützer des Volkes! Wartest du auf einen Anruf?«

Yeoreum hatte die Kissen zum Waschen mitgebracht, aber alle Waschmaschinen drehten sich bereits.

Seit wann kamen so viele Menschen hierher? In dem hellgrünen Tagebuch war nur noch eine Seite übrig. Sie war immer noch weiß und leer, als wollten alle Platz für jemanden lassen, dessen Sorgen größer waren als die eigenen.

Während Sewoong Yeoreum zu einer Antwort drängte, kam Yeonwoo, die einen farbverschmierten Kittel trug, mit Ari auf dem Arm herein.

»Oh, hallo!«, sagte sie. »Lange nicht gesehen. Wegen der Prüfungen konnte ich in letzter Zeit nicht kommen, aber ich bin froh, dass ich heute vorbeigeschaut habe!«

Während Yeonwoo sie mit einem strahlenden Lächeln begrüßte, öffnete sich die Tür des Waschsalons erneut.

»Oh, wie geht es euch allen?«, fragte Mira. »All die Leute, die ich sehen wollte, sind hier versammelt. Wartet ihr, weil alle Waschmaschinen belegt sind?«

»Entweder ist heute ein guter Tag zum Wäschewaschen oder die Menschen haben viele Sorgen«, antwortete Yeoreum, ihr Handy fest in der Hand. »Hast du wieder mit dem Arbeiten begonnen?«

»Ja, die Firma ist mir entgegengekommen, was die Arbeitszeiten betrifft, deshalb kann ich wieder diese Kleidung tragen.« Mira wedelte mit der Jacke, auf der ihr Name stand, und lächelte, als hätte sie einen Teil von sich wiedergefunden, den sie in all den Jahren als Mutter und Ehefrau vergessen hatte.

»Das ist großartig, Glückwunsch! Wenn du einmal länger arbeiten musst, kümmere ich mich gerne um Nahi. Suchan kommt auch bald zurück, dann können sie zusammen spielen«, sagte Herr Jang, der den Waschsalon mit der Steppdecke aus dem Schlafzimmer betreten hatte. Jindol, der ihn begleitete, wedelte mit dem Schwanz und lief fröhlich im Kreis.

Yeoreum kaute weiter an ihren Fingernägeln.

»Auf was für einen Anruf wartest du, dass du so eingeschüchtert bist?«, fragte Sewoong erneut.

»Wegen des Wettbewerbs. Heute werden die Ergebnisse bekanntgegeben. Der Anruf sollte schon gekommen sein, aber bisher ist noch nichts.«

Yeonwoo sah sie mit großen Augen an. »Geht es um die Serie, für die du deine Liebesgeschichte mit Hajun niedergeschrieben hast?«

»Ja, aber wenn es wieder nicht klappt …«

»Warten Sie noch ein wenig. Gute Nachrichten kommen oft zu spät«, sagte Herr Jang geduldig.

In diesem Moment klingelte das Handy.

»Hallo?« Erschrocken stand Yeoreum auf. Ihr Herz pochte vor Aufregung. Es war, als ob ihr ganzer Körper zitterte. Alle Augen waren auf sie gerichtet. »Danke! Vielen Dank!«

Nachdem sie aufgelegt hatte, gratulierten ihr alle. Mit Tränen in den Augen umarmte sie das Kissen in ihren Händen. Sie sagte etwas, das sie noch nie zu sich selbst gesagt hatte. Bis heute. »Gut gemacht, Yeoreum.«

Eine der sich drehenden Waschmaschinen blieb stehen. Während alle Yeoreum feierten, als wäre es ihr eigener Erfolg, betrat der Tierarzt Jaeyun den Waschsalon, nachdem er eine Nachricht erhalten hatte, dass die Wäsche fertig sei.

»Oh, Aris Besitzerin. Und Jindols Besitzer ist auch da. Guten Tag.«

»Wir benutzen also denselben Waschsalon. Haha, ich nehme an, dass Jindol Ihnen deshalb so gut folgt«, sagte Herr Jang mit einem Lächeln.

»Ich bin dank des Tipps von Aris Besitzerin hergekommen. Es ist wirklich schön hier.«

Jaeyun gab seine Wäsche in den Trockner. Sobald die Waschmaschine leer war, blickten alle einander an. Wer sollte sie zuerst benutzen? Als alle zögerten, ergriff Sewoong das Wort.

»Die Polizei wird den Verkehr regeln. Lasst uns alle unsere Wäsche gemeinsam waschen!«

Die Lieblingsdecke von Daeju, der Jujube-Ssanghwatang mittlerweile in vollen Zügen genoss; das Kissen, befleckt mit Yeoreums Beharrlichkeit; die Polizeiuniform von Sewoong, der seinen wahren Traum gefunden hatte; der farbbefleckte Kittel von Yeonwoo, die anfing Wurzeln zu schlagen, anstatt wegzulaufen; und die Arbeitskleidung von Mira, die sich selbst wiedergefunden hatte, kamen alle in dieselbe Waschmaschine.

Schon bald ertönte das Geräusch rauschender Wellen.

Die kleine Glocke an der Glastür klingelte. Die letzte Person, die hereinkam, war Jaeyeol. Die lange Narbe an seiner Wange, deren Anblick schmerzhaft gewesen war, war fast vollständig verschwunden. Er legte ein neues Tagebuch auf den Tisch, mit einem hellblauen Einband. Das Deckblatt bewegte sich leicht in der Brise, als wartete es auf die Sorgen, die man niemandem erzählen konnte.

Welche Einträge wohl in Zukunft dieses Tagebuch füllen werden?

Epilog 2

Der menschenleere Binggul-Binggul-Waschsalon in Yeonnam-dong. Ich fülle die Waschmaschine mit milchigem Weichspüler. Mit einem Staubsauger entferne ich die Flusen aus dem Filter des Trockners und ich wische die runde Tür gründlich ab. Gebe Bohnen in die Kaffeemaschine für eine wärmende Tasse Kaffee.

Und schließlich fülle ich den Automaten mit Trocknertüchern, getränkt mit dem charakteristischen Duft des Waschsalons. Der beruhigende Geruch von Bernstein und der wärmende Duft von Baumwolle wehen durch die Luft, als wollten sie die Schritte der Leute hierherleiten.

»Jetzt ist alles bereit für eine neue Ladung Wäsche.«

Nachwort der Autorin

Das Schreiben von *Das Tagebuch im Waschsalon der lächelnden Träume* hat mich gelehrt, dass es am schwierigsten ist, sein Herz auszuschütten, und dass es ein großes Glück ist, jemanden zu haben, der einem zuhört.

Ich möchte meine Liebe zu meiner Familie ausdrücken, die immer mein »hellgrünes Tagebuch« war. Außerdem möchte ich allen danken, die an der Erstellung dieses Buches beteiligt waren, damit auch Sie, die Leser und Leserinnen, ein solches Tagebuch führen können.

Wenn Sie Gefühle loswerden wollen, die Sie unterdrückt haben, weil es keinen Ort gab, wo Sie darüber reden konnten, dann ist es jetzt an der Zeit, die Tür zu öffnen. Die Tür zum Binggul-Binggul-Waschsalon in den Herzen der Menschen!

Frühsommer 2023
Kim Jiyun